孤城閉

GU
CHENG
BI

中

米蘭Lady——作

目錄

第六章

珠閣無人夏日長

【壹】御史

我把公主想學箜篌的意思轉告了苗淑儀，她對此一哂：「她能好好學嗎？肯定是胡亂學兩天後就拋在腦後，再也不碰了。」

話雖如此說，她還是向皇后提了這事，於是皇后命人選了位善於彈奏箜篌的老樂師向公主授課。而結果大出苗淑儀意料，自從開始學習後，公主無一日不練習，且視為最重要的事，幾乎所有閒置時間都用在箜篌上，因此，數月後她已彈得似模似樣了。

初時，公主對音準不甚敏感，有次獨自練習時，我在旁略作提醒，說有幾根弦似乎未調好，她便一點點調試，讓我幫她聽。後來每次練習之前都要先讓我確認音準，我為求方便，就找了支笛子，學了基本音階，她調弦時吹相應的音給她參考。公主對這種校音法很滿意，又興致勃勃地建議我學吹笛子，以便將來給她伴奏。

我知道她很期待有一天能與曹評合奏，在此之前或許會把我作為練習的對象。就我而言，這樣的初衷並不令人愉快，但還是接納了她的建議，向樂師學習吹笛。

只要她開心就好。

今上對公主的箜篌技藝很感興趣，幾次三番想看公主演奏，但公主一直不答應，若練習時今上忽然駕到，她也會立即停止，不讓父親聽見她不成熟的樂曲。

「等女兒自覺彈得略可入耳了，就會請爹爹來聽的。」她對今上說。

皇祐三年八月，苗淑儀生日那天，在苗淑儀要求下，公主終於鼓足勇氣，準備在儀鳳閣午宴後為今上演奏箜篌。

但那天直等到正午，仍不見今上駕臨。幾個過來向苗淑儀賀壽的娘子等得久了，都左右相顧，頗為疑惑。最後俞充儀忍不住說出來：「莫不是散朝後又被寧華殿請去了吧？」

苗淑儀勉強笑道：「昨日官家答應要來看公主彈箜篌的……縱不給我這點面子，女兒的事他還是會在意的。」

儘管這樣說著，她看上去也不甚放心，還是喚來了張承照，讓他去這日今上視朝的垂拱殿看看。少頃，張承照回來，說今上仍在殿內與群臣議事。

苗淑儀鬆了口氣，笑對諸娘子說：「不知那些官兒又不許官家做什麼事，拖了這許久。」

張承照接話道：「臣見張貴妃遣了個小黃門在垂拱殿屏風後候著，恐怕今日所議之事與她娘家有關。」

娘子們當即交換了個眼色。

「難不成，她又唆擺著官家升她伯父的官，今日又害得官家在殿上被包拯噴了一臉的唾沫？」俞充儀隨後說。

聽得眾娘子都笑了起來。

張貴妃從伯父張堯佐此前被任命為三司使，掌財政大權，諸臣大為不滿，諫官因此屢次上疏。去年八月，侍御史知雜事何郯以侍奉年老母親為由，自請出知漢州。臨行前上疏彈劾張堯佐，說他驟被寵用，只緣後宮之親，不是真有才能。三司使位高權重，再往上升，便是二府宰執之位。何郯指出，用張堯佐至三司使，已是預政事，若進處二府，必將難平天下之議。最後他勸今上以社稷為重，對張堯佐應像對李用和那樣，僅以富貴處之，而不假以權，勿因寵一人而失天下之心。

今上遂有了罷張堯佐三司使之意，張貴妃窺知他意思，便又代伯父討官，想讓今上封張堯佐做宣徽使。

宣徽使也是個極重要的官職，位於樞密使之下、樞密副使之上，總領內諸司、殿前三班，及內侍之名籍、遷補、糾劾等事務。還掌郊祀、朝會、宴享供帳之儀，內、外進貢名物，也是由宣徽院檢視。這是個位尊俸高的美差，而且可以藉總領內諸司的機會干涉宮中事，這也是張貴妃極力勸今上封她伯父做宣徽使的原因。

後來今上終於應允。宣布遷官詔令那天，張貴妃直送他至大殿門前，撫著他背千叮萬囑：「官家今日不要忘了宣徽使。」今上亦連聲答應，在殿上宣布罷張堯佐三司使之職，改封他為宣徽南院使、淮康節度使、景靈宮使和同群牧制置使。不想剛一降旨，即激起一場軒然大波。

多名官員在殿上表示反對，今上置之不理。退朝之後，御史中丞王舉正留前來上朝的諸司百官面諫今上，並率所有御史臺官員及諫院諫官上殿廷諍。

諸司向來是輪班上殿議事，並非人人每日皆到，這次臺諫聯合集體上殿廷諍是百年難逢的非常之事。今上本已很惱火，而王舉正與御史包拯、殿中侍御史張擇行、殿中侍御史里行唐介及諫官陳旭、吳奎卻還輪番上前，高聲勸他收回成命，大有不達目的不甘休之勢。其中包拯措辭尤為激烈，直斥張堯佐「臯羞不知，真清朝之穢汙、白晝之魑魅」，又對今上曉之以理：「爵賞名數，天下之公器，不當以後宮縉戚、庸常之材，過授寵渥，使忠臣義士無所激勸。」

他一口氣便洋洋灑灑說了數百言，且情緒激動，邊說邊上前，逼近御座，唾沫星子直濺到今上臉上。今上不便躲避，眾目睽睽之下，連以袖遮擋都不好為之，只得強忍著。好不容易等他說得告一段落，才拍案而起，拋下一句：「今後臺諫上殿須先報中書取旨。」即冷面離去。

張貴妃之前遣了小黃門在殿後探伺，故此已知包拯犯顏直諫的事，忙迎出來向今上下拜謝罪。今上此時才舉袖拭面，責備她道：「適才包拯衝上前來說話，直唾我面。妳只管要宣徽使、宣徽使，卻難道不知包拯是御史嗎？」

這話一出口，又成了遍傳天下的名言。今上此後宣布免去張堯佐宣徽南院使與景靈宮使之職，亦為他從諫如流的美名補充了個例證。除此之外，這事也讓娘子們在談起張貴妃的時候多了條笑料。

但此刻在儀鳳閣中，張承照又說了兩句話，令娘子們的笑容瞬間凝固：「俞娘子說不定還真猜中了。臣剛才去垂拱殿，靠近大殿屏風時，曾聽見殿上大臣反覆提到『宣徽南院使』，似乎也有人在說張堯佐如何如何，興許，官家在重提遷張堯佐為宣徽使的事。」

【貳】廷諍

苗淑儀頗詫異，問張承照：「上次那宣徽使的事鬧得這樣大，官家怎麼還會舊事重提？」

張承照目示寧華殿方向，道：「一定有人在他耳邊吹風唄。」

苗淑儀再問：「這回可又是全臺全院的官兒上殿反對？」

張承照擺首道：「臣也想幫娘子看看，怎奈走入大殿後門，剛一靠近屏風，就被那裡守著的內侍殿頭喝斥出來了……可張貴妃派去的小黃門卻還在那裡……」

苗淑儀想想，對公主道：「徽柔，妳帶懷吉和承照去垂拱殿，等妳爹爹退朝就接他過來。」

公主答應，喚我一起出門。苗淑儀對張承照使了個眼色，後者心領神會地頷首，躬身後退而出。

走到院中，猶聽見身後有娘子抱怨：「這回可別真被她得逞。若她伯父做了宣徽使，往後我們豈不是連選誰使喚、遷誰留誰都要看她臉色？」

垂拱殿前後皆有門，御座之後有影壁，左右設屏風，皇帝及殿中內侍由後門出入禁中。公主帶我與張承照進至一側屏風旁等待，那裡的內侍殿頭見是公主亦不好阻止，倒是公主見張貴妃的小黃門仍守在那裡，不覺有氣，壓低聲音斥他道：「你在這裡做什麼？可是想探聽朝中之事？」

小黃門驚駭，連稱不敢，迅速退了出去。

這時忽聽殿上有人提高了聲音：「陛下！張堯佐自罷宣徽使，方逾半年，且還端坐京師，以尸厚祿，本已為千夫所指，今陛下復授其宣徽之職，天下物議騰沸、益增鄙誚，若制命實施，必將有損聖德。若陛下不納臣盡忠愛國之請，必行堯佐濫賞竊位之典，臣即乞請陛下將臣貶黜出京，以誡不識忌諱愚直之人。」

他揚聲說出這些話，竟大有以自貶要君之意。公主聽了立即靠近屏風，透過縫隙往裡看，旋即回頭跟我們說：「這人是誰呀？還真把烏紗帽給摘下來了。」

我與張承照也去看了看，見那人四十餘歲，穿的是御史中丞的服色，想必便是王舉正了。此刻他跪於殿中，已除下襆頭，高舉過頂，閉目低首，靜候今上表態。

而今上仍保持著溫和的語調，安撫他道：「朕知卿賢直，但有諫言，從容道來便是，何必如此。堯佐之事，朕適才已反覆解釋過，這次雖授他宣徽南院使之職，但同時讓他出外知河陽，所謂除宣徽使，不過是貼職以獎其勞績，出知在外，亦無法干涉朝中及宮中事，眾卿或可安心。」

他語音才落，便又有個官員站了出來，秉笏躬身，正色道：「陛下，宣徽之職僅次於二府，不計內外。張堯佐怙恩寵之厚，凌蔑祖宗之法，妄圖非分，屢次向陛下討職求賞。若除宣徽南院使，今雖出知在外，將來亦必求入覲，即圖本院供職，以至使相重任，陛下不可不察。」

這人一身綠色公服，顯然品階不高，年紀也不大，看樣子似乎是個御史臺微官。剛才張承照向公主低聲介紹過王舉正，現在公主又問這綠衣官員，張承照卻也不認識，遂轉首請教一旁的內侍殿頭。那內侍殿頭猶豫了一下，還是回答了：「那是殿中侍御史里行唐介。」

公主打量了一下殿上官員，又問：「包拯是哪位？」

內侍殿頭答道：「如今御史臺未經中書上報請得今上旨意便不能全臺上殿，只能按日輪班，故包拯未能一起上殿。」

今上沉吟片刻，然後回應唐介道：「此次遷官，朕之前與中書商議過，宰相亦覺並無不可。」

唐介隨即上前一步，道：「張堯佐皆緣恩私，越次超擢，享此名位，已為過越，倘不抑止，恐怕日後國朝亦有國忠、楊妃之禍。若遷官出自宰相之意，此乃其不念祖宗基業之重，有順顏固寵之嫌，理應論罪而責之。」

見今上一時並不答話，唐介從袖中取出一冊章疏，雙手奉上，道：「之前臣等上報中書，請全臺上殿，宰執文彥博不許。臣自請貶放於外，彥博亦不報。如此蒙蔽聖聰，以求自保，足見其奸佞。臣擬了一份劄子，請陛下過目。」

今上示意身邊侍立的張茂則下去接過劄子。張茂則轉呈今上，今上展開一看，旋即大有怒意，將劄子擲於地上，不再細閱。

唐介卻並不驚慌，自己過去拾起劄子，展開後朗聲唸道：「文彥博專權任私，挾邪為黨，知益州日，作間金奇錦，入獻宮掖，緣此擢為執政；及貝州賊平，幸會明鎬之功，遂叨宰相；奸謀迎合，顯用堯佐，陰結貴妃，陷陛下有私於後宮之名，內實自為謀身之計……」

今上揚聲喝止，唐介竟毫不理睬，一逕唸了下去：「自彥博獨專大政，凡有除授，多非公議，恩賞之出，皆有寅緣。自三司、開封、諫官、法寺、兩制、三館、諸司要職，皆出其門，更相授引，藉助聲勢，威福一出於己，使人不敢議其過……」

今上再次拍案命道：「住口！」唐介仍然恍若未聞，繼續照著劄子高聲朗讀：「臣乞斥罷彥博，以富弼代之。臣與弼亦昧生平，非敢私也……」

「里行」即實習之意，殿中侍御史里行資格卑淺，論其品階，連從七品的殿中侍御史都不如。唐介品低位卑至此，竟不懼天威，公然觸怒今上，這般表現直看得殿上人瞠目結舌，連屏風外見慣臺諫奇言怪行的殿中內侍們都按捺不住好奇之心，一個個圍聚過來，爭相朝殿內探看。

而今上氣得撫於案上的手都在顫抖，忽一揮袖，直指唐介道：「你這微末臺官一年前才從外地遷補入京，竟敢如此肆意妄為，攻擊大臣、咆哮殿堂，就不怕被貶竄流放嗎？」

唐介面無絲毫畏懼之色，仰首徐徐讀完最後幾句，從容合上箚子，才對今上道：「臣忠義激憤，就算異日受鼎鑊之刑亦不會躲避，又豈不敢辭貶竄之責？」

今上當即喚幾位宰相出列，目示唐介，對他們說：「唐介論別的事朕尚可容忍，但現在竟說彥博是因貴妃才得執政，這是什麼話！」

而唐介未待宰相應聲，即指著其中一位著紫袍、繫金帶、懸金魚的大臣道：「彥博宜自反省，若我所言之事屬實，請自對主上講明，不可欺君罔上！」

那位大臣便是文彥博。他儀容莊重、面色黝黑，往日亦頗有政聲，倒委實不像個奸佞小人。此時受唐介指責，一時也未應聲，只秉笏朝今上欠身拜謝。

樞密副使梁適看不過去，便出言喝斥唐介，道：「朝堂之上，豈可任你胡言亂語！難道宰相是要經你御史舉薦才能當的嗎？還不速速下殿思過！」
唐介卻堅持立於殿上不去，反而扭頭氣勢洶洶地頂撞梁適：「我犯上直言，意在為國納忠。而你等小人實與彥博為一丘之貉，狼狽為奸，順承帝意以邀寵。若聖德有損，國家有變，你又承擔得起這等罪責嗎？」
公主看得咂舌，輕聲對我道：「爹爹現在肯定又想一頭撞在龍柱上了。」
就在這時，但聞殿上傳來一聲脆響，我們不免驚詫，忙側首去看——原來是今上拂落了面前案上的青瓷筆架。
「來人。」他盛怒之下反倒鎮靜下來，聲音冷冷的：「把唐介押下，送御史臺糾劾。」
兩名殿外侍候的禁衛應聲進來，走到唐介身邊，欲挾持他出殿。唐介一振衣袖避開，略一冷笑，轉身自己闊步出門。
殿中的王舉正似還想為其辯解，但剛一開口，喚了聲「陛下」就被今上揚手止住，喝令道：「你也出去！」
王舉正默然，將手中襆頭擱於地上，拜退而出。
文彥博待兩人離去後，朝今上再拜，道：「臺官言事，是其職責，望陛下寬待唐介及王舉正，不因此事加罪於他們。」
今上不答應，顧左右道：「今日當制的中書舍人是誰？快召來為朕草制：殿中侍御史里行唐介責授春州別駕。」

春州地處嶺南，乃窮山惡水之地，放逐到那裡的官員多有死於任上者。

這時今上意態堅決，怒不可遏，群臣都不敢再進諫。片刻後，坐於大殿一隅執筆記錄君臣言行的修起居注官員擱下手中筆，起身，緩緩走到殿中。

此人長身美髯，舉止溫文，我一看即認出他是多年前見過的蔡襄。在因新政風波外放數年後，他和當初進奏院案中被逐的大部分館閣名士一樣，又被召回朝中了。

「陛下。」蔡襄欠身道：「唐介確實狂直，今日言行甚為無禮。然容受臣子盡心諫言，是帝王盛德。陛下一向從諫如流，善待言官，故臣斗膽，望陛下矜貸唐介之罪，從輕發落。」

今上卻不欲再多言，說了聲「退朝」便起身入內。

公主立即後退，立於垂拱殿後門之外，待今上出來後便迎上前行禮問安。

今上見她，蹙眉問道：「妳怎麼在這裡？」

公主微笑道：「爹爹忘記了嗎？今日說好要去儀鳳閣看女兒奏箜篌的。」

「哦。」今上記起來，但臉上滿是疲憊之色。「可否改日再去？爹爹很累。」

公主有些失望，但仍點頭答應：「那爹爹先回去歇息吧，何時想聽了，再告訴女兒。」

今上頷首，匆匆向福寧殿走去。公主目送他，忽然又開口喚了聲「爹爹」。

今上回首：「還有何事？」

公主以手撫胸，巧笑倩兮：「深呼吸。」

今上錯愕，旋即反應過來，看著女兒，終於展顏笑了。

【參】絕句

這次臺官的諫言未能奏效，今上還是堅持除張堯佐宣徽南院使，不過同時命他出知河陽，因此張氏對朝廷與宮中的影響也有限，娘子們雖然仍不滿，但倒也不似以往那樣多有怨言。

因御史中丞王舉正等人連續上疏抗爭，說對唐介處罰太重，所以今上把外放唐介的地點改了改，從春州改為相對好一些的英州。十月中，我又從張承照那裡聽到一個消息：今上命張茂則護送唐介去英州。

我很驚訝，立即去找張先生。那時他正在收拾行裝，亦證實了這個消息。「官家為何會下這命令？」我問張先生：「貶放臣子，並無遣中使護送的慣例。」

張先生告訴我：「英州雖不若春州惡弱，但仍處嶺南，官家擔心唐介水土不服，死於道上，所以命我沿途護送，著意照料，讓他平安到任。」

此刻我更關心的是張先生。嶺南山遙水遠，世人皆畏其水土，雖名為護送，但張先生將面臨的危險並不比唐介少。

心中有千言萬語，最後卻只化為很簡單的一句：「先生多保重。」

他完全明白我心思，微微一笑。「別擔心。我是做了三十多年內臣的人，沒那麼矜貴。」

唐介與張先生啟程後沒幾天，今上出人意料地，又下了一道詔命：宰相文彥博罷為吏部尚書、觀文殿大學士、知許州。

有人說這是文彥博因燈籠錦事不敢安於相位，故自己請辭，今上順勢答應；也有人說這是今上在貶放唐介之時就做的決定，爭執的雙方均罷之，以示公允。無論是怎樣，效果都不錯，平息了諸臣關於宰相交結後宮的議論，世人皆讚今上英明。

一日我隨公主去福寧殿見今上，彼時皇后也在，正與他垂目同賞案上的一幅畫。行禮之後，公主興致勃勃地也過去看，一見即睜大了眼睛：「是唐介！」

我略微靠近，抬目望去，發現那上面畫的果然是唐介的頭像。

「徽柔也認得他？」今上問。

「哦，不是。」公主忙否認，手指畫卷上的字，說：「畫上寫了他的名字。」

今上一笑，對皇后說：「這次選的畫待詔不錯，據說也只見過唐介兩次，竟繪得頗為神似。」

公主很好奇地問父親：「爹爹讓人繪唐介頭像，是準備掛在天章閣嗎？可是聽說他的官很小呀……」

天章閣中掛著國朝歷代名臣頭像，但以唐介的官位品階，顯然是無資格入選的。

今上笑而不答，喚了名近侍過來，一顧唐介頭像，吩咐道：「把這畫送到寧華殿，讓貴妃掛在閣中。」

我於一旁聽著，面上雖不會流露任何情緒，心下卻是暗暗稱奇，幾乎懷疑那日在垂拱殿所見，今上怒責唐介的景象是錯覺。

而這之後，皇后微笑著，向今上表達了她關於唐介的一點兒意見：「陛下英明仁厚，愛惜言官，雖問了唐介無禮犯上之罪，卻仍嘉其忠直，既為其畫像，又特遣中使護送，力保其周全。但臺諫官貶黜，向來無此體例。一旦唐介因霜露之病死於道路，四海廣遠，此中真相又不可至家戶曉，倘若死訊傳來，臣民憶及唐介死時有陛下所遣之人在側，恐怕有人會就此妄自猜疑，徒使朝廷負謗於天下，或將有損陛下清譽。」

今上思忖片刻，然後笑了笑：「亦有兩位臣子這樣跟我說。既然皇后也想到了，可見這點顧慮確有道理。」

他很快下旨，命人追回行至半途的張茂則。而此後唐介也平安到任，任職僅月餘，今上又將他徙為金州團練副使、監郴州酒稅，讓他徹底離開了嶺南。

皇祐四年的上元節宮中氣氛比往年略有不同。

今上召回了在慶曆八年宮亂事件中被貶黜出京的內臣鄧保吉，雖未立即恢復他入內副都知之名位，但對其好言撫慰，承諾日後會加以升遷。

鄧保吉原是真宗朝老內臣，為人和善溫厚，在宮中人緣頗佳，與張惟吉、張茂則、裴湘等人皆為好友，而他另一舊友，已致仕的內臣孫可久聞訊後亦從宮外趕來與其相聚。

上元節午宴上，今上特賜幾位老內臣坐，宴罷賜茶湯，留其閒談。因鄧保吉此前曾任潁州兵馬鈐轄，而歐陽修前兩年移知潁州，兩人多有往來，故今上頻頻問他歐陽修之事。鄧保吉一一回答，還讓人取來筆墨，寫下一些記得的歐陽修新近詩作給今上看。

今上閱後嗟賞不已，又喚過公主，讓她留心品讀。

以後的話題就集中於詩詞上。除裴湘外，孫可久也是個善吟詠、有詩名的風雅內臣。與宮中最常見的宦官不同，他賦性恬淡，對鑽營與晉升並無興趣，才逾五十即乞致仕。而今出宮外居，都下有居第，堂北有小園，城南有別墅。每逢良辰美景，便以小車載酒，優遊自適。

讀完歐陽修詩作，今上笑對孫可久說：「聽說孫翁出宮後常與名士唱和，可否也賜新作一觀？」

孫可久忙稱「不敢」，又道：「今日臣入宮，先往禁中走了一圈，看了看諸閤門前的春帖子。閱後實在汗顏，學士們詩作實乃字字珠璣，佳句頻出，尤勝前幾年。臣縱胡謅過幾首歪詩，此刻也全被嚇回去了。」

裴湘聞言笑道：「孫先生過謙了。不過今年春帖子確實好看，皆因官家開恩，把前些年外放的文臣召回好幾個，故春帖子佳句也增了不少。」

孫可久順勢感嘆皇恩浩蕩。今上捋鬚淺笑，道：「奉承話就不必說了。孫翁難得入宮，今日就為朕寫副春帖子吧。」

孫可久想了想，又看看身後站著的裴湘養子裴珩，再應道：「官家有命，臣自不敢違。見今日情景，倒也有了一聯，只是尾聯尚未想好。聽說阿珩由楚老悉心教導，詩也作得極好，不如便請他為我續這兩句吧。」

楚老是裴湘的字。裴湘聽了這話連連搖頭，道：「阿珩哪會作詩，平日胡謅的不過是幾句順口溜罷了。」

今上卻對孫可久的建議大感興趣，即命裴珩與孫可久聯句。裴珩還只是個十五歲的少年，性情率真，亦不推辭，落落大方地頷首答應，對孫可久道：「請先生先作首聯。」

孫可久笑著提筆，在紙上寫了兩句：「振鷺於飛繞紫宸，吹笙鼓瑟玉醪醇。」

「振鷺於飛」借《詩經‧周頌》之典，意謂君子來朝，迎之以禮，用在這裡，有讚賞皇帝善待賢臣之意。

今上看了頷首嘉許。孫可久隨即把筆交到裴珩手中，裴珩略作沉吟，便一揮而就。

公主守在旁邊，一壁看著，一壁隨之唸出這尾聯：「無人更進燈籠錦，紅粉宮中憶佞臣。」

【肆】皇孫

公主聲音不大，卻也足夠令周圍的人聽清。緊隨其後的，是一陣微妙的沉默。圍觀詩作的人脣邊的微笑都還維繫著，卻暫時未有任何言談，一個個有意無意、或明或暗的，目光都掠過了侍坐於今上身側的張貴妃。

張貴妃肯定也聽見了裴珩的詩句。若是以往，對冒犯她的小黃門，她也許會出言斥責，也許會示意身邊的內侍代她責罰，但此刻，面對這空前的當面嘲諷，她竟然一時沒對裴珩有任何動作。在冷冷地瞥了裴珩一眼後，她開始定定地注視著今上，以此間沉默代替她的申訴和請求。

而今上居然沒有看她。或許看了，但用的只是心裡那隻眼睛。他不慍不怒、安然自若，目光從詩箋上徐徐移至裴珩臉上，面色像是被那少年黑白分明的雙眸映亮，他最後脣角上揚，引出一抹和煦如暖陽的笑意。

「好詩。」他說。

他是真的笑納了裴珩的詩句，甚至在裴湘代子請罪的話只說出幾字時便止住裴湘，繼而命人取什物賞賜裴珩和孫可久。於是先前暗暗為裴珩擔心的內臣們皆鬆了口氣，跟著今上展顏笑。公主亦很開心，親自鋪紙要裴珩再寫一副春帖子。

包括今上在內的眾人公然渲染著這些間和樂氣氛，均像是視張貴妃如透明。她鐵青著臉枯坐片刻，最終用衣袖拂倒了面前杯盞，以打斷殿中笑聲，然後她在眾人矚目之下站起，未施禮告退便漠然走出大殿。

今上亦沒就此說些什麼，只讓人把杯盞碎片收拾乾淨，再對執筆側首關注著他的裴珩笑笑，溫和地吩咐：「繼續寫。」

裴珩的詩句很快流傳到宮外，頗得士大夫讚賞，都下也有人將這詩編成歌謠傳唱，未過許久，又傳到宮中。鑒於今上已公開表示過對這詩句的寬容，宮人們亦無顧忌，因此一時間，禁中飄滿了「無人更進燈籠錦，紅粉宮中憶佞臣」的歌聲。

最後倒是皇后對這首歌下了禁令：「文彥博施政多有可稱道處，而且，聽說燈籠錦是他夫人自作主張獻給貴妃的，他本人之前並不知曉。這兩句詩寫得過了。」她後來說，從此不許宮中人再唱這歌。

張貴妃並未因此承她的情，對皇后依然時有冒犯之舉，而燈籠錦之事後，面對今上不可捉摸的態度，她顯得更加患得患失。

大概出於對失寵的恐懼，早在皇祐二年，她就請今上納了她的第八妹，封為清河郡君，但這個妹妹沉默寡言，並不怎麼得寵。於是，皇祐四年，她又把剛至及笄之年的養女周姑娘送到了今上面前。

周姑娘單純善良，且又是今上親眼看著長大的，因此倒是頗得今上眷顧，受封為安定郡君。但張貴妃此後情緒卻變得極不穩定，若今上數日不見周姑娘，她會建議他多去看她，而一旦今上當真臨幸了，她又常常會無名火起，不時打罵下人，甚至藉故怒斥周姑娘。

這樣日復一日的憂慮煩躁狀態也逐漸摧毀了她的健康，才滿三十，已是百病纏身，容色頗為憔悴。

兩年後，年號改為「至和」。每年元月初七，皇后養女、京兆郡君高姑娘都會帶她和十三團練的兒女入宮來探望皇后，這年也不例外，清晨即入宮，與皇后相聚一天。

高姑娘已育有二子二女，其中兩位公子先後由今上賜名為仲針和仲明，一個七歲、一個五歲，生得極可愛，眉目之美尤甚於十三團練，公主非常喜歡，每次他們入宮，公主都會去與他們一起玩很久。

這兩個孩子容貌不無相似之處，但性格卻迥然相異。每次入宮，略小一些的仲明總是乖乖地待在皇后身邊，或者任由娘子們搶著抱來抱去，從來不哭不鬧，也很安靜。而仲針則活潑很多，總是四處尋找可以撥弄玩耍的東西，一刻也閒不住，且極討厭人抱他，從剛學會走路時起就是這樣，若有娘子抱他，不管是誰，他一概掙扎著下來，一定要自己走。

這次一碟蜜餞又使他們流露出不同的個性。

皇后於殿中賜他們每人一碟蜜餞果子，梨乾、膠棗、桃圈、烏李、沙苑榅桲、漉梨、林檎乾之類，還配有幾塊西川乳糖、獅子糖和霜蜂兒。公主看見，就故意笑著向皇后懷中的仲明伸手：「仲明，把你的果子給姑姑好不好？」

仲明此刻正拈了一顆烏李準備塞進嘴裡，見公主這樣說，立即就把那烏李遞給了她。公主接過，當真自己吃了。仲明看見，又抓了一把蜜餞給公主，此後猶覺不足，索性撲向案上，把整個碟子都往公主面前推。

「全給我？」公主指著蜜餞說。

仲明點點頭，對姑姑微笑。他有一雙安寧柔和如平湖秋水的眼睛。

公主笑著撫撫仲明的臉頰，拈了一枚桃圈餵他，然後又轉身去逗他哥哥：「仲針，你的蜜餞也給姑姑嗎？」

結果慘遭拒絕。停止分拆錦幔邊的一個鎏金銀香球，仲針回頭，盯著她直說：「仲明不是把他的蜜餞都給了姑姑嗎？」

「不夠呀。」公主笑說：「姑姑小時候都吃不到蜜餞果子的，所以現在要多多的。」

「為什麼吃不到？姑姑是公主，想要多少就有多少呀。」仲針問。

公主回答：「因為翁翁不許姑姑吃。」

「翁翁為什麼不許？」

「因為那時姑姑在換牙，他怕姑姑吃了蜜錢牙長不好。」

「哦，那我也不能給姑姑。」仲針很嚴肅而堅定地表明了他的態度：「蜜餞吃多了牙會黑，姑姑是女子，牙黑了不好看，所以我不能給妳。」

這話一出，旁觀的殿中人都笑了。公主亦笑個不停，對仲針招手道：「你個鬼靈精！快過來，讓姑姑拍你兩巴掌。」

苗淑儀聽了自己先就作勢拍了公主一下，笑道：「妳還真好意思呢，十七歲的大姑娘了，還跟小姪兒爭果子吃！」

這期間不斷有向皇后請安的娘子進來，見高姑娘母子在都很歡喜，紛紛留下與他們閒談。今上退朝後亦趕來，與皇后一起含飴弄孫，共用天倫之樂，看上去十分愉快。

張貴妃一直沒露面，將近午時才姍姍而來。皇后見了亦賜她坐，且讓孫子、孫女向張貴妃見禮。

諸子施禮如儀，口中喚的是「張娘子」。今上聽見，便對他們說：「都是一家人，別那麼生分，日後就喚張娘子為『小娘娘』吧。」

京中孩子稱祖母為「娘娘」，這也是高姑娘子女對皇后的稱呼。皇后見今上這樣說，遂目示張貴妃，讓懷中的仲明先喚她。

仲明猶豫了一下，終於還是依照帝后的意思喚了一聲：「小娘娘。」

張貴妃微微一笑，又看向另一側的仲針，若有所待。

仲針亦在看張貴妃，與她目光相觸，遂開了口，聲音清晰響亮，但喚的卻還是：「張娘子。」

張貴妃笑容淡去，今上亦蹙了蹙眉。高姑娘輕輕拉了拉仲針衣袖，低聲糾正：「是小娘娘。」

仲針卻擺首，朗聲對今上說：「在這宮裡，仲針只有一個翁翁，當然也只有一個娘娘。天下沒有『小皇后』，仲針也不會有『小娘娘』。」

【伍】履道

這句話無疑激起了一陣不小的波瀾，但在帝后未改容的情況下，照例悄無聲息地隱沒於各人心底。

今上沒有再勉強仲針喚張貴妃，他沉默著，面色倒仍然是柔和的。高姑娘知趣地拉過此前在一旁與秋和玩翻繩花遊戲的兩個女兒，在她們耳邊低聲囑咐，於是兩位小姑娘上前向張貴妃行禮，口中都道：「小娘娘萬福。」

張貴妃見狀，起初僵硬的表情才略微鬆動，若有似無地笑了笑，淡淡吐出一個字：「乖。」

然後，她徐徐起身，朝皇后一拜，道：「皇后，十日後是臣妾母親生日，臣妾擬於明日前往相國寺進香，為母祈福，望皇后恩准。」

皇后和顏道：「貴妃為母行孝，自然無有不妥，我稍後會命司輿為妳備好車馬，明天一早便可出行。」

「謝皇后。」張貴妃說，但她看皇后的眼色卻很冷漠，令人察覺不到半點謝意。

此後，她又提出一個要求：「臣妾車輦所用的傘扇、羽儀均已陳舊，尤其是那一品青傘，顏色最為暗舊，若明日出行再用，恐會招致路人指點，有損皇家威嚴。因此，臣妾想借皇后車輿上紅傘一用，望皇后亦開恩許可。」

后妃車輿儀仗有定制，紅傘僅皇后能用，張貴妃所提的是一無禮僭越的要求。而且，這並不是個新議題。她以前就曾向今上請求允許她用紅傘，今上命群臣商議決定，結果幾乎遭到所有人反對，最後只許她用青傘。明明已有定論，她卻於此時舊事重提，很像是對皇后的公然挑釁。

「紅傘？」皇后沉吟，看了看今上，她出言問他：「官家以為如何？」

未待今上開口，張貴妃便已先代他作答：「臣妾昨日已問過官家，官家讓臣妾來問皇后，說皇后許可便好。」

皇后再轉視今上，未見今上否認，遂做了決定。喚過張惟吉，她吩咐道：「一會兒你去跟司輿說，明日張娘子車馬配紅傘。」

張惟吉面露難色：「娘娘……」

皇后微笑著，像是鼓勵的，對他點了點頭。

其餘宮中人默默看著，都不敢妄發一言。未承想，最後竟是仲針表示了異議。

「翁翁。」他問今上：「紅傘是任何人都可以用的嗎？」

今上一時未答，仲針便又說：「上次臣隨娘娘去金明池，見她車上紅傘很好看，就問姑姑，何不也用這顏色的傘，結果被她罵了，說紅傘只有皇后能用……姑姑說錯了嗎？」

眾人屏息靜待今上回答，而公主在這一片靜默中悄悄對仲針眨了眨眼，讚許地笑了。

「她沒說錯。」今上終於表態，轉顧張貴妃，又道：「國家文物儀章，上下有秩，妳若公然張紅傘出行，必不為外廷官員所容，徒惹物議罷了。皇后好意，妳且謝過，明日出行仍用青傘。」

皇后身邊近侍，自張惟吉以下，聞言均拜謝今上：「陛下聖明。」而公主看見張貴妃此刻表情，差點笑出聲來。我適時送上一杯新點的茶，她接過以袖掩面作飲狀，但顫抖的雙肩仍洩漏了她此時情緒，終於點燃了張貴妃的怒火。

「官家。」張貴妃略略提高了聲音，當眾質問今上：「為何你一而再、再而三地容許人羞辱我？如今，從你的女兒、孫子、姬妾，到宮中最卑賤的小黃門，誰都可以拿我取笑作樂，我成了這宮中最大的笑柄！」

今上沒有接她話頭，只和言道：「妳近日身子不大好，是不是有點累了？早些回去歇息吧。」

張貴妃卻擺首，拒絕循他鋪設的臺階而下。她胸口起伏明顯，應是在壓抑怒氣，但收效甚微，兩目泛出了淚光，她繼續直言：「所謂三千寵愛在一身，其實只是個笑話。十幾年來，我得到了什麼？不過是三千粉黛的妒忌和朝廷百官一次又一次的指責。你金作屋、玉為籠地把我困在這座皇城中，只許我和我的家人眼前富貴，但我真正想要的，你卻從來不給我……」

今上並不回應，但問身側的張茂則：「最近為貴妃視診的太醫是誰？」

張先生報上太醫名字，今上道：「撤了，換個高明的來。」

張貴妃聽見，冷笑道：「我沒病！入宮二十多年來，我從沒像今天這樣清醒過……你縱容臺諫斥責我，以致芝麻大的官，都敢指著我的鼻子罵我是敗壞國家的楊貴妃！而那些稍微跟我露過好臉色的大臣，你都會將他們貶放出京。賈昌朝是這樣，夏竦、王贄是這樣，王拱辰是這樣，連對文彥博也是這樣……皇后一派的官員內侍你倒是著意關懷，先前外放的也要一個個召回來。如今，鄧保吉都回來了，但楊懷敏呢？你卻又為何不召他回宮？」

她停了停，先看看張茂則，然後再顧未發一言的董秋和，忽又說了一句無禮至極的話：「你還真給皇后面子，連她的兩個心腹你都欣然笑納，一個隨你上朝堂，一個陪你上龍床……」

秋和臉色蒼白，無意識地勒緊了剛才閒纏在左手手指上的絲繩。

今上亦忍無可忍，幡然變色，揚聲喝道：「來人！」

任守忠立即趨上待命。皇后似看出今上的意思，一按他手背，搖了搖頭。

今上一怔，神色漸緩和。「請貴妃回寢殿歇息。」他以平和語氣命令任守忠。

任守忠答應，上前欲扶張貴妃，張貴妃猛地掙脫，一指皇后，凝視今上，聲淚俱下：「這一場仗打了十幾年，我終於還是輸給她了……你讓你的嗣子娶她的養女，生下的長孫也只認她為祖母。有朝一日，若那剛才羞辱過我的孩子坐在了紫宸殿上，屆時他又會怎樣對待我？」

見今上蹙眉不語，她又目指皇后：「你總說她寬厚端莊，對我屢次退讓，要我謝她。可是你有沒有想過，呂后在劉邦生前，面對戚姬，擺出的不也是寬厚端莊的姿態？而一旦兒子即位，她就把戚姬殘害成了人彘！」

這時公主起身，上前數步，對張貴妃道：「張娘子，我倒也想問妳，妳有沒有想過，劉邦的姬妾不只戚姬一人，為何只有她落得個做人彘的下場？」

「她能有什麼錯？」張貴妃道：「不過是因她最得寵，所以招致呂后嫉恨。」

公主擺首，道：「如果不是她怙寵僭上，曾三番五次地慫恿劉邦廢太子，改立自己兒子為嗣，又豈會令呂后憤怒至此？履道坦坦，幽人貞吉。如果妳沒做錯事，又怕什麼報應？」

張貴妃側目怒視她：「公主，妳也是庶出，我與妳母親是一般人。妳卻為何全幫皇后說話，處處淩蔑於我？」

公主應道：「我看不起妳，不是因為妳的嬪御身分……狹隘的心胸承載不起日益滋長的欲望，所以處處可笑。」

「欲望……」張貴妃重複著這詞，又反問公主：「難道公主就沒有欲望？設法尋求自己想要的東西，又有什麼錯？」

這問題讓公主有一瞬黯然，但很快的又抬起眼簾，她清楚作答：「我也有想要的東西，但那不涉及權柄社稷，不過是一個尋常女子最簡單的願望。而妳才為貴妃，就費盡心機地為自己和家人謀利求封賞，多年以來，還一直企圖培植黨羽、密謀廢立之事，異日若為國母，必會極天下之養以填一己欲壑，這也是我鄙視妳，群臣斥責妳，和爹爹尊皇后而抑制妳的原因。」

這話令張貴妃怔忡半晌，後來，她幽幽地笑了：「好個志向沖淡的公主！但是，我不妨現在告訴妳，將來妳一定會發現，妳那尋常女子最簡單的願望有一天也不會為世人所容，妳這樣的性子，也一樣會讓妳落得個群臣怒斥、帝后抑制的下場。」

言訖，她傲然仰首，轉身離去，在將出殿門時又回頭，朝著公主詭異地笑。

「妳可以把這看作是我的詛咒。」她說。

這日夜間，寧華殿傳來張貴妃急病發作的消息。今上匆忙趕往探視，張先生也帶著不同的太醫去了好幾次。出入寧華殿的人都面色凝重，且不時有張貴妃哭喊聲隱隱自內傳出，宮中人都覺出事態嚴重，苗淑儀遂命張承照帶兩個小黃門去徹夜守候打探。

翌日清晨，張承照才回來，回稟道：「剛才任都知從寧華殿內出來宣布：貴妃張氏薨。」

宮內大多數人都認為張貴妃是自殺，有人說她服毒，也有人說是吞金，不能即死，所以哭鬧了許久。也有少數人猜測是皇后所為，不過，我看不出皇后在這種情況下有任何謀害張貴妃的必要。

後來遇見張先生時，我還是不能免俗，像所有好奇的宮人那樣，問他張貴妃的死因。

他給了我一個簡單而透徹的答案：「絕望。」

【陸】追尊

王拱辰與馮京，本朝風姿特秀的兩位狀元，一位服紫、一位服朱，各秉白笏，分守於白玉欄杆琉璃瓦的福寧殿前，神情肅穆地等候今上召見。

任早春清冷的風吹拂著他們的曲領大袖，他們均目視前方，保持著長久的靜默，在一種類似對峙的氛圍下，甚至連眼睫都未曾有過一瞬的顫動。

這幅奇異而優美的畫面下，隱藏著張貴妃以她的生命為代價引發的，與皇后最後的戰爭。

張貴妃薨後，今上頗為感傷，宣布當日輟朝，在寧華殿悲悼不已，還向人敘述夜賊入宮，張貴妃趕來護衛，以及久旱之時刺臂血書祝詞之事。寧華殿提舉官、入內押班石全彬趁機建議今上在皇儀殿為張貴妃治喪。

國朝儀制規定，皇后薨逝才可治喪於皇儀殿。石全彬此舉其實是建議今上追尊張貴妃為皇后。

消息傳開，大內譁然。皇后在世而追尊貴妃為后，無異於公然損及當朝國母的顏面尊嚴。

這日輟朝，二府宰執不得入內，禁中可能就此事發表意見的，唯有兩名因公事值宿的官員——翰林學士承旨王拱辰和同修起居注馮京。

因與張貴妃有來往而被外放的官員中，只有王拱辰一人後來被召回京城，任翰林學士承旨。馮京這幾年則一直任館職，一年前新除同修起居注，隨從今上出入，負責記錄今上言論行止，修成起居注以送史館修實錄與正史，這是只有進士高等、制科出身之有才望者才能拜的官職。由以上兩點也能看出今上對這兩位狀元確是另眼相待。

張貴妃噩耗傳至翰苑，王拱辰立即上疏要求追尊張貴妃，而在起居院中的馮京聽見這消息，亦當即擬了章疏，稱追尊之事不可行。待今上回到福寧殿後，兩人齊齊來到大殿前，各自請求皇帝賜對。

我承了苗淑儀之命，往來於諸閣間，幫她傳遞消息，彼時路過福寧殿，正好看見兩人對峙的景象。

問過殿前宦者，我知道他們的章疏早已傳交至今上手中，但今上遲遲未宣他們入內。而馮京與王拱辰像本朝每個言官那樣，均不缺乏堅持的耐心，分守在殿前東西兩端，於絕對的靜默中劍拔弩張。

又過半晌，殿中才有內侍出來，宣王拱辰入對，而對馮京和言道：「陛下口諭：今日輟朝，不必勞動馮學士執筆，請學士回院休息。」

馮京卻不領命。目送王拱臣入內後，他驀然在殿前跪下，一字一字，揚聲道：「臣馮京懇請皇帝陛下賜對。」

福寧殿中一片靜寂，並無任何回應。

馮京繼續跪著等待，直到我離開，他亦無放棄的意思。

我此後隨公主與苗淑儀去柔儀殿探望皇后，也留於其間靜候消息。須臾，張惟吉含淚進來，向皇后稟道：「官家接受了王拱辰的建議，欲追尊張貴妃為皇后，已命他待明日與宰相商議後寫詔令。」

「這怎麼可以！」公主當即起身。「我去跟爹爹說……」

「徽柔。」皇后喚住她，搖了搖頭。「不要反對。這是張貴妃生前最大的願望，也是妳爹爹可以為她做的最後的事，他不會改變主意的。」

公主蹙眉道：「但是，孃孃……」

苗淑儀也朝她擺首，勸道：「只是虛名而已。人都沒了，何必跟她計較這許多。」

張惟吉隨即告訴皇后，馮京還跪在福寧殿前，但今上始終拒絕召見。從柔儀殿出來，我折向福寧殿，果然見馮京還跪在那裡，在漸暗的光線下，他像一尊著了衣袍的石像。

片刻後，有一女子身影緩緩靠近他，青衣綠錦、白玉雙珮。他感覺到，側首一看，立即轉身伏拜：「皇后殿下……」

「馮學士回去吧。」皇后說，面上有溫和淺淡的笑容。「多言數窮，不如守中。」

馮京默然。少頃，他朝皇后再拜：「臣謝殿下教誨。」禮畢，他終於站起，徐徐退去。

也許是得知皇后到來，今上自福寧殿內走出，步履異常遲緩。立於正門前，他徐徐抬目看階下的皇后，神情疲憊，黯淡無神的面容顯得格外蒼老。

帝后遙遙相望，彼此都無言。剛才王拱辰與馮京之間的靜默隱帶金戈鐵馬般的對抗意味，而此刻帝后目光交會於這兩廂無語間，空曠的院落中只印有他們兩道孤單的影子，這景象蕭蕭索索，一片蒼涼。

這日夜間，我前往翰苑，尚在猶豫是否進去，王拱辰卻已在內窺見了我身影，高聲問：「誰在那裡？」

我自一叢翠竹後現身。他看清楚我容貌，竟能認出：「原來是你，中貴人！」

當日我給他留下的印象應不算太糟，他迎了出來，目中頗有喜色，甚至請我入內坐。我略一笑，應道：「中官入玉堂坐，於禮不合。」

他笑意微滯，沉默下來。

我看看他手中猶持著的筆，道：「在下斗膽，請問王翰長（註1），今日倡追尊之事，是為禮義，還是為仕途？」

王拱辰打量我，淡淡問：「中貴人任職於皇后殿中？」

我擺首否認。他亦不追問，說：「我也知道，張貴妃無德，今上所舉功績亦不足以令她封后，皇后在而倡追尊之事，不符禮制道義。」

「那是為仕途了？」我問。

他徐徐搖頭，道：「中貴人也以為我是個只知曲承帝意的小人嗎？」

我淡笑不答，但說：「王翰長聰明睿智，自不會看不清日後政局。」

他亦淺笑，道：「張堯佐無才無能，貴妃薨後，張氏衰敗是必然的。今上始終眷顧皇后，皇后又有十三團練為子，日後必將坐享太后之福。」

「既如此，王翰長為何還要提議追尊貴妃？」我再問他。

註1　翰林學士承旨位在諸翰林學士之上，對其之尊稱。

他坦然告訴我答案：「為報她瑞香花之恩。」

見我不語，他繼續說：「她想要什麼，就會為之努力，一定要達到目的，這點，我很佩服她。我前半生，常常瞻前顧後，喜歡的東西也不敢力爭到底，以致失去了很多……所以，現在我願意代她爭取，以她想要的皇后名位，向她的堅持致敬。」

「不惜以前程為代價？」

他這樣答：「我常做出錯誤的決定，在面臨抉擇的時候，也不在乎多這一次了。」

我再無話說，最後向他道謝：「多謝王翰長坦誠相告。」

他對我呈出一抹友善笑容：「拾笏之恩，拱辰亦沒齒難忘。」

【柒】溫成

這一日，關於張貴妃治喪事宜，宮中幾位都知曾有過一場爭論，其中多數認為今上既有追尊的意思，不若即將張貴妃靈柩移往皇儀殿，而張惟吉力排眾議、強烈反對，說此事須翌日與宰臣商議後再定。

文彥博罷相後，今上又把陳執中召了回來，已復其相位。次日在朝堂上，王拱辰力爭於群臣之前，堅持請求治喪於皇儀殿。陳執中見今上也有此意，最後終於點頭許可，讓參知政事劉沆為監護使，與石全彬等人負責處理喪禮事宜。

當這消息傳到禁中時，張惟吉老淚縱橫，望正殿方向頓首叩頭，直叩得額頭上血跡斑斑。

「陛下！」他哭泣著，高聲質問：「不能正嫡庶，何以嚴內外、正威儀、平天下？」

為張貴妃之事抗爭的遠非他一人。次日今上宣布輟朝七日，四日後，追尊張貴妃為皇后，以後又陸續下詔令，為其立小忌、立祠殿，皇后廟祭享樂章。這些決定中的每一條都遭到以臺諫為首的大部分臣子的反對，進諫的章疏絡繹不絕地被上呈今上。

但也許正如皇后所言，今上覺得這是他可以為張氏做的最後一件事，所以並不理睬這些反對者，唯一採納的，是樞密副使孫沔關於張氏謚號的修改意見。

起初今上為張氏賜謚為「恭德」，顯然這美謚與她生平所為嚴重不符，群臣嗤之以鼻。後來孫沔找了個令今上易於接受的理由來進諫：「太宗四位皇后的謚號皆用『德』字，乃是從其廟謚。今恭德之謚，又是以何為依據？」最終今上從其所請，將張氏的謚號改為了不慍不火的「溫成」。

因諫言不被接納，多名臺諫官自請補外。而其後張氏喪禮越制，兩名禮院官員，同知太常禮院、太常博士、集賢校理吳充與太常寺太祝、集賢校理鞠真卿為此將奉行喪儀的禮直官移交開封府治罪，因此激怒了負責治喪的參知政事劉沆等人，於是建議今上，以吳充知高郵軍，鞠真卿知淮陽軍。

不久後，一份寫有馮京消息的邸報在後宮被眾人悄悄傳閱：直集賢院、判吏部南曹、同修起居注馮京落同修起居注。

此中細節也不難打聽到：他此前上疏論吳充等人不該被貶黜，言辭直切，說吳充等人所為是為維護禮法儀制，並無過錯，反而是溫成喪禮逾制，顯得今上薄於太廟而厚於姬妾，大損聖德，應追究治喪者之罪。劉沆大怒，立即請求今上外放馮京知濠州，但這次今上卻不答應，說：「馮京直言論事，又有何罪？」所以只暫時解除了他同修起居注的職務，不讓他做這期間的實錄。

但對這位當年轟動東京城的狀元郎，今上始終有一種如對子弟般的愛惜之心。不過數月後，又復其原官，仍命他執筆再修起居注。

整個至和元年，宮廷內外都籠罩在張貴妃之死引發的一串事件陰影中。十月間，對皇后忠心耿耿的老內臣張惟吉與世長辭。為此難過的並不僅僅是他長年守護的皇后，也不限於裴湘、鄧保吉、張茂則，和我這樣的同僚、朋友或下屬，還包括曾經拒絕聽他勸告而堅持追尊張貴妃的今上。

聽到張惟吉去世的消息那天，今上也淚流滿面，親往臨奠，並將張惟吉的謚號定為「忠安」。

關於朝中大臣，這年中最好的消息大概就是歐陽修奉召返京了。

至和元年九月，今上遷外放多年的歐陽修為翰林學士，兼史館修纂。

我於至和二年元月初才見到他。那天我與張承照因故外出，路過翰苑時正巧遇見他托著一卷文書出來，張承照忙低聲喚我看，目指他說：「那就是歐陽修！」

如果說王拱辰給我留下的印象是清寒，馮京是秀美，那麼這位我仰慕已久的名士又該用什麼詞來形容呢？

滄桑。

是的，經年風霜已染白了他兩鬢，雙眉微垂，眉心有兩、三道抹不平的皺紋，令他在如此平靜的狀態下都像是在蹙眉嘆息。

他目不斜視地自我們面前走過，步履平緩，面上有明顯的眼袋，眼睛又是凹陷的，目中亦有神采，卻又不像馮京那樣的明亮，或唐介之類的年輕臺諫官那般銳利，是一種不露鋒芒的光彩，像泛著微光的古井水。

待他走遠後，我問張承照：「歐陽學士今年多少歲？」

他望天數指算了算，說：「好像是四十八歲。」

「才四十八嗎？」我覺得詫異。「看上去竟如此蒼老。」

「是啊，他老得挺快的。」張承照說：「聽說他去年回京述職時，官家見他兩鬢斑白，臉上滿是皺紋，當時就忍不住要落淚了，一迭聲地問他：『卿今年多少歲？在外幾年？』不久後便召他回京，現在升他做翰林學士，對他挺好的。這不，看樣子是又召他去便殿了……他還手舉文書，不知道擬的是什麼詔令。」

後來我們得知，歐陽修那日所舉的並非詔令，而是他自己上呈今上的諫言章疏。此前今上宣布要朝謁祖宗山陵，而群臣看出他其實意在藉此致奠溫成陵廟。歐陽修雖已不屬言官，卻還是特擬了章疏論此事，說今上聖德仁孝，不可使中外議者謂皇帝意在追念後宮寵愛，託名以謁祖宗，虧損聖德。「陛下舉動為萬世法，亦不可不慎。」

而這次進諫也為今上嘉納，此後今上朝謁山陵時，過溫成廟而不入。

至和二年的端午節前，今上命翰苑詞臣寫端午帖子時也為溫成閣寫幾副。這時王拱辰已被遷為三司使，不在翰苑中，而翰林學士們面面相覷，都不願為溫成閣寫。後來給其餘閣分寫的都呈交入宮了，而溫成閣的卻遲遲未進。今上因此不懌，學士們聽見，又不免惶恐，但就是沒靈感提筆去寫。最後，是歐陽修接過了這任務。

他寫的帖子很快被送至後宮，宮中人皆圍觀爭睹，見他為溫成閣寫了四首，前三首是：

密葉花成子，新巢燕引雛。君心多感舊，誰獻辟兵符。

旭日映簾生，流暉槿豔明。紅顏易零落，何異此花榮。

彩縷誰雲能續命，玉奩空自鎖遺香。白頭舊監悲時節，珠閣無人夏日長。

但我想，他真正想表達的意思是在第四首中。

依依節物舊年光，人去花開益可傷。聖主聰明無色惑，不須西國返魂香。

第七章

落花風弄清秋雨

【壹】穎娘

一些關於公主的微妙變化，也始於至和二年。

立夏那天，我清晨照例去公主房前，準備待她梳洗後隨侍左右，笑靨兒卻出來告訴我，公主一早便起身，芳水沐髮後去了閣中後院花圃邊，練習箜篌。

我隨即去後院找她。尚未入內，便已有一段行雲流水般的箜篌樂聲隨風而至，迎面飄來。

那聲音婉轉悠揚，且含情帶韻，如訴心事，聽得人幽思飄浮，天地也變得通明澄靜，連樹上枝頭的鳥兒都好似忽然忘記了鳴唱。

自有了箜篌以後，公主與我之間，好像不再是無話不談，她習慣於把一部分祕密編織進箜篌曲中，以致我每次聽她彈奏，都彷彿是在不自覺地揣摩她心思。

我放緩步履，輕輕走近。

她在芍藥花圃的白玉欄杆前，身披廣袖紗羅單衣，腰繫純紅石榴裙，沐後的長髮半溼，猶未綰起，直直地傾散於身後，末梢蔓延至褶襉紅羅裙散開的裙幅上，純黑青絲曲出柔和優美的弧度，她跪坐在烏漆鏤金的箜篌之後，低眉擘弦。

她專注於樂曲的演繹，未曾理會我的靠近，直到一曲奏罷，才徐徐站起，側身看我。

「懷吉，你來了。」她對我笑，身段玲瓏，花容綽約。

我的目光越過她投向其後的花圃——那裡的芍藥純紅鮮豔，像她石榴裙的顏色，正開得如火如荼。

她這年十八歲。以前總覺得她的童年很漫長，雖然也曾想過她會有成人的一天，卻未料到這一天會如此迅速地到來，我尚無心理準備，她便已陡然長大了。

公主的箜篌已練得很好，好到足以把樂曲演奏作為一個珍貴的禮物，在特別的日子、公開的場合獻給父母。例如這一年十月，皇后生日那天，對公主所呈的壽禮，皇后唯一笑納的，便是她的箜篌曲。

溫成追尊一事風波漸平，今上似乎又覺出了對皇后的歉意，有意補償，近來對她很好。那日的壽宴，今上特意邀請了眾多後族親眷出席，其中包括曹佾父子。

壽宴設於後苑群玉殿，後族男子與宮眷之間垂簾相隔。行過數盞酒後，有內侍唱喏迎公主，公主盛妝入內，在簾後奏響箜篌曲。

她選擇演奏的是〈清平樂〉。當她十指初旋，擘出第一串樂音之時，簾外的曹評便微微睜目，抬眼朝公主所在之處望來。

我想公主應該知道曹評此刻在看她，而她並沒有轉顧他的意思，垂下雙睫，依然有條不紊地拂弦，脣邊隱約有微笑，卻是矜持而冷淡的。

這幾年中，公主與曹評在幾次宴集及遊苑之時也曾有過見面的機會，但公主一概避開，再不見他。我都未想到她竟會如此倔強，當初曹評不過多看了盧穎娘幾眼，她從此便與他形同陌路。

如今公主這一曲〈清平樂〉彈得柔美淡雅，比當年盧穎娘的演繹尚多出幾分清貴之意。曲終，眾人皆讚不絕口。公主起身拜謝，說出對皇后的祝詞後便告退更衣，攜我及兩名侍女出殿。

當走到瑤津池邊時，前方不遠處忽然傳來一陣笛聲，儼然也是〈清平樂〉。公主一怔，不由得朝那方向前行數步，像是在探尋什麼。

那邊湖石堆疊的假山後露出一角衣衫，是雅致的天水碧色。隨著公主的接近，著碧衫的人也移步出來，在澹澹清風中橫吹龍笛，廣袖飄飄，一雙美目似笑非笑地看向公主，目光和著笛中旋律，婳婳地拂過公主眼角、眉梢。

我在心裡暗暗嘆息。這男子如今風致尤甚當年，對公主來說更危險了。

在公主失神的凝視下奏過一疊，曹評按下龍笛，微笑問她：「一別近五年，公主一向可好？」

公主一咬脣，不答，轉身想走。

「公主。」曹評喚住她，略略靠近她，很優雅地側首欠身，輕聲道：「臣有一事百思不得其解，望公主賜教。」

公主猶豫，但終於還是有了回應：「何事？」

「為何自四年前的乾元節後，公主對臣，皆避而不見？」他仍很溫雅地微笑著，但這問題卻提得很直接。

公主雙目蒙上了一層淚光。她保持著背對他的姿態，以不令他發現她彼時的動容。在沉默片刻後，她疾步走開，最後留給他的，是一個無聲的答案。

公主更衣後回到殿中，有意無意地朝男賓坐席上掃了一眼。我知道她想找什麼，但曹評卻不在那裡。

我悄悄退出。不久後回來，低聲告訴她曹評的去向：「曹公子還在瑤津池邊，坐在柳樹下看著遠方出神……下雨了，他亦未有躲避的意思。」

公主端然坐著，好似並未聽見我的話。過了許久，她才終於轉頭喚我，輕聲吩咐：「讓人送把傘給他。」

這一聲吩咐顯示她終究沒把他當路人，我從中感覺到，這一對小兒女的情事——如果可以把那些若隱若現的情愫歸為情事的話——還有延續的可能。而幾天後，一件意想不到的事亦證明了這點。

那天，原本會準時前來向公主授課的老樂師沒有來，進入儀鳳閣求見公主的竟是她一向厭惡的盧穎娘。穎娘告訴公主，老樂師今天病了，所以特派她來，向公主告假，若公主有需要釋疑之處，便請問她。

公主冷著臉，說今日無問題請教，讓穎娘回去。穎娘答應，退至門邊，公主卻又將她喚住，道：「罷了，既然來了，妳就奏一曲給我聽聽吧。」

穎娘答應，回來坐定，含笑問：「公主想聽什麼呢？」

公主道：「〈清平樂〉。」

穎娘笑道：「皇后壽宴上，公主一曲〈清平樂〉技驚四座，若奴家再奏此曲，豈非班門弄斧、東施效顰？」

「哪裡。」公主冷道：「四年前的乾元節上，穎娘妳與曹大公子那一曲〈清平樂〉奏得才叫技驚四座。妳琴藝之妙、姿儀之美，皆令眾人傾倒。我如今再奏此曲，才有東施效顰之嫌呢。」

「公主切勿如此說，折殺奴家。」穎娘忙欠身拜謝，然後，她說出了一點兒當時不為人知的真相：「說來慚愧。那次奴家承命與曹大公子合奏〈清平樂〉，事出突然，奴家倉促之下亦未做好準備，只在演奏前與曹公子商量了幾句，配合細節也是為他所定。合奏時奴家又很緊張，多次出錯，不是忘了按曹公子的編曲方式變調，便是箜篌、龍笛分合處忘了配合，以致他頻頻顧我，暗示提醒，奴家羞愧難當，越發錯得多……」

她尚未說完，公主已睜大雙目，一手抓住她手臂，聲音微微顫著，問：「是妳彈錯了，他才看妳？」

穎娘頷首，微笑道：「是。這一曲能彈下來，全賴曹公子配合掩飾。」

「原來，是這樣……」公主放開穎娘，怔怔地盯著她看了半晌，忽然開始笑，直笑得埋首於臂間，伏案不起。

穎娘赧然道：「奴家濫竽充數，公主見笑了。」

「哦，我不是笑妳……」公主還是伏在案上，但側頭看她，雙眸如星，皆是喜色在閃動。「謝謝妳，穎娘。妳的胭脂顏色真美，衣裳上的蘭麝味兒也很香。」

【貳】酬唱

曹佾夫人張氏每月都會入宮來探訪皇后，最近這一次，她帶了二女兒同來，而曹二姑娘在謁見皇后時，提出求見公主一面，以向她請教關於箜篌的問題。皇后自然許可，即命內人帶她來到儀鳳閣。

曹二姑娘比公主小一些，十五、六歲模樣，甚是開朗活潑。進來之後與公主聊個不停，無非是說初學箜篌的感受與困惑之處，公主便請她先彈奏一曲，而她則說自己琴藝粗淺，羞於令眾人耳聞，請公主屏退左右。公主也答應，讓眾人退下，只留我在身邊。

「懷吉懂音律，妳若彈得不對他也能指出。」公主向曹二姑娘解釋。

曹二姑娘頷首，笑道：「我知道，梁先生不是外人。」

這一句話，令我覺出她醉翁之意不在酒。果然，她隨後所做的並不是彈箜篌，而是從帶來的一個錦囊中取出一把油紙傘。

「大哥讓我將這傘還給公主。」她說。

那確實是皇后生日那天我命人送給曹評的傘。公主也未多在意，只瞥了一眼，讓我接過，道：「一把傘而已，何必巴巴地麻煩妳送回來。」

「大哥說，公主既沒說過這傘是送給他的，便只能當作是借的，自然要歸還。」曹二姑娘回答，然後朝公主眨眨眼，帶著一抹頗可玩味的別樣笑容，又道：「我大哥粗枝大葉的，借別人的東西常有損壞的時候，公主不妨檢查一下，看這傘是否還完好無損。」

公主有幾分疑惑，才又從我手中接過傘，徐徐撐開。

傘，還是那傘，但卻與之前略有些不同——傘面上密密的，布滿了用針刺出的字。公主舉傘對著門外光源處，光線透過針孔，那些字就明亮地顯現出來了。

上面所寫的，是一闋〈漁家傲〉。

檻外斜暉籠碧樹，扶闌引棹逐簫鼓。紅袖鬧蛾雪柳縷，飄颻舉，聽我歌盡神仙句。

影落上林春日暮，羅衣挽斷留不住。卻恨年來瓊苑聚，子不語，落花風弄清秋雨。

這把尋常的油紙傘，因為這一點兒用心的損壞，成了公主愛不釋手的寶貝。在隨後幾日內，但凡閒暇時，她不是把這傘抱在懷裡撫摸，便是悄悄來到無人的庭院，將傘撐開，舉向空中，讓金色陽光透過那千百個細孔，在她的身上灑下一層金沙般的亮點。

她微笑著，一邊閱讀上面的詞句，一邊轉動著傘柄，讓金色光點在她周遭飛舞迴旋，自己也隨之慢慢旋轉，白色的褶裥羅裙下襬亦翩翩展開，像一朵盛開的夕顏花。

這種時候，我通常是隱藏在廊柱之後，做她正午時的影子，安靜地陪伴著她，卻不讓她感覺到我的存在。

我猜她會對曹評的試探有所回應。某日午後，她把自己一人鎖在書房裡，過了許久都未見出來。我奉茶去，敲了幾次門，才見她慌慌張張地來開，手上猶有墨跡。

我請她飲茶，再一顧室內，發現紙簍裡塞滿了寫過的紙。趁她低首喝茶時，我拾起一個最上面的紙團，展開看。

她驚叫一聲，倉促之下潑翻的茶湯打溼了衣裳亦不顧，匆匆撲來就要搶我手中紙。我淺笑著，一壁招架一壁繼續看。

很明顯，她是在填和曹評的詞。那紙上寫著的，是一闋未完成的〈漁家傲〉。

倚夢復尋梅苑路，上林花滿胭脂樹。坐看白鵬天外舞，朝又暮，歌罷問君歸何處。

數載斷弦知幾杼，樂章吟破三更鼓……

見她還在努力地爭奪，我朝她一笑：「別搶了，公主大作，臣已拜讀。」

她這才洩氣，停手不爭了，悶悶地坐下來，有幾分惱怒，亦有幾分羞澀，她扭頭朝一側，賭氣不看我。

我重又細讀一遍她的詞，再看她生氣的樣子，漸覺自己適才舉動太過無禮，遂和顏對她說好話：「公主這詞寫得不錯呢，臣默誦之下，但覺含英咀華，餘香滿口。」

她瞪我一眼：「一看你的笑就知道你這話說得沒誠意。」

這句話引出了我真正的笑意。我溫柔地注視她，但覺她輕顰淺笑無處不動人，連那瞪人時的小白眼都是極可愛的，所以，被她鄙視嗔怨著都成了件幸福的事。

「為什麼這樣看著我？我臉花了嗎？」她問，很不放心地用手摸了摸臉，結果倒真把手上的墨跡沾了些到臉上。

「嗯，是有一點兒。」我說，然後牽出自己白色潔淨的袖口，為她拭去那點汙痕。

這個動作化解了她惱怒之下對我產生的敵意，她垂下兩睫，很忐忑地問我：「我的詞，還是寫得很糟糕嗎？」

我搖搖頭，鼓勵她：「現在寫得比以前好多了。」

她很開心地笑了。我亦隨她微笑，再指那張展開的紙：「繼續寫完吧。」

「唉。」她頹然嘆氣。「後面幾句怎麼想都不滿意，所以寫到這裡就停下了。」

「又在考慮選圓芋頭還是酸芋頭？」我問。

她哧地笑出聲來。大概想起幼時填詞的事，覺得不好意思，她雙手掩面笑，笑著笑著，手指又微微張開一些縫隙，笑得彎彎的眼睛從中窺視著我。

我含笑看她，想起她的詞，略一沉吟，再取過了筆，將她殘句續完。

也擬伤伊宮徵誤，周郎顧，相思只在眉間度。

寫罷，我擱筆，任她看。她閱後雙目閃亮，似感滿意，但悄悄瞟我一眼，雙頰卻又紅了，目示最後一句，低聲道：「可是，可是……」

我和言建議：「公主若覺『相思』一詞太直白，改為『離思』亦無不可。」

「改什麼改……」她紅著臉說：「我又沒說要用……我那詞也只是寫著玩的，不是要給誰看……」

說到最後，她聲音聽上去像嘀咕。扯下案上的紙，她又把它揉成一團，但這次卻沒有仍到紙簍裡，而是捏在手心，輕輕地跑出了書房。

我緩步到窗前，悵然目送她遠去，再舉頭望天際——那裡有白豔豔的日頭，可是我心裡卻開始飄雨。

【參】情事

後來我沒再問公主關於〈漁家傲〉的事，但毫無疑問的，那闋詞一定送到了曹評手中。她會設法做到，或許透過曹二姑娘，或許命張承照傳遞——他總是會全無原則地竭力做一切可以討好公主的事……想到這裡，我有些鄙夷自己：其實我為公主續詞不也是件無原則的事嗎？明知道她與曹評不會有結果，任其發展會很危險，卻還是這樣為她推波助瀾。

我難以解釋自己的行為，也不願深想，怕探尋下去，會觸到自己無法接受的原因。

這年十二月，今上決定車駕幸學，即駕幸朱雀門外的國子監，祭祀孔子、視察學舍並聽講書官講經。

國朝崇尚儒學，注重生徒教育，這是個每年都會舉行的儀式，但這次，公主竟然提出隨行前往，去聽著名的國子監直講胡瑗講經。今上立即回絕，稱女子入國子監祭祀聽講前所未有，萬萬不可行。

公主再三央求，說可以不參加祭祀儀式，而且車駕幸學，皇帝所到之處皆有御幄遮蔽，聖駕歇泊之所又設御屏與黃羅幃帳，若隱於其中，不必擔心被人窺見，講經時她坐在御屏後面，不讓人知道就是了。

今上仍擺首不允，公主嘟嘴盯著今上看了半晌，忽然嘆了口氣，黯然道：「女兒此生最遺憾的事，就是未能生為男兒身，在名師指導下學習經義韜略，為日理萬機的爹爹分憂。」

這一語正中今上心病，他眼圈倏地紅了，悄然側首點拭眼角後，他終於鬆了口：「好吧，妳隨我去。但行動舉止一定要謹慎，切勿失禮於文宣王位前。」

文宣王是唐時追諡孔子的尊號，國朝亦沿用。

而胡瑗是國朝最著名的夫子，現任國子監直講，平時主管太學，學生多達三、四百人，凡講學，常有外來請聽者，最多時甚至會達上千人，講殿內坐不下，生員們便在戶外站著聽。他教人有法，弟子中登科及第者眾，近年來禮部所取的進士，十有四五是他的學生。而這些學生衣服容止往往相似，以至行於道上，觀者雖不相識，但一顧即知他們是胡瑗的弟子。

但公主此番堅持要前去聽講，應該不是真想一睹胡瑗名師風采。

國朝京師官辦學府分兩處：國子監和太學。太學招收八品以下官員子弟及庶人之俊異者，國子監則為七品官以上子孫求學受業之所——而曹評，是國子監生員。

那日今上果然攜公主同往國子監，乘輦入門後，便讓公主先去後殿歇泊處休息，然後今上升正殿，詣文宣王孔子位前，三上香，跪受爵，三祭酒，再拜，一一禮畢後才入幄更衣。

公主這日穿圓領青衫，戴漆紗女巾冠子，打扮得毫不張揚，看上去就像個普通的女官，且又行走於御幄中，因此倒未引人注目。

今上換了冠帽，穿紅上蓋罩衫，加玉束帶、著絲鞋，再升講殿正堂坐，其後有御屏，公主便坐於御屏後，我侍立於她身邊。

隨行宰臣及執經官、講書官、諸國子監官員、學生相繼拜奏：「聖躬萬福。」然後今上賜坐，眾人應喏，除執經官、講書官外，各自就座聽講。

諸生員皆著一式的白色襴衫，於大殿內外席地而坐，隨今上宰臣恭聽今日講書官胡瑗講經。我入殿時留意觀察，見曹評位置在殿外廊下。

胡瑗這年六十三歲，皓髮長眉、容止端莊，一身緋色公服潔淨平整，幾乎無一點兒皺褶。據說他雖處盛暑，講經時亦必一絲不苟地加中單、著公服，坐於堂上，以嚴師徒禮儀。此刻甫開卷展經，殿內、殿外已是一片寧靜，自今上以下，無不正容端坐、屏息恭聽。

他今日所講內容為《易》之章節，開篇明義，再由淺入深，循序漸進，講解形式頗為生動。我在御屏後聽得入神，欲更清晰地聽，不自覺地上前了幾步，竟走至屏風前，與今上御座頗為接近。

侍立於御座邊的張茂則看見，側首示意我入內，今上卻微笑，手指御座旁，朝我頷首，暗示我可以在這裡聽。

邊。

也許是愛屋及烏，一直以來，他對我都頗有善意。我欠身以謝，留在他身

此時胡瑗講到了乾卦，一視面前經書，他朗聲唸原文：「乾，元亨利貞。」

此言一出，滿座臣子、士人相顧失色，連今上亦有驚訝神情——胡瑗竟然不避今上名諱，高聲唸出了「貞」字。

最感震驚的人，應該還是我。童年那次最灰暗的記憶，也是源自直言道出的這個「貞」字。

面對千百道驚愕目光，胡瑗不慌不忙，但對今上一拱手，以四字解釋：「臨文不諱。」

然後，他從容不迫地繼續講解：「元者，善之長也；亨者，嘉之會也；利者，義之和也；貞者，事之幹也。君子體仁足以長人，嘉會足以合禮，利物足以和義，貞固足以幹事。君子行此四德者，故曰乾，元亨利貞……」

他又毫不避諱地連說了三次「貞」字。

今上垂目想想，最後選擇搖頭微笑，並特別轉顧我，笑意略略加深。

他可能也是想起了當年我因犯諱受罰之事。我再次向他欠身致謝，亦微笑著，心中對他不無感激。

那年任守忠甫升職，待下屬尤其嚴苛，抓住我不避今上御名一事，欲殺一儆百，後經張先生相助，請皇后進言官家，寬恕了我。後來我做了入內內侍，

常見帝后，此事他們也曾提起過，但都是輕描淡寫地用以說笑。今上一向宅心仁厚，不會真的因此為人定罪，今日對胡瑗也是這樣，世人眼中的重罪，他只是一笑而過。

我站直，繼續聽講。約莫半個時辰後，胡瑗掩卷小憩，今上賜講師、眾臣及生員茶湯，並特取了一盞，示意我奉與公主。我接過，回到御屏後，卻不見公主在那裡。

「公主回後殿更衣了。」侍候在屏風後的嘉慶子告訴我。

我略感不安，問她：「公主是一人出去的嗎？」

嘉慶子回答：「帶著韻果兒和香橼子去的。」

我擱下茶湯，先繞至殿外查看——曹評果然已不在那裡。

速往後殿，並不見公主在內，我繼續疾行於國子監房舍之間，去尋找她。此時，連負責灑掃的雜役都站在講殿外聽講，院中空空蕩蕩，十分安靜，連個可以詢問的人都沒有。走至竹林掩映的藏書院，才終於見到韻果兒和香橼子的身影。

她們坐在藏書院外的花圃邊簸錢玩，見我過來，立即肅立，大概是被我的臉色嚇壞了，她們表情怯怯地，喚了聲：「梁先生。」

「公主呢？」我問她們。

她們猶豫著，最後一個轉首視院內，一個輕聲答說：「公主在裡面看書……」

我走進院中。房舍正廳的門是虛掩著的。我思忖許久，終於還是緩步入內。

正廳無藏書，但兩側都有深長的房間，排滿了一列列的書架。光線幽暗，又有書架遮擋，並不見公主身影。

我凝神細辨，依稀聽到左邊房中有細微的聲響，便輕輕地朝那側走去。

隨著我的移動，鱗次櫛比的書架徐徐自我身側退去，空氣中飄浮著陳年故紙的舊墨香氣，幾塊光斑從排列有序的小窗中投入室內，我依次穿行於其間，任那些零碎的光亮掠過我的臉，心情與此刻的視線一樣，忽明忽暗。

後來，我看見他們，著青衫的少女與白衣士子，站在房間最深處，展開一軸橫幅手卷，一人手持一端，手卷剛好蔽住了他們的臉，像是在一起閱覽。

但是真遺憾，他們不是那麼用功的學生。他們的手在顫，以致手卷向下滑，慢慢露出了他們的臉。

他們向對方側首、閉目，面含微笑，輕輕淺淺的，兩脣相觸，沒有持手卷的手交互繾綣於彼此腰際。

我不似多年前撞見柔儀殿中事那般驚訝。心中的猜測塵埃落定，人倒也隨之復歸安寧，只是一時無所適從，默然佇立於被他們忽略的空間中，許久才覺衫袖微涼。

最後我決定悄然離去。但甫一轉身，即意識到今日公主與曹評的任性會招致多麼嚴重的後果。

有兩個人，無聲地立於我身後——一臉冷肅的大宋皇帝，和相從隨侍的張茂則。

【肆】孤寒

他們為何會在這裡？是聽見了御屏後我與嘉慶子的對話，還是適才我匆匆出外的異常舉動引起了他們的懷疑？

這些疑問在我腦中一閃而過，但已不及細想。我朝今上下跪，向他投去懇求的目光，不過，不是為了我自己。

今上毫不理睬，闊步從我身邊走過，猛地從公主與曹評手中抽出手卷，一揚手，「啪」的一聲，擲砸在一側的書架上，手卷隨即重重墜地，發出的聲響在這原本幽暗寧靜的藏書之所中格外驚心。

這起突發事件令那一對年輕的戀人有短暫的愣怔，旋即反應過來的是曹評。他迅速跪倒在今上面前，拱手道：「姑父，今日之事，是臣唐突，與公主無關。臣甘領任何懲罰，但請姑父勿責罰公主。」

公主上前兩步，然後下跪，有意無意地略略遮擋住曹評，對父親說：「爹爹，不關他的事，是女兒約他出來的。」

「妳約他出來的？」今上冷問：「怎麼約的？」他轉首顧我，又問：「是你嗎？」

我尚未開口，張先生已從旁為我辯解：「陛下，若是懷吉代為公主牽線，適才他外出找公主，神情不會如此焦慮。」

公主亦出言護我：「跟懷吉無關，他根本不知道這事。」

今上似乎也不想把關注的重點引到我身上，他眉頭微蹙，雙脣緊抿，寒冷的目光復又回落到曹評臉上。

我注意到他雙耳已盡紅——他憤怒至極時，便會有這樣的現象。

「茂則。」他盯著曹評，用一種抑制過的低沉聲音向張先生下令：「出去，找兩個皇城司的人進來。」

他的意思是喚皇城司侍衛過來，把曹評押下治罪。

「陛下，此事萬萬不可！」我朝他下拜，懇請道：「切莫讓外人進來，否則公主清譽將毀於一旦。」

張先生亦向他躬身，勸道：「陛下，現二府宰執與眾文臣皆在國子監中，若陡然召皇城司中人入內，群臣必會問明因由，此事傳出亦必惹物議，臺諫會群起彈劾，追究相關者罪責，將來殃及的恐怕不僅僅是公主與曹公子兩人。」

今上不置可否，而胸口明顯而徐緩地起伏著，像是在調整呼吸，竭力避免怒火的爆發。

張先生見狀，又輕聲建議：「現在，胡夫子應該繼續講經了，陛下請回講殿吧。若離席久了，會有人四處尋找。」

今上仍沉默著，片刻後，終於開口，對曹評道：「我現在不處罰你，是因為暫時沒想到，什麼樣的刑罰才足以懲戒你的罪過……你好自為之。」

「是……」曹評勉強牽出個黯淡笑容，伏拜。「謝姑父。」

今上此前一直待曹氏族人不錯，特許曹評等人私下對他行家人禮，稱他為姑父。但如今，聽曹評再這樣喚，倒又引起了他的別樣情緒。

「姑父？」他冷笑，轉而問張先生：「她知道此事嗎？」

張先生一怔，立即下拜：「陛下，皇后對此事一無所知。」

在這微妙的時刻，張先生如此迅速地回答也顯得不太明智。今上目中寒意加深，詰問他：「你還是每日都會去見她嗎？以致她知道什麼、不知道什麼，說什麼、想什麼，你都一清二楚？」

張先生不敢再答，只是沉默。

再次冷冷掃視一遍這一地跪著的人後，今上拂袖，轉身離去。

待他出門，張先生才站起來，扶起公主和曹評，對曹評和言道：「曹公子快隨我回去聽講，別被人瞧出異狀。」

然後，他又囑咐我：「懷吉，你先在這裡陪公主，稍待片刻，你們再出去。」

回宮後，今上立即將公主禁足於儀鳳閣內，並把韻果兒和香橼子逐到被廢后妃居住的瑤華宮服役，但對我，一時倒未有任何處罰。

我跟苗淑儀說了國子監內發生的事，也略略談及公主與曹評之前彼此的好感，但隱去他們幾次獨處和填詞唱和的細節，只說他們是在宴集上見過，然後偶遇於藏書院中。

這已足以令苗淑儀大驚失色。她先是連聲責我不看牢公主，然後又匆匆去找皇后商議。回來時她一臉愁容，說：「皇后知道此事後去福寧殿求見官家，但官家怒極，拒而不見。」

公主被關在房中，整日茶飯不思，不是悲聲痛哭就是長久地凝視窗外發呆。有時我進去，端茶送水給她或勸她進膳，她一概不顧，只拉住我問：「曹評怎樣了？」

我說不知，她的淚便又會落下來：「他是不是死了？爹爹說不會放過他的……」

為了安撫她，我答應設法去探聽曹評的消息。

我找來張承照，讓他找個藉口出宮，去曹佾宅中問詢。他回來後，連連咂舌，道：「不得了，我還沒走近他家大門口，便看見周圍有好些皇城司的人，只好折回來了……不過他們穿的都是便服，可能官家只是想監視看管曹評，但也不欲被外人知道。」

我趁這時候問他：「公主與曹評互通音訊，你有沒有插手幫她？」

他驚跳起來：「沒憑沒據的，你可不能冤枉人！」

我冷笑：「公主與曹評在國子監見面，你事先是知道的，所以那天你藉故不去，就是怕事發後逃不了關係。」

他還是不承認，那激烈的否認卻頗不自然。我沒再追究下去，此時要擔心的事太多，顧不上追究這事，何況，對公主與曹評的事，我自己也並非問心無愧。

公主不吃不喝，很快的變得極為虛弱。直到皇后親自來探望，溫言勸慰下，她才勉強喝了點兒粥。

「嬢嬢。」她粥未喝完，又是淚落漣漣。「爹爹會怎樣處置曹哥哥？」

皇后擁著她，輕拍她背，和言道：「沒事的……嬢嬢會勸妳爹爹，他不會有事的……」

但事實上，今上最後會做怎樣的決定，她亦無把握。

自公主的房中出來後，我聽見皇后對苗淑儀說：「我弟弟得知此事後密傳章疏入內自劾，要求解官待罪，但官家燒毀了章疏，沒有搭理，恐怕也是不想此事傳開……我也下令，不許宮人議論官家對公主的禁足令，否則嚴懲……只是要勸官家息怒，還須再等等。這幾日很多臣子上疏，請他立皇子，他本來便很煩悶，龍體也欠安……」

自八公主薨後，這十幾年來，今上嬪御非但沒誕下一個皇子，甚至連個公主也沒有再添。十三團練雖說是今上養子，但因今上始終希望後宮產子，所以一直未正式下詔確認十三團練的皇子身分。而今諸臣見今上春秋漸高，又無親生子，遂頻頻上疏請立皇子，今上始終拖延著，這也成了個令他備感困擾的心病。

隨後傳來的另一個不好的消息是，今上不再令張茂則上朝侍立或跟隨扶持，日常左右伺候者，換成了與皇后接觸不多的入內都知史志聰和副都知武繼隆。

任苗淑儀如何哀求，一連十餘日，今上都未見公主一面。但就在苗淑儀快絕望時，史志聰忽然來到儀鳳閣，通報說：「官家要來看公主，請苗娘子準備接駕。」

隨後他述說了此事原委。

最近御史中丞張昇常上疏彈劾二府重臣，這日今上召他入對，問他：「卿本孤寒，卻為何屢次言及近臣？」

張昇再拜，答道：「臣非孤寒，陛下才堪稱孤寒。」

今上問何解，張昇道：「臣自布衣致身清近，曳朱腰金，家有妻孥、外有親戚，而陛下內無賢臣、外無名將，孤立於朝廷之上，回到後宮，亦只有一、二后妃相對，豈非孤寒？」

今上因此鬱鬱不樂。回到寢殿，默思半晌後決定親往儀鳳閣探望公主，遂先命史志聰來傳口諭。

苗淑儀舉手加額拜謝不已，很慶幸張昇的話讓官家想起了與公主的血脈親情。然後她四處張羅，命人收拾閣中房間，又命韓氏和眾侍女去為公主梳洗打扮。

但公主一概拒絕，懨懨地躺在床上，滿臉淚痕。

今上駕臨時，公主仍未起身。今上猶豫了一下，最終還是進入她房間探視。見公主臉色蒼白，憔悴不堪，今上當即便有淚墜睫。他轉首悄然抹去，再走到公主床邊坐下，微笑著喚她：「徽柔，爹爹來看妳了。妳好些了嗎？」

公主茫然看了看他，模模糊糊地喚了聲「爹爹」。

今上答應，略有喜色。

公主漸有意識，勉力坐起，卻對父親說了這樣一句話：「我不要嫁給李瑋。」

今上黯然，但亦不駁斥，回頭命韓氏取過一碗粥來，自己接了，對公主溫言道：「妳很久沒進食了吧？來，先喝了這粥，喝完我們再說。」

他親持了調羹，一杓一杓地餵公主，公主貌甚平靜，也一口一口地嚥下。待喝完粥，今上擱下碗後，公主又立即重申：「我不要嫁給李瑋。」

今上嘆了嘆氣，像是欲勸說：「徽柔……」

公主卻打斷他的話，問了她最關心的問題：「你把曹評怎樣了？」

今上握住她手。「黴柔，妳聽爹爹說……」

公主忽然向他伸出雙臂，像兒時那樣摟住父親脖子，將下頜輕點在他肩上，阻止父親說出下面的話後，她自己也許久不語。

這個親密的動作似乎令今上有些感動，亦輕輕摟住了女兒。

我站在今上身後，從這個角度，可以看清公主的臉。

這時，她適才失神的眼睛閃出一點兒幽光，帶著一抹奇異的冰涼笑意，她堅定而又清楚地在父親耳邊說：「爹爹，如果你殺了曹評，我就殺死你唯一的女兒！」

今上的背部立即劇烈地一顫，像是被人猛拍一掌，又好似發生了突然的嘔吐。但他隨即又安靜下來，不再有異常的反應。他繼續摟著公主，過了片刻才緩緩放開，然後，一言不發地，轉身向外走。

我留意到，在出門的過程中，他一直以袖掩著口。

我跟在他身後，一直送他出閤門。他步履飄浮，有些踉蹌，我去扶他，被他揮袖推開。就在這一剎那，我發現，他脣邊赫然有鮮紅的血痕。

我尚在猶豫是否此刻出言提醒跟他同來的內侍，他已雙足一軟，在我面前倒了下去。

【伍】違豫

今上被迅速送回福寧殿。當苗淑儀帶著我趕去謝罪時，他已經醒來，身邊聚滿了張茂則帶來的太醫，皇后也在殿中。

彼時皇后親自盛了碗湯藥，送到他面前，正想勸他飲，卻被他抬手一擋，藥碗打翻，藥汁潑了皇后一身。

「我沒病！」他惱怒而不耐煩地說。

皇后默然，暫時未顧及更衣，只示意內人先將湯藥撤去。

苗淑儀戰戰兢兢地上前，下拜代女請罪。今上略掃她一眼，僅答以二字：「罷了。」再顧我，問：「你跟徽柔說了我的事嗎？」

我想他指的應是暈倒在儀鳳閣外的事，遂答道：「官家走後，公主復又躺下歇息。臣想待公主醒來，再告訴她此事，屆時她一定會過來向官家請罪。」

今上擺首，道：「讓她好生將養，不要告訴她。」

後來那幾日，今上仍拒絕服藥，而氣色與精神都越來越差了。

未過許久，新年又至。按慣例，國內朝中發生了不吉的大事，次年都要改年號，「至和」如今看來，顯然是個不祥的年號，改元兩年，以張貴妃薨為始，又以今上違豫而終，因此，這全新的一年，又換了個全新的年號——嘉祐。

但這新年號並未立即給今上帶來好運，他的病在新年之後倒有了加重的趨勢。

嘉祐元年正旦，今上御大慶殿，觀大朝會。百官就列後，內侍捲起御座前的珠簾，讓諸臣面見今上，今上卻在此時暴感風眩，冠冕欹側，倒向一邊。觀者大驚，左右侍者忙再垂簾，以指掐今上人中，方才令他甦醒。復又捲簾，匆匆行完禮後，眾宦者把他扶回了寢殿。

賀歲之後，契丹使者前來，朝廷照例置酒紫宸殿賜宴。而當使者入至庭中時，今上忽揚聲疾呼：「速召使者升殿，朕險些就見不著他們了！」隨後說話亦語無倫次，眾內臣心知今上疾病發作，立即扶他入禁中，而由宰執以今上名義下旨諭契丹使者，說前夕宮中飲酒過多，今日不能親臨宴，遣大臣就驛賜宴，仍授國書。

從那日起，今上便纏綿病榻之上，不能視朝。經宰相要求，改為二府官員赴離禁中最近的內東門小殿起居，每日清晨，在那裡見今上一面。

公主的情形也不妙。她還是呈半絕食狀態，我與韓氏只能在她迷迷糊糊的時候哄她喝一點兒粥，日子久了，她也像是患了重病的模樣。苗淑儀請了太醫來，開了幾服藥，但公主更是寧死不喝，終日不是哭就是昏睡，沒有半點兒神采。

我一籌莫展之下忽然想到張先生給秋和施針灸的事。雖然公主與當時秋和的狀況不同，但針灸興許也能為她喚回一點兒精神，而且張先生在御藥院多年，醫術應也很高明，問問他意見總是好的。

但連續兩天，我找了好幾次，從御藥院直尋到福寧殿，都沒見到張先生。後來我覺得奇怪，問一個御藥院的小黃門張先生的去向，他不認識我，很警惕地打量著，問：「你是石都知的下屬嗎？」

石都知是指石全彬，張貴妃當年的親信，張貴妃死後，今上將他遷為了副都知。

雖說我與張先生相識多年，但平日若無大事，我們私下來往並不多，所以他手下的宦者未必每人都認得我。面對這個小黃門的問題，我搖頭否認，告訴他：「我是梁懷吉。」

「哦，原來是梁高品，我知道你。」他一下子放心了，微笑著告訴我：「張先生出宮了。」

我追問：「去哪裡？」

他回答：「我也不知道。他在宮門關閉前會回來，你到時再來吧。」

我黃昏時再來，果然等到張先生。他風塵僕僕的，目中布滿血絲，應是最近奔波勞累所致。

他看見我，即帶我入他處理公務的內室，問：「是公主的事嗎？」

我頷首，將公主情形描述給他聽，問他可否施以針灸，他說：「公主這是心病，針灸作用不大……你回去告訴她，她一定會有機會再見曹評，所以現在要好起來。多進食，自然會康復。」

「這……是騙她嗎？」我疑惑地問。

他淡淡一笑。「不算騙她。他們不會如願以償，但一定會有再見一面的機會。」

見他無意詳細解釋，我也沒再就此問下去，但忍不住對他出宮的原因表示了好奇：「先生出宮，是跟今上病情有關嗎？」

他沉默許久，終於還是向我透露了一點兒：「我去見了十三團練和富相公。」

現在的宰相是兩位以前被外放的大臣，富弼和文彥博。

半年前，宰相陳執中遭御史彈劾，先論其允許逾制追封溫成之事，又指他縱容姬妾毆打婢女致死，「進無忠勤，退無家節」，甚至還有人說他與自己女兒私通。這駭人聽聞的事不知是真是假，但種種原因相加，最後終於導致陳執中罷相。

那時幾乎所有人都以為今上會藉此機會擢用王拱辰。因他倡議追尊溫成之後，便被今上遷升為三司使，如以往言官在彈劾張堯佐時所說的那樣，三司之位，離二府僅一步之遙。

但今上又做了一個出人意表的決定，宣布以富弼與文彥博為相，遷王拱辰為宣徽北院使、判并州。

富弼早有賢名。若不提燈籠錦之事，文彥博亦屬良臣，故士大夫聽見這消息皆相慶於朝。

現在聽張先生提起十三團練和富相公，我已可猜到此間緣由：今上不豫，皇后與諸臣必須要考慮儲君之事，而十三團練皇子身分並未確立，異日有變，須獲宰相支持才能即位。故張先生連日奔波，應是為皇后傳報消息，請富弼同意將來十三團練即位，同時也讓十三團練做好登基的準備。

「這是皇后的意思？」我試探著問。

「富相公與皇后皆有此意。」張先生說，頓了頓，又道：「其實，現在今上若能自己決定，也只會是這樣的結果。」

【陸】針灸

回去後，我按張先生的說法，對公主說她與曹評會再有見面的機會。她一聽便有了反應，滿含希望地問：「真的嗎？」

我頷首：「張先生跟我這樣說……應該是皇后告訴他的。」

這句話像她妝臺上的鏡子把帳帷外光源折射到了她黯淡已久的雙眸中。她睜大眼睛問我可知這機會在何時，旋即又感羞澀，迅速低下兩睫蔽住眸光。

我遞上銅鏡，淺笑道：「皇后縱讓曹公子明日即來見公主，公主也願意就這樣見他嗎？」

她從鏡中看見自己憔悴容顏，嚇得驚叫一聲，一把推開鏡子不敢再看。

我適時地把膳食和湯藥送至她面前，這次她沒有拒絕。在以前所未有的認真態度進餐、服藥之後，她懷抱著一枕關於未來的美好夢想沉沉睡去。

四更時，有人叩閣門。我那時已醒來，啟步去看，見是中宮遣來傳訊的宦者。

「皇后請苗娘子速到福寧殿，有要事商議。」他說，一路跑得面紅耳赤，這內侍看上去亦很緊張。

苗淑儀聞聲而出，與我對視一眼，目中滿是驚惶之意。

「是……官家？」她聲音顫抖著問。

「官家又暈倒在殿中。」內侍低聲道：「太醫投藥、灼艾均未能令他甦醒。」

苗淑儀越發著了慌，對我說：「懷吉，快，跟我去看看。」

待我們趕到福寧殿時，大殿中已聚滿了人。除了皇后和跪了一地的太醫外，還有幾位都知、副都知和張先生，以及這兩年來常侍奉今上的安定郡君周氏和清河郡君張氏。

我還發現了秋和。她站在殿內帷幕後面，離其餘人很遠，姿態一如既往地不張揚，像一道淡墨勾勒的影子。

我過去問她此間狀況，她壓低聲音道：「最近官家見宰執本是在五更之後，但今日官家很早便起身，召我過來梳頭。梳好後，石都知趕在史、武二位都知之前進來，接他去內東門小殿，一面扶著他走，一面跟他說話。官家剛走到殿門邊，忽然重重地喘氣，撫著胸口，像是很痛苦。待我跑過去時，他已經暈倒在地。」

「石都知？」這幾日陪官家赴內東門小殿見宰相的不應該是石全彬，他卻為何今日一早趕來？我輕聲問秋和：「妳聽見他跟官家說了什麼話嗎？」

秋和道：「起初他說的無非是些噓寒問暖的話，後來走遠了，我便聽不見了。剛才皇后也問過石都知，他說只是跟官家交流養生之道，並不曾敢多說什麼。」

我抬頭看看石全彬，他面無表情地垂目站著，臉上看不出一絲異狀。

這時俞充儀也趕到了，皇后遂開言對苗、俞兩人道：「官家驟然暈厥，藥石無靈，太醫束手無策。適才茂則建議施以針灸，但須在腦後下針，太醫無一人敢如此治療。茂則在御藥院多年，亦學過醫術，此前曾給人治過這種病，為免延誤治療時機，遂自薦為官家施針。不知二位意下如何？」

二位娘子面面相覷，一時未應。石全彬倒從旁開了口：「腦後穴位非同小可，若稍有閃失，輕則失明，重則不堪設想……娘子請慎重考慮。」

聽了這話，二位娘子更不敢輕易表態，面露難色，默然不語。張茂則見狀，上前對她們說：「娘子請放心，這種症狀臣並非首次見到，亦曾多次為患者於腦部施針，從無失手。若針灸之後傷及官家，臣願領淩遲之刑。」

石全彬漠然頂了他一句：「咱們這種卑賤宦者的命能跟至尊天子的相提並論嗎？」

也許是怕他們衝撞出火氣，俞充儀立即於此時對皇后道：「妾與苗姊姊都只是官家嬪御，事關重大，皇后在上，不敢多言，但請皇后做主。」

苗淑儀也附和道：「對，對。請皇后決定，我們聽命就是了。」

「如此說來，妳們對針灸一事並無異議？」皇后問。

二位娘子愣了一下，但還是頷首稱是。

皇后再顧周、張二位郡君：「妳們也是後宮娘子，說起來，也屬今上家人，對我的決定可覺有不妥之處？」

雖然很猶豫，二位郡君最終也表示同意皇后決定：「一切但憑皇后聖裁。」

於是皇后當即對張先生下令：「茂則，入內室，以針灸為官家治療。」

張先生領命，正欲入內時聽見武繼隆吩咐左右關閉福寧殿前宮門，他當即轉身，朗聲道：「事無可慮，為何要掩宮門，以使中外生疑？」

武繼隆一噤，旋即又命去關宮門的內侍回來。

經皇后允許進內室的人少了一些，除了張先生，只有苗、俞、周、張四位娘子和要為官家解開髮髻的秋和。

我與其餘眾人在廳中等待。張先生開始治療，未知結果如何，臥室內外都是一片寂靜，無人有一點兒多餘的舉動，我也保持著靜止的站姿，好似拈著金針刺向今上腦後的不是張先生而是我自己，生怕動一動，便會刺破那根非同小可的續命絲。

後來打破這死水般沉靜狀態的，是一聲驚呼。彷彿是在毫無準備之時乍看恐怖景象，那人的聲音中充滿了極度的驚恐與不安。隨後響起的，則是兩、三聲女子尖叫。

我不及思索，立刻奔入內室，見今上披散著頭髮站在床前，手握一柄利刃，直指他面前的張先生。地上，散落著金針數十枚。

而張先生靜靜看著他，右手猶拈著一枚長針。

幾位娘子被嚇得面無人色，已縮至室內一角，只有皇后朝今上迎了上去。

「官家，茂則是在為你治療……」皇后嘗試著向他解釋。

今上絲毫聽不進去，手臂一橫，利刃又對準了皇后。

「妳如此迫不及待地想讓我死嗎？」他緩緩說，看著皇后，適才面對張先生時的怒色消去了少許，目中泛出一層淚光。「我以妳為妻，讓十三娶滔滔，妳猶未安心……好，那我就帶著妳的人上朝堂，妳想知道什麼，我就讓妳知道……妳給我繩索，我便甘領束縛，這還不夠嗎？可妳為何還不放心，私下做出這許多事來，寧願相信那個閹人都不相信我？」

「是我不相信你嗎？」皇后此刻亦頗為動容，有淚盈眶。「你如果相信我，會讓我這二十二年來如履薄冰，隨時準備應對一場又一場突如其來的奇恥大辱嗎？但凡你對我多點信任，你我夫妻何至於此！」

今上身體微顫，恍恍惚惚地凝視著皇后，須臾，惻然一笑，擺首嘆道：「二十二年，真無趣……」

語音未落，他已揚手，轉腕，把手中的刀對準了自己……

我意識到他想做什麼，立即幾步搶過去，欲止住他。怎奈所處位置離他有些遠，眼看著他手揮下，正恨自己力不能逮時，忽有一人從今上左側衝去，在他利刃觸及身體之前抓住了他的手。

竟是秋和。那畫面有一瞬的靜止，令我發現以上印象不甚準確。確切地說，是秋和衝過去，一手抓住今上的手，另一手……牢牢地握住了那片鋒利的刀刃。

豔紅的血從秋和的手中潸潸而下，滴落在此時寧靜的空間，一點一點墜地，發出輕微的聲響。

今上和眾人一樣，驚訝地看著她，那短暫的一瞬未有任何反應。直到我從他手中奪過刀，他才重又有了意識，推開上前相扶的侍者，闊步奔出殿外。

而秋和像是這時方覺出那鑽心的痛楚，彎著腰將手壓於懷中，抑制不住的呻吟和零碎哭音從她咬緊的牙關逸出，她身子一斜，倒於地上。

苗淑儀與俞充儀忙上前扶她坐起，皇后當即命後面趕來的鄧保吉：「快宣外面的太醫進來，給董娘子包紮！」

雖然處於這混亂狀態中，我仍注意到了，她剛才稱秋和為「董娘子」，且說到這三字時，特意加重了語氣。

今上跑出福寧殿後，石全彬、武繼隆等人已去追他，甚至連周、張二位郡君都奔了出去；而現在，皇后再顧張先生，吩咐道：「平甫，你快去看看官家……」

張先生答應，立即去追。我也緊跟在他身後，循著今上奔跑的方向，一路趕去。心跳異常地快，有模糊的預感：那未知的前方，還有更大的風波會襲來。

這預感沒錯。今上的目的地是內東門小殿。時值五更，宰相已進殿，我們追上他時，他已握住了出來接駕的宰相文彥博的手，揚聲說出一句話：「皇后與張茂則謀大逆！」

【柒】燕泥

周圍宰相聞之色變，唯文彥博容止平和，但問今上：「陛下何出此言？」

今上撫胸，急促地喘著氣，斷斷續續地說：「他們與大臣……密謀，要讓十三……做皇帝……」

當說到「與大臣密謀」時，他恍恍惚惚的目光不經意地掠至文彥博一側的富弼身上。富弼一凜，脣動了動，似欲說什麼，但那話語終於還是未能出口，他最後朝今上垂目欠身，保持沉默。

「他們想……殺了我……用針……用針刺入我腦中……」今上語音越來越弱，身體也不住向下滑，左右內侍忙上前攙扶，而後今上閉著雙目，呈半昏迷狀態，口中囈語喃喃，皆零碎紛亂不成句。

文彥博命人先扶今上入內東門小殿休息，再傳太醫，然後一顧面前眾人，問此間緣故。我見張先生默然不語，便趕在石全彬等人開口前對文彥博說：「適才官家暈厥，尋常投藥灼艾法無效，張先生建議以針刺腦後穴位，眾太醫不敢行此術，張先生為免延誤治療時機，才自薦施針，並非如官家所說，是欲傷及龍體。」

一旁的安定郡君亦證實：「確實如此。張先生施針片刻後，官家醒來，側首看見張先生正拈針要刺他頭部，便很驚惶，把腦後扎著的針拔了，迅速起身，持刀相向……可能誤以為是張先生……」

她於此止住，未說下去，但語意已很清楚。

文彥博沉吟，再問清河郡君：「是這樣嗎？」

清河郡君頷首：「不錯。針灸之前，張先生不許人掩宮門，若有異心，當不會如此坦然。」

清河郡君一向溫厚良善，侍奉帝后態度恭謹，與其姊大大不同。如今聽她這樣說，我亦稍感安心。

清河郡君又朝文彥博一福，道：「官家違豫日久，望相公為官家肆赦消災。」文彥博亦向她一揖：「這是宰臣職責，彥博敢不盡力！」

然後，文彥博轉朝張先生，道：「以後侍奉主上，勿令他看見金石兵刃，針灸用的針也暫且收好。」

張先生惻然一笑，未曾答話。

此時有內臣自殿內出來，對文彥博道：「官家又在喚相公。」

於是文彥博與其餘二府官員皆入內面聖，而適才扶今上進殿的石全彬則又出來，直直地走到張先生身邊，道：「適才官家指你謀逆，雖此事未必屬實，但為避嫌疑，平甫可否容我等往你居處一觀？」

這意思是要搜查張先生居處，看是否有謀逆的證據。

武繼隆見張先生仍沉默著，便也對他說：「我們共事多年，自知你當不至此，但官家既那樣說了，宮中人多嘴雜，難免有妄加猜議的。最好還是讓我們去看看，將來若有人胡說，我們也好為你辯白。」

張先生僵立於蕭瑟寒風中，目光散漫落於前方不確定的某處，良久後，才開了口：「茂則但憑二位都知處置。」

對張先生那清和雅靜的居處而言，此番搜查無異於一次空前的浩劫。二位都知帶來的小黃門翻遍了房間每一個角落，以致滿地狼藉、凌亂不堪，沒有一件什物還在它原來的位置。

不過他們沒有找到一件足以證明張先生有謀逆之意的證據。本來我擔心他們會翻出一些臣子的章疏副本，或者那卷廢后詔書，但也沒有。

轉念一想，自遷領御藥院之後，張先生跟隨官家上朝，大小政事皆聽得清楚，原無必要再存章疏；而那卷詔書，張先生想必已倒背如流，平賊一事後他越發謹慎，應該也不會留在房中。

其間搜到臥室時，石全彬曾發現三個加鎖的大箱子，要張先生打開，張先生卻不願意，說：「茂則敢以性命保證，這裡面只是些私人物品，絕無違禁之物。」

石全彬根本不信，見張先生執意不開，即命人強行撬開鎖，衝上去查看，旋即失望——其中所藏的，只是千百卷寫滿字的紙張，隻字片言，不像尺牘那樣具體言事，沒有明確的意義，皆作飛白書，功力不等，紙張新舊不一，應是練字之後留下的廢紙。

石全彬猶未死心，把每一卷都展開看過了，卻還是沒發現有任何謀逆之語。於是，只得朝張先生勾了勾嘴角：「原來平甫亦愛翰墨。」

一無所獲之下，抄檢的人搜去了張先生房中所有的刀刃利器，包括裁紙用的小刀和針灸用品，最後石全彬說了聲「得罪」，即揚長而去。

待他們走後，張先生彎下腰，開始一卷卷地重新將那些飛白殘篇收入箱中。我和他身邊的小黃門從旁相助，四、五人一起動手，卻也過了數刻才完全收拾好。

我們欲繼續為張先生整理被翻亂的什物，他卻擺首，道：「我乏了，想休息一下。你們先回去吧。」

他面色暗淡，兩眸無神，確似疲憊至極。我們遂答應，退出屋外讓他休息。

我準備回去，走了幾步後忍不住回頭，見張先生正自內關門，手扶房門兩翼，在合攏之前，他側首朝中宮的方向望去，目中淚光一點，意態蒼涼。

我一怔，隱隱覺得此中有何不妥，卻又說不上來具體是何感覺。最後還是轉身，慢慢走了出去。

行至內東門下時，上方忽有什麼東西墜了下來，打中我的襆頭之後滾落於地。我垂視地面，看見一小塊泥狀物，再抬頭觀望，發現那是門廊梁上舊年燕巢散落的燕泥。

就在這剎那間，我悚然一驚，立即掉頭，飛速朝張先生居處跑去。

他房門緊閉，我高聲呼喚而不見他應聲，於是更不敢耽擱，退後兩步，縱身一踢，破門而入。

奔至內室，果然見到了我猜想的結果：梁垂白練，而張先生頭頸入環，已懸於梁下。

我當即上前，一面托抱住他雙足一面揚聲喚人來。周圍內侍頃刻而至，見此情景皆是大驚，忙七手八腳地把張先生解下，扶到床上，又是掐人中又是按胸口，須臾，見張先生咳嗽出聲，大家才鬆了口氣。待回過神來，又有人跑出去找太醫和通知在內東門小殿的宰相。

太醫很快趕到，救治一番後宣布張先生已無大礙，開了方子，又囑咐了這幾日照顧他的細則，再收拾醫具，回去向宰相通報詳情。

張先生甦醒後，平日服侍他的小黃門皆淚落漣漣，問他為何出此下策。而他黯然閉目，側首向內，並不說任何話。

少頃，有立侍於內東門小殿的宦者來，傳訊道：「文相公請張先生至中書一敘。」

我與此前聞訊趕到的鄧保吉扶張先生起身，左右扶持，引他至中書省。這時其餘兩府官員大概還在內東門小殿中，中書內唯文彥博一人，一見張先生，他即出言問：「你做過主上所指的謀逆之事嗎？」

張先生搖了搖頭。

文彥博又再質問：「既未做過，你為何在此非常時期行這等糊塗事，讓人以為你畏罪自裁？」

張先生垂目而不答。鄧保吉見狀，遂代為解釋：「因為官家語及皇后，平甫或許是自覺連累了皇后，所以……」

文彥博擺首，對張先生道：「官家有疾，所說的不過是病中譫言，你何至如是？」

見張先生仍不語，文彥博容色一肅，振袖指他，厲聲道：「你若死了，將使皇后何所自容？」

張先生立時抬首，似有所動。與文彥博默默對視片刻後，他向面前的宰相深深一揖，適才被損傷的咽喉發出殘破低啞的聲音：「茂則謝相公教誨。」

文彥博點點頭，喚過門外侍者，命道：「去請宮中眾位都知、副都知過來。」

很快的，眾大璫接踵而至。文彥博目示張茂則，當眾說：「今日之事已查清，所謂謀逆，是官家病中譫言，並非實情，茂則無罪。請都知告誡左右，勿妄做議論，日後若有流言傳出，定斬不貸！」

他神情嚴肅，顧眄有威，眾大璫不敢有違，皆伏首聽命。

文彥博再看張先生，面色緩和了許多，和言叮囑他道：「以後你還是去主上身邊伺候，務必盡心盡力，毋得輒離。」

張先生頷首答應。文彥博又召史志聰至面前，道：「請都知稟告皇后，兩府宰執想設醮於大慶殿，晝夜焚香，為君祈福。望皇后許可，於殿之西廡設幄榻，以備兩府留宿。」

設醮祈福應該只是個藉口，文彥博必是見上躬不寧，故欲藉此留宿宮中，以待非常。

面對這個要求，史志聰遲疑著應道：「國朝故事，兩府無留宿殿中者……」

文彥博便又橫眉，朗聲道：「如今事態不同尋常，豈能再論故事！」

史志聰大驚，忙唯唯諾諾地答應了，領命而去。

文彥博這才揮手，讓眾人退去。

【捌】素心

皇后教旨很快下達，同意兩府於大慶殿中設醮祈福。於是文彥博立即調度指揮，設下道場，備好幄楊，與幾位宰相宿於大殿西廡。在與文彥博獨對深談後，富弼稱病告假出宮，表明不預此間政事。

他此舉自然是為避嫌。今上提及皇后與大臣密謀，旁觀者恐怕都會猜到這「大臣」是誰。皇后傾向於新政大臣，這是朝廷宮中之人多少都可感知的，即便今上說那句話時沒看富弼，大家聯繫前後因果，亦能想到是他。

對張先生，我始終有些放心不下，怕他此後還會再尋短見，因此次日一大早，我就去他居處看他。而我到達時，他已不在房中，只有一位小黃門在內為他打掃房間。

「梁先生早！」大概是因我昨日行為，他對我十分友好，一見我就微笑行禮，不待我詢問，便告訴我：「天還沒亮，張先生就已去福寧殿伺候官家了，現在不在這裡。」

我仍有點擔憂，問：「昨晚，沒再出什麼事吧？」

「張先生很好，昨晚遵醫囑飲粥服藥，並無異狀。我不放心，通宵守著他，也沒見他有何不妥。」他說，然後看著我，頓了頓，似乎在思忖什麼，終於還是決定告訴我：「但如果說不尋常的事，那還是有的……夜間，皇后曾過來看他，帶著鄧都知。那時張先生已經閉門安歇，鄧都知陪皇后站在院內，開口通報，要他出來接駕。可張先生並不開門，穿戴整齊後在門後跪下，說自己已無大礙，不敢有勞皇后垂顧，請皇后回去。」

「皇后走近一些，說：『你且開門，讓我看看，我便回去。』張先生卻不答應，只頓首再拜，揚聲說：『皇后教誨，臣已銘記於心，往後必盡力服侍官家，絕不會有一絲懈怠。』皇后聽了，不再說話。然後張先生又說了句：『臣恭送皇后。』便伏拜於地，久久不抬頭，直到我告訴他窗櫺上已不見皇后影子，他才緩緩起身。」

我聽後，不知說什麼好，一時只是沉默，目光漫無目的地飄游於室內。最後，案上供著的一枝蠟梅引起了我的注意。

那蠟梅素黃粉妝，晶瑩剔透，色如蜜蠟，呈半透明狀，而花心又是潔白的。雖不若紅梅豔美，但清芬馥郁，尤過梅香。這時房中已被那小黃門拭擦得窗明几淨，花香與未乾的水氣相融，越發顯得幽雅清新。

見我關注蠟梅，小黃門隨即解釋：「這花是今晨皇后命人送來的……這種蠟梅是張先生最喜歡的花。」

我點點頭，再問他：「這種蠟梅叫什麼名字？」

他回答說：「素心。」

張先生閉門不見皇后的原因可能很複雜，而我只能猜到最淺顯的一層：避嫌，不讓窺探他們言行的人找到他們私下「密謀」的證據。所以我很佩服皇后，在這樣情形下去探望張先生，是需要勇氣的。同時我也感慨於張先生閉門不出的決心，拒絕他素心維繫的人的探視，需要另外一種勇氣。

顯然有人一直在緊盯著他們，否則張先生去找十三團練與富弼的事今上也不會知道。因此，雖然張先生與皇后並未見面，但我還是擔心此事被跟蹤窺視他們的人看到，並借題發揮。

確實有人這樣做了，但結局很悲慘，弄巧成拙，丟了性命。

這日上午，關於文彥博開了殺戒，下令處斬一位告密者的消息傳遍了整個皇城。

那人深夜求見宿於大慶殿西廡的宰相，舉報「謀逆」之事。文彥博一聽，即命人磨濃墨於盆，再呼那人過來，親自執筆濃塗其面目，讓人看不出他本來的容貌，待到禁門開啟後，喚來侍衛，命將此人押至東華門外處斬。

故此，無人知道告密者是誰。兩天後，有人悄悄說，石全彬手下的小黃門好像有一個不見了。我不認識那據傳失蹤的人，不知是真是假，但無論如何，以後宮禁肅然，再無關於「謀逆」的言論流傳。

自公主病後，我每日皆會隨苗淑儀入省中宮，向皇后稟報公主病情。但有一日，我與苗淑儀正欲出門，卻見中宮遣人來傳訊：「皇后決定閉閣吃齋寫經，為官家祈福，直到官家痊癒視朝。這期間免去宮中諸人定省問安，自今日起，苗娘子暫時不必去柔儀殿了。」

苗淑儀詫異道：「吃齋寫經，為官家祈福，也不必不見其他人吧？皇后這決定卻是為何？」

來者並不敢回答，匆匆告辭而去。但官家違豫，宮中的娘子們憂慮之下越發豎起了耳朵，對一點點風吹草動都是極為敏感的。隨後而至的俞充儀告訴了苗淑儀她打聽到的消息：「有兩名司天官當眾說，夜觀星象，看出官家違豫，國家將有異變，若皇后效章獻故事，垂簾聽政，便可保國泰民安。他們還擬了狀子交給史都知，要他轉交文相公。」

苗淑儀聽後微有一驚：「朝中那些大臣最厭煩人提起章獻太后當年垂簾聽政的事呢。皇后聽政，他們能答應嗎？」

俞充儀道：「現在還不知道文相公是何態度。聽說他對史都知笑了笑，然後把狀子收了，沒多說什麼。」

苗淑儀低聲問：「這兩個司天官是什麼來頭？以前跟皇后可有接觸？」

俞充儀擺首道：「誰知道呢？但前兩天，這兩人請武都知帶他們進大慶殿，候在兩府聚集的地方，舉著狀子對宰執說，國家不應該在北方鑿河道，改變黃河流向，以致官家聖體不安。這矛頭明顯是指向富相公，因為那條河道是富相公決定開的……如此看來，他們應該不是親中宮的人吧。今天聽見他們建議皇后聽政的事，我還道是他們忽然轉性了，又想討好皇后了呢……」

苗淑儀再問：「那皇后宣布閉閣不出，不見宮中人，就是因為這個？」

俞充儀道：「沒錯。聽說今晨鄧都知挺高興地告訴她此事，沒想到她那時臉色就變了，立即讓人傳令，說閉閣吃素寫經，既不出去也不見閒人，擺明了不想涉政。」

苗淑儀似乎有點明白了：「這兩人莫不是想在這節骨眼上火上澆油，引起大臣對皇后的反感吧？」

俞充儀微微一笑，諱莫如深。

苗淑儀尚有個疑問：「但司天官應與皇后沒什麼見面的機會吧？為何要這樣針對皇后？難道是有人指使？」

這也是我想問的，但俞充儀沒能回答她的問題，最後做出合理解釋的人是張先生。

當我把司天官請皇后聽政的事告訴從福寧殿回來的他時，他訝異之下略有些不安，忙問我：「皇后是何反應？」

我據實告知，他才鬆了口氣，道：「若她露出半點喜色，便中小人奸計了。」他隨即告訴我，現任北京留守的賈昌朝素來厭惡富弼，又與武繼隆有來往，此前司天官就運河之事抗言，應是賈昌朝假武繼隆之手安排的。因此，他們再請皇后聽政絕非出於好心，若皇后流露出垂簾之意，一則會引起宰相警惕，二則，若今上痊癒，得知此事，對皇后必會更加防備忌憚，甚至會有更嚴重的後果。

【玖】康復

次日，文彥博召那兩名司天官入大慶殿西廡問話，不知他與兩人說了什麼，最後兩人出來之時，殿外宮人發現他們滿臉驚懼，幾乎是抱頭鼠竄而歸。

之後，文彥博又聚兩府官員於大殿內，將兩人狀子示眾，同列官員一見即大怒，高聲質問，聲徹內外：「這等鼠輩竟敢妄言國家大事，其罪當誅，何不斬之？」

而文彥博則應道：「斬了他們會令此事彰灼，內外議論的人多了，徒使中宮不安。」

這時眾宰相已知中宮態度，想必對她亦有好感，於是皆點頭稱是。

此番議論不避殿內侍者，因此很快傳至後宮，當然，這種情況很可能也是宰相有意為之。隨後他們更召司天官入殿，文彥博當著眾都知及內外侍者的面，公開宣布了對兩人的處罰決定：「此前朝廷鑿河道，使河水自澶州商胡河穿六漯渠，入橫隴故道。你們說這是穿河於正北方，使聖體不安，那如今就煩勞你兩人前去測量，看六漯於京師方位是否真是正北。」

這是藉測量方位之名將兩人貶放了。司天官聞之色變，頻頻轉顧武繼隆，望他能代為求情。武繼隆也以宮中天文事尚須這兩位司天官主持為由，懇請文彥博留下他們。

文彥博詰道：「他們欲染指的，恐怕不僅僅是天文事吧？此兩人官小職微，本不敢輒預國事，如今這般僭越言事，必是有人教唆的。」

武繼隆默然不敢對。於是那兩名司天官便被逐出京師，送去測量六漯渠了。

文彥博對「謀逆」及司天官之事的處理令宮中人嘖嘖稱奇。本來有燈籠錦的事在先，眾人皆以為他是張貴妃一派的人，卻沒料到他會如此維護皇后。

「你說，文相公會不會知道了皇后禁止宮人唱『紅粉宮中憶佞臣』的歌，所以才投桃報李？」張承照問我。

我不認為這是主要的原因。其實文彥博的才能與行事作風與皇后倒頗有幾分相似之處。以我的理解，他以前與張貴妃往來，是張貴妃主動示好，何況有層世交的因素在內，他亦不便拒絕，但就這二位后妃本身而言，應該是大度睿智的皇后更易獲他的欣賞與尊重。兩個智慧、秉性相近的人常會惺惺相惜吧，尤其是不同的性別抹去或淡化了競爭關係的時候。

另外，他一開始就不把皇后聯絡未來儲君的事當謀逆看待，可能是因為他亦覺得此時考慮儲君問題是適當的，皇后並沒做錯。後來，宮中有傳聞說，其實文彥博也在暗中準備，起初便已與富弼議妥，今上若有不測，就讓十三團練即位，甚至，他讓翰林學士把即位詔書都擬好了，自己隨身攜帶，以待非常。

這個傳聞後來也無法證實，因為今上的病終於有了起色。

公主自肯進食後，身體一天天好起來，不久即能下床走動。有一次，她猶豫再三，然後忐忑地問苗淑儀，如果她現在去向父親請安，他會不會不理她。

一直沒人告訴她今上病情，因為眾人既要遵今上命令，也要顧及今上違豫的消息會對公主造成的影響。那時公主自己也景況不佳，而且今上的病說起來跟她也有一點兒關係。

如今見公主精神漸好，苗淑儀蓄了許久的眼淚終於奪眶而出，啜泣著告訴了公主今上的情形。

公主聽後既震驚又傷心，立即趕去福寧殿見父親。那時今上仍在閉目睡著，公主跪在他病榻前，輕輕喚他：「爹爹。」

今上徐徐睜開眼，迷茫地盯著女兒看了半晌才認出來，向她伸出一隻手，喃喃喚道：「徽柔……」

公主雙手握住他的手，溫言應道：「爹爹，徽柔在這裡。」

今上反握女兒的手，枯瘦的手背上青筋凸現，那麼用力，像是欲抓住唯一可維繫生命的東西。青白乾裂的嘴唇緩緩顫動，他看公主的眼神空濛而悲傷：「徽柔，爹爹只有妳了……」

公主微微仰首，好似要讓眼淚倒流入心，再壓抑著哭音，盡量對父親微笑：「爹爹，瓊林苑、宜春苑的花兒又開了，你快好起來，帶女兒去看。」

從此公主每日大部分時間皆在今上身邊度過，與眾嬪御及秋和一起精心侍奉他飲食起居，後來今上情緒漸趨穩定，但精神始終不佳，且不時有暈厥狀況發生。

文彥博與幾位宰執每日入省福寧殿，在今上神思清明時於病榻前奏事，今上說話很困難，大抵只是首肯而已。

文彥博見太醫療法收效甚微，便親自過問治療細節，多次與太醫及御藥院宦者研究方劑、療法。有一次，他忽然想起張先生針灸之事，在細問張先生針灸詳情及對今上病情的看法後，他又召來眾太醫，與他們商討繼續用針灸術為今上治療的可行性。

眾太醫謹小慎微地表示，針灸理應有效，但穴位微細，一絲錯不得，須精於此術者施針方可。他們相互推辭，都不願意出面主治，最後張先生第二次主動請纓：「若相公信任茂則，茂則必將盡力而為，以求主上早日康復視朝。」

在慎重考慮後，文彥博答應了他的請求，但此刻面臨的最大問題是今上是否願意配合。

為此張先生求見公主，將情況一一告之，懇請她說服今上同意治療。

公主這時已知今上指皇后與張茂則「謀逆」之事，便很踟躕，對說服今上這點並無把握。我明白她的顧慮，遂建議道：「每日黃昏後，官家都昏昏欲睡，神思恍惚，不怎麼認得人。若張先生此時蒙面入內為他施針，他未必會知道是誰。這期間公主守護在官家身邊，不時安慰，或可令他接受治療。」

這事便如此進行了。在張先生進今上寢閣之前，公主已輕言細語地勸過今上接受她尋來的民間良醫治療，說那人行的是灼艾法，但須在腦後輕刺兩下，就像蚊蟲叮咬一般，有些腫脹，卻不會太疼。今上迷迷糊糊的，隨口答應了，公主遂讓張先生入內。

張先生蒙著臉，跪下請安。意圖自縊之後，他聲音尚未復原，很低沉沙啞，今上應該沒聽出是他，但看了看他蒙住的臉，顯得有些困惑。

公主立即向他解釋：「爹爹，此人多年前在軍營中犯過點小事，受了黥刑，臉上有疤，為免爹爹見了不安，所以女兒讓他蒙面進來。」

今上點點頭，按公主的請求，俯身躺下、閉目。

當張先生的金針刺入他腦後時，今上忽然一震，睜大的雙目中有驚懼之色，動了動，似想翻身而起。

公主及時按住他，一手撫他背，一手握他手，和顏安慰他：「爹爹，女兒在這裡，女兒在這裡……」

今上的呼吸在她的溫言安撫下逐漸平緩下來，公主繼續輕聲說：「沒事的，再過一會兒就好了，爹爹馬上會好起來……」

在公主語音構築的寧和氛圍中，今上又閉上了眼睛，靜靜俯臥著，以一位病人所能呈現出的最佳狀態去配合張先生的治療。

然後，寢閣內的時光彷彿凝固了，幾乎所有人都保持著靜止的姿勢，包括病榻中的今上和他身邊的侍者，以及坐在不遠處珠簾外的宰相與皇后。旁觀者連眼波都鎖定在今上一人身上，只有張先生針尖的微光、起伏的手勢，尚在這無聲空間中流動。

當最後一針拔出後，張先生退後，示意公主扶今上翻身仰臥，今上卻瞬間睜開了眼睛，自己撐坐起來。

起初眼中陰翳已消散，他看上去雙目清明，頗有神采。環顧室內事物後，他微笑對公主說：「好惺惺。」

這話是指耳目明晰，頭腦清醒。珠簾內外的人聞言都喜形於色，紛紛下拜祝賀，唯張先生一言不發，趁眾人笑語間悄悄退了出去。

翌日，今上聖體康寧，起身行動，甚至不須人攙扶。宰相入見，他亦能從容出言應對，連日重病竟似減去了大半。

往後幾日，公主仍舊侍奉於今上身側。一日清晨，今上飲下公主奉上的湯藥後，忽然問她：「那天為我治病的黥卒在何處？不妨召來，我要賞他些東西。」

公主遲疑，道：「他現已不在宮中……」

「哦，那他在哪裡？」今上追問，又道：「無論他身在何處，都要把他找來。既立下如此大功，不能慢怠了他。」

「是……」公主答應著，但也許是在想如何應付父親這要求，她臉上神情頗不自然。

今上一直觀察著她，不由得一哂：「那人，是茂則吧？」

公主愕然，一時不知如何回答好。而今上並非真是在等她答案，自己說了下去：「當他用針刺入我腦後時，我立即意識到施針的人是他，因為針刺那同一個穴位的感覺我永遠不會忘記。我很害怕，差點又想起來抗拒，但是，徽柔，妳告訴我妳在我身邊……妳是我唯一的女兒，妳一定不會害妳爹爹……想到這裡，我略感安心……」

說到這裡，他又自嘲般地笑笑，道：「其實，那時我也有個現在想起來很可笑的疑問：萬一妳是在跟著張茂則害我呢？後來轉念再想，如果妳都在琢磨著害我了，那我活在這世上還有什麼意思？是好是歹何必再管，不如就任你們擺布了吧。所以，我最後完全沒反抗……」

這些話，他一直在笑著說，卻聽得公主很難過，此時不禁喚了聲「爹爹」，似想解釋什麼，今上卻以指點脣，示意她勿言，再微笑道：「什麼都不必說，妳想說的，爹爹全知道。」

公主挨近父親，抱住他右手臂，帶著一抹恬靜笑意，將頭倚在了他肩上。

今上亦銜笑安享著這一刻寧和時光，須臾，側首顧我，溫言吩咐：「懷吉，你去請茂則過來。」

待張先生入內，今上對他道：「彥博向朕誇讚你在朕寢疾之時扶衛侍奉之事，且你又以金針治好朕此番重疾，朕理應論功行賞。今遷你為入內內侍省押班，往後皇帝殿閣百官進見，常侍於朕左右，所轄事務，可上殿進奏……」

他話音未落，張先生已頓首再拜，道：「陛下，扶衛侍奉，乃臣分內事，未獲陛下許可便施針灸，更是犯上重罪，陛下寬仁，未追究臣罪責，臣已感激涕零，豈敢再邀功請賞，安處要近！臣入侍天家三十多年，一事無成，反受國厚恩，屢獲升遷，實在慚愧。因此，臣懇請陛下，以臣補外，授臣外官末職，放出京師。臣伏蒙聖恩，必將恪忠職守於外郡，力求略為陛下分憂。」

【拾】折翼

今上不是沒有出言挽留，但張先生一再堅持，考慮兩日後，今上從其所路兵馬鈐轄。

請，傳詔：內西頭供奉官、勾當御藥院張茂則轉宮苑使、果州團練使，為永興

「先生此去，幾時歸來？」我私下問他。

他唯一笑，並未回答。

然而他表現得像是不打算回來了。他取出所有積累未用的俸祿分給下屬，那是很大一筆錢，但多年來只被他堆在角落裡，成千上萬緡，竟似從未蒙他細看，大多連包裝上的封條都沒拆開過。

與錢一起被他饋贈予人的，還有許多帝后賞賜的布帛珠寶古玩，最後他房中變得空空蕩蕩，連好點兒的家具什物也都被人取去了；而他要帶走的行囊中，除了公務檔，便只有幾件換洗衣服和幾緡必要的路費。

他沒有忘記我，啟程前一天特意請我過去，精選了幾塊上等古墨與端溪硯，以及他珍藏的龍鳳團茶給我。我謝而不受，看看他內室尚保留著的那三口大箱子，道：「這些箱子，先生也帶走嗎？若要留於宮中，便交予懷吉暫時保存吧。」

他明白我的意思，道：「懷吉，謝謝你。我也想把這些箱子託付於你，但不是請你保存，而是想請你代我把它送給一個人。」

我頷首，請他明示：「送給誰呢？」

「官家。」他說，又補充道：「等我走後再送去。」

我回閣中時他送我至門邊，我問他翌日何時出宮，他淺笑道：「很早，你這些日子也累壞了，多歇歇，別來送我。」

我沒有堅持說要去送他，並非真想偷懶或心態涼薄，而是很害怕又經歷那種離別場面——宮牆禁門兩相隔，故人天涯遠。

此刻想到他即將遠行，且前途茫茫，不知何年何月才能再見，我已異常難受，隨即朝他屈膝，含淚行莊重的四拜禮以告別。

他以手相扶，和言囑道：「你也多保重。」

當我轉身欲離去時，他忽然喚住了我，垂目思量須臾，再注視我，道：「你少年時，曾問我，我的樂趣在哪裡，最大的心願是什麼。現在，我可以回答你。」

「我最大的心願，是做個正常的男人……但此生註定是無法實現了。我們這樣的宦者，所能擁有的理想和身體一樣，是殘缺的。」他平靜地說，徐徐側首顧室內——案上花瓶中仍供著那枝現已枯萎的素心蠟梅。「不過，我找到了一個值得的人，她近乎完美無缺，應該擁有圓滿的人生。我希望助她實現她所有的心願，乃至為她死、為她生……如果說我的生涯尚有樂趣的話，那這就是了。」

為她死、為她生……我琢磨著這句話，黯然想，他確實是做到了。

「可是——」我對他如今的決定仍感不解。「既如此，先生又何苦自請補外？遠離她身側，將來如何再助她實現心願？」

「現在，我必須離開。」他未嘗諱言：「我離她越近，她最珍視的那人就離她越遠。」

次日晨，我照常隨公主定省中宮，著意觀察皇后表情，並未找到一絲特別的情緒，例如憂鬱、哀傷之類。

她沉靜依舊，顯然不曾出去送別張先生，甚至在與我們的言談中也沒提到他一句，只是和顏說著常說的話，細論今上日常喜好，叮囑我們照顧好他。

不過這一天，她的殿閣中飄滿了素心蠟梅香。

當我把那幾個裝滿飛白故紙的箱子送到福寧殿時，殿前桃李花次第新開，已是春意盎然。

我帶著運送箱子的幾名小黃門輕輕走近，透過那紅紅白白的深淺花枝，見今上倚坐於廊下臨時設的軟榻上賞花，著綸巾、披鶴氅，雖形容清減，但神情清朗，意態閒適，已不見病頹之狀。

而秋和此刻伴於他身邊，想是今上要查看她手心傷勢，她側跪於軟榻旁，將手伸至他膝上，今上托了，以指輕撫那些傷痕，不勝憐惜。

有風乍起，秋和的綾紗長裙與輕羅對襟旋襖較為單薄，受涼之下，她忍不住打了個噴嚏。未及告罪，今上已展開鶴氅，攬她入懷，為她蔽風。

這情景令我放緩了步伐，略微延遲，才走了過去。
秋和一見我，立即站起，退至今上斜後方，緋色滿面。
我向今上施禮如儀，然後轉朝秋和一揖：「董娘子……」
自皇后呼她為「董娘子」之後，所有宮人都明白了此中深意。在今上違豫、皇后閉閤期間，秋和便以嬪御身分侍奉於今上病榻前。如今，今上已改她為御侍，封號是「聞喜縣君」，她宮籍上的名分已正式從女官轉為了天子嬪御。
看來她始終未適應這新身分，見我施禮，她下意識地斂衽還禮，渾然忘記她現在也是我的主子了。
為免秋和尷尬，我沒有多看她，旋即命小黃門擱下箱子，向今上說明了張先生獻禮之意。
「這其中，是何物？」今上不解地問。
我託詞說不知，今上遂命人打開了箱子。
那千百卷飛白殘篇被取出，相繼展現於今上眼前。細看數十卷後，他的表情亦從起初的迷惘，隨後的驚訝，逐漸轉化為最終的黯然神傷。
這也證實了我心底的猜測，關於這些墨跡出自誰筆下。
在十幾、二十年的漫長歲月裡，她躲在他看不見的殿閣中，一筆筆地寫，而另一個他，悄然立於她身後，一卷卷地收……此間隱事，欲說還休，倒是這一堆故紙，雖然永遠保持著沉默的姿態，卻可被視為最值得信任的知情者，鐵證如山，勝過旁人千言萬語。

「守忠。」今上後來開言，喚過殿前侍立的任守忠。「你折些花枝給皇后送去，為我傳幾句話：今日風和日麗，玉宇清澄，想必晚間夜色亦好，何不同往後苑水殿，共賞松間明月？」

這是個完美的結局，我慶幸未負張先生所託，遂告退離開，多日來黯淡的心情終於因此蒙上了一抹亮色。

出了福寧殿宮門，忽聽見秋和喚我。訝然回首，見她已跟了過來。

「我送送你。」她輕聲說。

我忙應道：「不敢煩勞董娘子。」

她低首，道：「私下聽你這樣喚我，我真難受。」

我無語。好半天，才問她：「秋和，妳快樂嗎？」

她踟躕良久，這樣回答：「官家對我很好。」

我點點頭，目光落到她袖下半掩著的手上：「妳的傷好了嗎？」

她徐徐伸出受傷的左手，掌心向上，朝我展開：「你是說這個嗎？」

她瑩潔如玉的手心和指腹上多了兩道醜陋的傷痕，雖已結疤，但疤痕翻捲突出，怵目驚心。這已經是不錯的結果了，當日看她傷勢，很多人都以為她會斷指。

面對她的問題，我頷首稱是。
她淡淡一笑：「這，是折斷的翅膀，好不了了。」
我一怔，沒立即明白她的意思。
她舉目追尋天邊雁字，悵然道：「懷吉，我被困在這裡，再也飛不出去了。」

【拾壹】**繁塔**

違豫風波平息後，李國舅夫人入宮，向今上暗示李瑋及公主年歲漸長，到了該完婚的時候。今上遂下令撥資修建公主宅第，交由李瑋監工，稍後再議婚期。

不久後，一些唯恐天下不亂之人把一份邸報刻意「遺失」在儀鳳閣門前，上面載有諫官范鎮彈劾駙馬李瑋的章疏內容：「駙馬都尉李瑋家指使小底，已至四、五十人，門下出入舉人，皆豪室子弟僥倖無賴者。又修建主第，功役過甚……李瑋年少，正當向學，而多使僥倖無賴之人在其左右，修建居室，復大僭奢，非所謂納之於善也……」

這份邸報後來被送到我手中，當時張承照在我身邊，湊頭過來看了，笑道：「這些事其實是駙馬的娘上次入宮時顯擺出來的。聽說她向官家誇她兒子，說他往來無白丁，朋友都是豪門世家子弟，李瑋跟他們交際，服飾用度都不輸給他們，出入有好幾十人前呼後擁，儼然也是個翩翩貴公子……她還特意向官家多討了塊地，說是駙馬想在公主宅裡建個擊丸場，官家也還真答應了。」

我問張承照：「這些事，宮中人常議論嗎？」

「可不是嗎？」他說：「國舅夫人剛走，官家身邊的人就暗暗笑開了，說她家鑿的紙錢變成了真銀子，就不知道該怎麼花了，恨不得貼在臉上、堆到身上，讓所有人都看見。」

我點火焚燒這份邸報，再告誡他：「別在公主跟前議論這事，不能讓她聽見。」

他連聲答應。但知道此事的人不少，想必也有幾個長舌的對公主透露了一些消息，往後幾天，公主明顯比以前抑鬱，除定省帝后之外皆閉門不出，經常怔忡不語，有時撫擘箜篌，彈著彈著就有淚珠零落。

官家康復後，所有人都默契地不再提公主拒婚及曹評之事，就像這事從未發生過，包括公主自己。所以她對那樁婚姻的不滿只能轉化為沉默的悲傷，蠶食著她的快樂與健康，讓她一天天地憔悴下去。

苗淑儀看在眼裡，很是心疼，卻也無計可施，只能終日求神拜佛，燒香禱告，每次口中唸唸有詞，卻聽不清她具體是在說些什麼。

有一天，她對公主說，今上和公主臥病期間她曾去天清寺，在定光佛舍利前許願，祈禱夫君、女兒早日痊癒。如今心願實現，應該前去還願，公主亦應跟她同去，以示虔誠感恩之心。

公主對此事毫無興致，但架不住母親勸說，終於同意隨她前往。

天清寺建於後周世宗時期，中有一名為興慈塔的寺塔，供奉定光佛舍利，但都人俗稱其為繁塔。塔身甚高，東京有民謠曰：「鐵塔高，鐵塔高，鐵塔只搭繁塔腰。」

我與幾名內侍、內人隨苗淑儀及公主沿著繁塔內道盤旋而上，上攀許久才至佛龕前，此時透窗俯瞰，所見景象真如蘇舜欽詠繁塔詩中所說：「車馬盡螻蟻，大河乃汙渠。」

參拜舍利之後，公主轉顧四周，發現內壁鑲有彩繪佛像磚，其中有一組帝釋樂人磚，描繪樂伎演奏琵琶、法螺、羯鼓、銅鈸、排簫、橫笛等樂器的場景，皆線條流暢、意態靈動、栩栩如生。

公主漸被吸引，逐一細看，而苗淑儀則道：「這裡太高，風又大，我有點犯暈，先下去了。」

公主聞言想跟她走，苗淑儀卻又擺首，道：「妳既愛看這些磚畫，就稍留片刻，看個清楚吧。我先去寺中大殿燒香，妳一會兒跟懷吉下來就是了。」

言罷她帶著其餘侍從及作陪的方丈、僧人離去，臨行前暗暗朝我使了個眼色，目指公主，似有所囑託。我想總不過是要我照料好公主，遂欠身頷首，示意遵命。

公主繼續看樂伎磚畫，最後目光長久地停留在畫著吹橫笛樂伎的那塊上面，大概想起以往故事，她幽思恍惚，沒有在意後來塔中木道上又響起的腳步聲，直到有一人走到她身後，開口喚她「公主」時，她才驀然驚覺。

轉首那一瞬，她不知是悲是喜，臉上的笑容綻現之後又隱去，一把抓住來者的手腕，像是想確認他的存在，又像是怕他突然消失。雙目含淚盯牢他，她哽咽著輕聲道：「曹哥哥……你好不好？」

曹評微牽脣角，卻是笑意慘淡。許久不見，他瘦了許多，眼周發黑、目光無神，遠非以前那意氣風發的模樣。

此刻他輕輕抽手，避開公主的碰觸，再退後兩步，欠身道：「託公主福，臣很好，謝公主掛念。」

他的舉止和語氣帶有明顯的疏離感，令公主不由得愣了一下。我疑心這是因我在場，他有顧慮，遂避至門外，但也不敢走遠，便在門邊侍立等候。

因距離尚近，他們此後的對話仍能聽見。隨後先開口的仍是曹評，他禮貌而平靜地跟公主說：「公主，臣此次是來向妳辭行的。臣將前往汜水，為曾祖守墓，以後恐再無拜謁公主的機會，故今日前來道別，望公主多珍重……」

他尚未說完，公主已十分震驚，顫聲問：「你要離開京師？為什麼？是誰讓你去的？爹爹，還是孃孃？」

曹評道：「公主別猜了，臣是心甘情願去的，並非為人所迫。」

公主並不相信，聲音裡已帶了哭音：「你為什麼要走？再等等，我會想辦法的……等爹爹身體再好些，我會求他成全我們……他對我很好，一定會答應的——」

「公主。」曹評打斷她的話，反問道：「妳能確定姑父會同意妳的請求嗎？妳能保證此前發生的那些不好的事不會重演嗎？」

公主無言以對。曹評嘆了嘆氣，繼續說：「臣以前也曾像公主一樣，以為姑父寵愛公主，姑母又是皇后，若我們爭取，姑母從旁相勸，姑父一定會答應我們的請求。可是，如今再看，是我們把此事想得太單純了。」

公主還是沉默著，曹評又道：「那天從國子監回去，我把我們的事告訴了父母。我母親大驚失色，哭著直罵我不懂事；我父親倒沒懲罰我，只說了一句：『如果官家肯把公主許給你，十年前他就已這樣做了。』然後，他轉身去書房，寫下了請求解官待罪的章疏……此後我家就被皇城司的人監視著了，出入的每一個人都會遭到盤查……」

「姑父不豫，乃至說出『皇后謀逆』之語，我們族人得訊，上下惶恐不安。在族長詢問之下，父親說出我的事，族長又悲又怒，不顧重疾在身，親自拄著拐杖走到我面前，說：『此番若有差池，且不說你曾祖戎馬一生換來的曹氏百年尊榮將毀於你手，連曹氏上上下下數百條人命是否能保全都還不知呢！』」

「爹爹不會那樣做的！」公主駁道：「他那次說的只是病中譫言……」

「病中譫言其實跟酒後醉話一樣，多多少少都能流露一些內心的想法吧。」曹評道，他的語調一直是波瀾不興的，應是這些天想了很多，此時對公主說的只是心下得出的定論。「我也是那時才知道，原來姑母並不似我曾經以為的那樣，深得姑父信賴，穩坐中宮，不可動搖。而我的孟浪行為更加深了姑父對姑母的誤解，說不定，他會認為是姑母讓我來引誘公主的吧……」

公主連聲否認：「不，爹爹不會有這種想法……」然而，她那不假思索的話語卻顯得十分虛弱無力。

「妳聽我說完，公主。」曹評止住她，此時聲音很柔和，相較之前的客氣疏離，多了幾分溫度：「我從未想到，我的家族會因我的行為受到如此大的影響……家中長輩焦慮憤怒，父親愁眉不展，母親終日哭泣，兄弟被禁足於家中，而曾幫我送傘給公主的妹妹被倉促地許給一個她不喜歡的人，因為我父母認為，異日若有不測，那人的家族可以保全妹妹的性命……但是最難過的人，應該還是姑母，我無法想像面對姑父『謀逆』的指責，她在宮中會是怎樣一種艱難處境。」

在停頓片刻之後，他又說：「我想，公主這期間的感受，只會比我更差吧。所以，公主，現在一切已經過去了，那就保持現狀，我們別再錯下去，不要再影響到那些我們所愛的人。」

「那麼你所愛的人，包括我嗎？如果保持現狀，我就要嫁給那個愚笨惡俗的李瑋了，屆時我又該怎樣活下去？」公主當即問他。

曹評不語。而此時公主情緒騷動，忽然滿懷希望地說：「或者我們逃走，我們從這裡逃走，到沒有人能找到我們的地方去……」

「公主！」曹評朗聲喚了她一聲，以提高少許的音調暗示她冷靜。然後，他說了一句令公主徹底沉默的話：「我很喜歡公主，但是，我更愛我的家人。」

語音由此而盡，塔內青煙幽浮，檻外雲水空流，我凝神傾聽，卻只聞見一些被剪碎的風聲斷斷續續地穿過了佛龕前的靜穆時光。

後來響起的，是一聲膝蓋點地的聲音。曹評朝公主下拜：「臣祝公主平安康樂，永享遐福。」

禮畢，他闊步出門，在下樓之前，他朝我深深一揖，道：「梁先生，以後請多費心，照顧好公主。」

【拾貳】取暖

再見到公主的時候，她已走至塔外危欄邊，立於獵獵風中，垂目視下方萬丈紅塵，衣袂翻飛，搖搖欲墜。

我立即過去，一把握住她手臂，拉她轉身。

她無神的眸子似乎在看我，但眼神空茫，分明視若無睹。

「公主，該回去了。」我輕聲對她說。

她點點頭，很安靜地任我扶著她下樓。

回宮的路上，她依然很安靜，沒有說一句話，也沒有流一滴淚，回到閣中便逕自去房中睡下，彷彿只是累了，需要稍加休息而已。

苗淑儀見她睡了，才悄悄問我繁塔中之事，顯然她是知情的。我把兩人對話粗略說了，她嘆道：「這樣也好。須曹評親自跟她說才能讓她死心，否則，指不定什麼時候她又要跟她爹爹鬧去。」

「曹公子這次去，是皇后安排的嗎？」我問苗淑儀。

她說：「是皇后與官家商議決定的。此前曹評向他們請罪，官家見他醒過神來了，便同意他再見公主一面，跟她說清楚。」

說到這裡，苗淑儀又拍著心口道：「謝天謝地！公主好歹是懂事了，聽了曹評的話也沒哭沒鬧。本來我心裡七上八下的，就怕她一時受不了又鬧出什麼事來……這事就這樣過去了，真是佛祖顯靈，阿彌陀佛！」

但我不這樣認為。我知道公主對曹評的感情，也就明白曹評的話傷她有多深。而她平靜到連淚都未落一滴，實在太不尋常，倒讓我很是擔憂。

因此，我特意叮囑夜間在公主房中服侍的嘉慶子和笑靨兒，一定要多留意公主舉止，切勿鬆懈。

她們答應得好好的，但後來，我擔心的事還是發生了。

半夜裡，那兩位侍女來敲我的門，帶著哭音說：「我們一不留神睡著了，然後，然後……」

那一刻，彷彿心跳瞬間停止，我問她們：「公主怎樣？」

她們說：「不知道……不在房中，也不在閣內院中……不見了……」

我立即開了閣門，衝入無邊的夜色中去尋找她。

夜間通往外宮城及幾處大殿的宮門已關閉，所以搜尋的範圍縮小了許多，未過許久，我在瑤津池邊找到了她。

她渾身溼漉漉的，抱膝坐在池邊岸上，埋首於臂彎中，長髮逶迤於地，在幽涼夜風中瑟瑟發顫。

有人簡略地跟我說了此中情況：她投水，好在被夜巡的內侍看見，立即救了上來。此後不斷有聽見動靜的內侍和宮人過來，又是扶她又是給她披衣物，但她激烈地掙扎著，拒絕任何人靠近，就那樣坐著，連內侍送上的衣袍也被她遠遠拋開。

我走過去，伸手扶她，她感覺到，看也不看即揚手朝我臉上批來。

我未躲閃，生生受了這一耳光。她這才抬眼看我，旋即怔住。

「懷吉……」她嗚咽著喚，雙睫下淚光漾動，像在外受了委屈的孩子終於見到了家人。

我朝她微笑，俯身，和言道：「公主，我們回去吧。」

她哀傷地低下頭，不說話，但也沒有流露反對的意思。

我伸出雙臂托抱起她，向儀鳳閣走去。她依偎在我懷中，埋首於我胸前，身上那冰冷溼意透過我乾爽衣裳蔓延至我肌膚，我不動聲色，摟緊了她，此刻心情也跟她猶在滴水的長髮一樣，沉重而潮溼。

忽然，兩滴有熱度的液體滲入我胸前衣襟，正好是心臟的位置，我不由得一顫，像是被灼了一下。

其實那兩滴水珠所帶的，只是一種正常的溫熱。

今上得知此事，未及天亮便已趕來。

那時公主已換了衣裳，躺在床上，無論苗淑儀如何詢問勸解、含淚撫慰，仍是一言不發，聽見父親來了亦未起身，而是轉側朝內，閉目作熟睡狀。

「徽柔……」今上輕聲喚公主，未等到公主回答，他亦未再喚，在她床邊坐下，他對沉默的女兒說：「妳一定在怨我，為何要拆散妳和曹評，讓妳嫁給李瑋吧……記得很多年前，我曾告訴妳，我們越喜歡一個人，就越不能讓別人看出我們喜歡他。將對他的喜愛形之於色，就等於把他置於風口浪尖上，終將害了他。如今對曹評，何嘗不是如此呢？」

「他聰明、多才、善射，還懂契丹語，將來可以做個優秀的大宋使臣，在必要的時候出使契丹。但是，如果妳流露對他的感情，要求取消婚約嫁給他，他立即會淪為臺諫諸臣口誅筆伐的對象，大臣們會說他是個罔顧道義國法與君國尊嚴的輕薄狂徒，要求爹爹嚴懲他，他的前程和妳的清譽一樣，都會因此盡毀……就算爹爹不顧一切，保他周全，且把妳嫁給他，難道又會是個好結局嗎？」

「本來他身為后族中人，發揮才能的空間就有限，不能領文資職位參議政事，也不能領軍掛帥掌兵權。出任使節是曹氏男子所能做的最重要的事，但如果曹評成了駙馬都尉，皇帝女婿身分特殊，連出使這種事也不便做了。而且，滿朝臣子都會緊盯著他，如果他對朝政多議論一句，在家多見兩名朝士，都會遭到臺諫彈劾。」

「好男兒難免有大志，不會長期耽於閨房之樂，曹評若娶了妳，日子長了，只怕也會為無法施展滿腔抱負而感到惆悵遺憾吧？與其將來因此生怨，何不現在放棄，給爹爹留個可用之材？」

一語及此，他不禁嘆息：「國朝的駙馬都尉，本不是給才士做的。做公主夫婿的人，不需要有經天緯地的才能，更不需要有治國平天下的雄心，妳真要嫁個棟梁之材，反倒是毀了人家前程。駙馬都尉只要能一心一意待妳，伴妳無憂無慮、平安喜樂地共度此生，便已很好了。所以，一個善良、穩重、待人誠懇的駙馬會比胸懷大志的才子更適合妳……」

「至於為什麼選李瑋……爹爹曾經告訴過妳，爹爹是不孝的，章懿太后生前，爹爹見過她多次，但未有一次把她當作母親看待，反而每每端然穩坐，受她所行的大禮……那時，我以為，她不過是父親的眾多嬪御之一……她是那麼善良，從來沒有提醒或暗示我什麼，每次見我總是低著頭，除了行禮時說的套話，並不會再多說什麼。」

「只是在她離宮為先帝守陵那天，拜別之後，她才抬起頭深看我一眼，神態溫柔，目中也沒有眼淚，但是那一刻，她那十幾年深鎖的悲傷像一陣微風，隨著她的眸光一下子拂上我心頭……我有這樣奇怪的感覺，但還是讓她離去了。後來才知道，我當時所犯的，是一個天大的錯誤……」

「而今的李瑋，有與章懿太后一般的性情，雖然相貌並不相似，但他那雙眼睛卻和太后一樣，會在沉默中向人流露他的善意……他是個善良的人，一定會對妳好的，徽柔，他會全心待妳，盡他所能照顧妳，讓妳擁有平靜安寧的生活。」

他停下來，著意看公主，但公主還是紋絲不動，沒有一點兒回應之意，今上垂目，黯然又道：「妳不喜歡他，是嫌他愚笨吧？可是適當的愚笨對做皇帝女婿的人來說，未必是壞事……當年我還跟妳說過，真的喜歡一個人，甚至也不要讓他自己察覺到妳有多喜歡他。妳問為什麼，我那時沒告訴妳，現在，就一併說了吧……」

「天家兒女，離權柄太近，所以，如果有人接近妳、討好妳，妳要先想想，他們這樣做，究竟是因為喜歡妳本人還是喜歡妳身後的權柄……那些長伴妳身側的人，愚笨一些倒也罷了，沒有玩弄權術的能力，便不會影響到國家，即便他偶爾動點小腦筋，妳也可一眼窺破，任他小打小鬧，妳只當是看戲。」

「但若妳親近的是個有七竅玲瓏心的聰明人，便要隨時打起十二分精神，稍有不慎，天知道他會利用妳的愛戀做出什麼事來……因此，妳越喜歡他，就越不能讓他發現……妳並不太會控制自己的感情，那不如一開始就找個愚笨的人吧……」

最後這幾句，他說得頗感傷，越說聲音越低，幾至不聞，神思也漸趨恍惚，不再等公主反應，他徐徐站起，搖搖晃晃地朝外走。

我忙上前扶他，攙著他一路送出儀鳳閣。

「明日，你遣個車去瑤華宮，把韻果兒和香橼子接回來。」出了閣門後，他如此吩咐我。

我忙謝恩。他漫視著我，微微笑。

他和善的態度令我忽然有了請他釋疑的勇氣：「臣也是近身隨侍公主的人，公主有過，臣難辭其咎。當初，官家為何沒像處罰韻果兒和香橼子那樣，把臣調離公主身側？」

「如果你都離開她了，她會更難過吧。」今上這樣說。然後，在我怔忡凝視下，他拒絕了兩側內侍的攙扶，也不願上步輦，執意拖著沉重的步伐，慢慢朝福寧殿走去。

今上走後，苗淑儀又在公主房中守了會兒。折騰了大半宿，她也兩眼紅腫，十分疲憊憔悴，而今見公主始終不動，也道她是睡著了，反覆囑咐侍女守護好公主後，這才在韓氏攙扶下回房休息。

我不敢輒離，與嘉慶子和笑靨兒守在公主臥室外間。她們也勞動半晌了，又擔驚受怕這許久，現在才安靜下來。悶坐片刻後，嘉慶子垂下眼瞼，頭雞啄米似的一點一點，而笑靨兒也禁不住打起了哈欠，但甫一張嘴便已驚覺，忙向我告罪。

我讓她們先去睡，說我一人守著便好。她們遲疑，但在我堅持下，還是去一側的隔間睡了。

這時，外面開始下雨，我步入裡間，檢查紗窗是否關好。窗櫺開合間，風露沾衣，寒意浸骨，我尋思著公主羅衾是否足以禦寒，便上前探視，卻見她雙肩輕輕顫動，雖仍朝內，不讓人看見她表情，但有壓抑過的啜泣聲傳出，應是在暗自落淚。

我微微彎腰，伸出右臂，把袖子引至她面前。

回來後，我換過衣裳，這袍袖相當乾淨，還熏有一層衣香。

她感覺到，睜眼看了看，旋即又閉上了雙目。

「公主不用嗎？」我含笑道：「不能再用枕頭、被子拭鼻涕了——全溼了。」有那麼短暫的一瞬，她大概在思考是繼續憂傷地哭泣還是還我以顏色，最後終於忍不住，給了我一個帶哭音的「呸」。

我再次遞上衣袖，她亦不再拒絕，拉過去擤了擤鼻子。然後，她轉頭看我：「你為什麼還在這裡？」

我回答：「守著妳。」

「誰要你守著！」她蹙眉道：「有什麼好守的？」

我想了想，決定跟她說實話：「臣怕公主再尋短見。」

「我死不死，跟你有什麼關係？」她沒好氣地說：「我死了，不會對你有什麼壞處。你可以繼續留在這裡服侍姊姊，也可以調去別的閣分服侍別的娘子，再或者，申請去祕閣管理你喜歡的書畫……好的去處多了，不會妨礙你高升。」

「公主說得沒錯。」我應道：「可是，若公主沒了，臣上哪兒再去找個會寫千瘡百孔詩詞的主子，以改她作品為樂呢？」

公主啼笑皆非，最後選擇拍了我一下表達她的惱怒：「大膽，你敢嘲笑公主！」

這句熟悉的話令我們立即回憶起年少時的遊戲場景，我們兩廂對視，我見她目光漸漸變得柔和，想必我也是。

「我是說真的。」我在她床頭坐下，看著側臥於我身邊的她，探尋映在她眸心的我的影子，緩緩道：「給妳改詩詞，是件很愉快的事……不僅是改詩詞，教妳讀書，回答妳的問題，乃至為妳捉刀代筆寫字作文，都是愉快的……當然，以前做得多了，偶爾會覺得有些煩，但現在想來，連那種不堪其煩的感覺都是快樂的……」

「我想一直守在妳身邊，為妳做所有妳想讓我做的事。下雨了，為妳撐傘；起風了，為妳添衣；妳讀書時，我為妳點茶；妳彈箜篌，我就為妳吹笛；妳笑，我就在妳身後陪著妳笑；若妳哭了，我可以隨時為妳遞上一段乾淨的衣袖……這些事中的每一件，於我而言都是快樂的，所以我很害怕有一天會看不見妳，因為屆時妳帶走的，會是我所有的快樂。」

她怔怔地聽我說完，頃刻間已淚如雨下。

她這時的眼淚令我手足無措，想自己為她拭淚又怕唐突了她，惶惶然站起，問：「公主，臣說錯了話嗎？」

「哦，沒有。」她哽咽著說：「我只是有點冷……」

「臣去取被子來。」我馬上說，轉身欲走。

「懷吉！」公主忽然喚我，當我回顧她時，她撐坐起來，含淚的眼睛幽幽凝視著我，向我伸出一隻手。「哥哥，抱抱我……」

短暫的猶豫後，我復又在她身邊坐下。

她傾身過來，環抱住我，將一側臉龐依偎在我胸前，聆聽著我的心跳聲，安寧地閉上眼睛。

我亦漸漸擁緊她，前所未有地覺得安穩和悅，彷彿她終於填補了我殘缺的生命，半世虛空，終於在這種兩人相依的溫暖裡找到了意義。

窗外風雨如晦，但就在這幽暗光影中，我心裡那雙迷茫多年的眼卻開始變得通透明淨。

第八章 十二欄杆閒倚遍

嘉祐二年，公主年屆雙十，依大宋風俗，若女子過了這年還不出閣，便屬婚嫁失時的老姑娘了。故此，今上開始命人準備公主下降之事，婚期訂在下半年，而之前會先晉封公主，對其母苗淑儀，也會推恩進秩，遷其位分。

苗淑儀有望成為繼張貴妃之後首位晉升四妃之列的嬪御，這是目前愁眉深鎖的她唯一稍感期待的事。自那日今上對公主一番長談之後，公主不再對今上為她安排的婚姻表示反抗，但隨著婚期一天天臨近，她情緒越來越低落。苗淑儀曾驚喜地向她提及今上欲風風光光地為她舉行晉封冊禮，這是國朝公主從未有過的殊榮，卻都無法激起她一絲喜色。

今上沒有忽略她的鬱鬱寡歡，也曾關切地問：「徽柔，妳不高興嗎？」

而公主只是擺首，輕聲回答：「不過是終日無事，有些悶罷了。」

今上便微笑著建議道：「今年宜春苑的花開得好，妳去看看吧。」

於是三月裡，今上命鄧保吉撥了數十名皇城司侍衛，與公主平日的儀仗侍從一起，護送公主往宜春苑。

樹疏啼鳥遠，水靜落花深，宜春苑還是舊時模樣，新鶯掠過柳梢頭，千樹楊花滿路飛。但這喧囂春色卻點不燃公主眸中一點兒微光，她獨立於苑中橋頭，漫視足下一渠春水，長久地保持靜止的姿態，任影飄池裡，花落衫中。

正午時，她轉身看我，道：「我們回去吧。」

歸途並不太順暢。行至繁臺街時，前方有人聚集喧譁，周遭路人多駐足圍觀，以至道路堵塞，雖侍從連聲呵道，車馬仍不能行。

鄧保吉已復勾當皇城司之職，今日也隨侍而行，見狀立即引馬過去查看。須臾，鄧保吉回來，朝公主稟道：「是一群落第舉子圍住了歐陽內翰（註2），出言詆斥，不許他走。」

聽了這話，公主褰簾，與我對視一眼，大概也明白了此間狀況。

這年正月，今上命翰林學士歐陽修權知貢舉，做本屆貢舉的主考官。近年來，太學士子愛寫險怪奇澀的文章，引來學者仿效，乃至在國中成一時風尚，號為「太學體」。據說歐陽修很厭惡這種文風，決意痛加裁抑，批閱試卷時，若見「太學體」，一概黜棄。

所以，禮部貢院省試結果一出，舉世皆驚，之前時人推譽者皆不在中選之列。而今廷試已畢，考官選取的進士名單已上呈今上，最後結果明日將在宮中唱名宣布，歐陽修已解除鎖院狀態，現在應是剛散朝回來，那些落第舉子可能算好了時間，故意候在這裡刁難他。

註2　對翰林學士的尊稱。

「懷吉。」公主吩咐我：「你去看看。」

我答應，即刻策馬趕去。

此時歐陽修已被舉子重重圍住，雖有幾名隨從及街卒、邏吏護衛，無奈鬧事的舉子人數眾多，都竭力上前想靠近他。隨從、邏吏只能環聚於他所騎之馬周圍，盡量不讓舉子碰觸到他。舉子有的怒髮衝冠，有的目意輕蔑，有的含笑嘲諷，正你一言我一語地說得熱鬧。

「太學體既無駢文刻板堆砌之感，又不平鋪直敘，流於平淡，遣詞用句皆有新意，足可體現士子才思，有何不妥？如此文風，舉世推崇，卻為何獨不容於內翰？」

「貢舉是為天子選可用之才士，不是任你歐陽內翰挑門生，你豈可因一人好惡而黜棄世人公認的太學才俊？」

「聽說，歐陽內翰在鎖院期間常與其餘幾位考官王珪、梅摯、韓絳、范鎮吟詩作樂，再加上小試官梅堯臣，唱和之下作的詩都夠出一本集子了。如此耽於酬唱，我們的試卷可有稍加考校，仔細看了嗎？」

「據說幾位考官酬唱之時佳句頻出呀。歐陽內翰你曾形容考場情景『無嘩戰士銜枚勇，下筆春蠶食葉聲』，而梅聖俞（註3）如此描述貢院景象：『萬蟻戰時

註3　梅堯臣，字聖俞。

春晝永，五星明處夜堂深。』嘖嘖，你們以五星自比，而以我輩為蠶蟻，足可見試官謙德！」

此類話語此起彼伏，而歐陽修始終保持緘默，勒馬而立，並不回應。

少頃，又有一人開始質疑他的學問：「禮部試中，內翰你出的題目是『通其變而使民不倦』，這倒奇了，我怎麼記得，《易傳》裡這句話原文是『通其變使民不倦』呢？」

此言甫出，便有人接話：「這何足為奇，如今誰不知道，『試官偏愛外生而』呀！哈哈……」

周遭舉子聞之皆笑，歐陽修神態尚算鎮定，但面色也不禁微微一變。

歐陽修確實喜歡在文中用「而」字。他曾應人所託，作了一篇《相州畫錦堂記》，其中有一句是：「仕宦至將相，富貴歸故鄉。」寫罷寄出，其後推敲之下又覺不妥，便派人快馬追回原稿，修改後再送上。來人閱了改稿，發現他只是將以上那句改為「仕宦而至將相，富貴而歸故鄉」。

當然，此刻舉子提這個並非意在討論他在文字上的偏好，而只是借「外生而」的諧音，暗示他私通外甥女的傳言。

這一語立即把舉子的興趣引到了他閨闈事上，有人笑問張氏近況，有人開始吟唱那首〈望江南〉，然後，歐陽修正前方一位褐衣士人拔高聲音，唱起了一闋〈醉蓬萊〉：「見羞容斂翠，嫩臉勻紅，素腰嫋娜。紅藥欄邊，惱不教伊過。

半掩嬌羞，語聲低顫，問道有人知麼？強整羅裙，偷回眼波，佯行佯坐。更問假如，事還成後，亂了雲鬟，被娘猜破……」

這詞語意醜穢，描寫男女偷情之事，而那褐衣士人一壁唱著，一壁引臂蹺手，作女兒嬌羞推脫狀，越發引得眾人謔笑。而唱到後面，有好幾人揚聲相和，看來這詞並非此時新作，應是傳唱了一段時日的。

「這詞也是歐陽內翰填的？」圍觀者中有人問。

褐衣士人停下來，笑道：「若非『天賦與輕狂』，誰能解詞中境界，長是為花忙？」

「天賦與輕狂」與「長是為花忙」是歐陽修另一闋〈望江南〉中的詞句。聽這人言下之意，竟是指適才唱的那首豔詞也是出自歐陽修之手。

歐陽修兩眉微蹙，但一時也未出言駁斥。眾人笑聲益熾，我正思量著如何為歐陽修解圍，卻有一青衫士人先站了出來。

此人二十上下，身材頎長，眉疏目朗，面容清瘦。脣角向右微挑，帶著若有似無的笑意，他走到褐衣士人身邊，問道：「閣下可是鉛山劉幾？」

鉛山劉幾，這名字我也曾聽過，在禮部省試之前，他作為擅長太學體的優異生徒，被視為狀元熱門人選，而考試之後，世人如此驚訝，有一半也是因為看到他的落榜。

褐衣士人也不掩飾，揚了揚下頷，傲然笑道：「正是區區。」

「失敬失敬。」那青衫士人含笑施禮，緩緩又道：「劉兄這一闋〈醉蓬萊〉詞意旖旎、柔媚婉轉，堪稱花間佳作，足以流芳後世，又何必將此詞歸於歐陽內翰名下，令他人掠美呢？」

劉幾頗為疑惑地上下打量他，正欲作答，卻又被那人出言止住：「此詞在下看來，已臻完美，但劉兄一向謙遜，這幾日仍反覆推敲，多次問人意見，不巧問及我同年好友，這位同年又拿來問我，我拜讀之下大為嘆服，珠玉在前，自不敢再妄改一字……」

劉幾聞言倒沒反駁，只是冷笑而已，想必這〈醉蓬萊〉如那士人所指，是出自劉幾筆下，故意令人誤會是歐陽修寫自己情事的。

見劉幾無語，那青衫士人又悠悠走至適才質疑歐陽修寫錯試題的人跟前，道：「貢舉試題，雖每句皆須有出處，但並非每次都要按原文列出，一字不差。在『通其變使民不倦』中加個『而』字，意義未改，但誦讀之下語氣更為舒緩，抑揚頓挫，更能體現詩賦音律之美，有何不可？」

略等一瞬，不聞聽者分辯，他又轉視周圍士人，朗聲道：「昔西昆鼻祖李義山（註4）詩文譽滿天下，一日拜謁白樂天（註5），談論文體詩風，頗有自矜之

註4　李商隱，字義山。
註5　白居易，字樂天。

色。其間問及白樂天奇思妙喻從何而來，樂天答道：『某作詩為文不求奇思，唯望其辭質而徑——質樸通俗，淺顯易懂，令人一目了然；其言直而切——直書其事，切近事理，讓聞者深誡；其事核而實——內容真實，有案可稽，使采之者傳信；其體順而肆——文字流暢，易於吟唱，可以播於樂章歌曲。』義山聞之，慚愧而退。」

「而如今，自五代以來，文教衰落，風俗靡靡。聖上慨然太息，欲澄清弊端源頭，招來雄俊魁偉敦厚樸直之士，罷去浮巧輕媚、叢錯采繡之文，為此曉諭天下，而士人不深明天子之心，用意過當，每每雕琢語句，為文奇澀，讀或不能成句。連通順直切尚不能做到，更遑論其他？西昆餘風未殄，太學新弊復作。歐陽內翰親執文柄，決意一改考場弊端，必得天下之奇士以供天子擢用，此乃恭承王命，順應帝意之舉，又何罪之有？」

劉幾此刻嗤笑，側目反詰道：「兄臺處處為歐陽內翰辯解，想必也是他所招的『天下奇士』中的一位了。不知明日唱名，位在幾甲？」

那青衫士人笑而應道：「省試之前，我居於僻遠之地，此番應舉，是首次進京。鄉野之人，消息閉塞，歐陽內翰欲革太學之弊，我也是省試之後才知道，考試時用的是一貫文風，並未曲意迎合，與歐陽內翰更是素昧平生，今日偶經此地，才得一睹內翰真容；而舉子人數眾多，內翰更不會知我姓甚名誰。省試時我與諸位兄臺一樣，試卷經彌封糊名及謄錄，無從作弊。雖勉強獲禮部奏名，參加了廷試，但對明日唱名結果亦無把握，或與諸位兄臺一樣落榜，亦未可知。」

【貳】文法

大概這「落榜」二字正中落第舉子痛處，他們皆對那青衫士人怒目而視，其中有人以惡意猜測他目的：「若你們此前素昧平生，那現在你主動為考官辯護，必是想討好他，相與結交，求他讓你高中了！」

青衫士人擺首道：「唱名放榜雖在明日，但如今進士名次已定，豈會再更改？我若有心結交內翰，早在貢院鎖試之前便上門拜謁，又豈會等到現在？」

眾舉子哪裡肯聽他解釋，紛紛道：「誰知你此前有沒有上門拜謁過他？」「若是作弊明顯得盡人皆知，那就不叫作弊了。」「縱然你們此前不曾來往，日後若同朝為官，必定也會結為朋黨。」

舉子們越說越激動，竟轉而圍攻那青衫士人，開始對他推推搡搡。

我見勢不妙，立即揚起馬鞭，「霍」地揮下，重重擊打在路邊的楊樹上，朗聲喝道：「住手！」

舉子們聞聲一愣，都停下來，側首看我。

我環顧他們，道：「君子無所爭，其爭也君子。諸位皆是讀書人，卻在這裡詆斥師長，圍攻同年，豈非有辱斯文？」

他們都詫異地上下打量著我，估計是在猜測我的身分，一時無人回應，於是我繼續說：「子曰：『君子之道四焉。其行己也恭，其事上也敬，其養民也惠，其使民也義。』而今諸位聚眾喧譁於街市，難稱操行恭謙；公然出言詆斥師長，對尊者更有失敬禮。諸位應舉，無非意在日後出仕，輔佐君王，為民求福祉。但若現在連『行己也恭，事上也敬』也做不到，將來何談『養民也惠，使民也義』？」

有一人反駁道：「事上也敬之『上』，是指君王、聖上，你豈可以考官代之？」

我答道：「考官是考生之師，而師與天地君親同列，應受天下士子尊崇。若不尊師，其為人亦難孝悌。有子曰：『其為人也孝弟，而好犯上者，鮮矣；不好犯上，而好作亂者，未之有也。』若不懂尊師孝悌之道，那離犯上作亂也不遠了。」

這時劉幾一聲冷笑，走至我馬前，道：「先生衣冠，似屬宮中物？」

我欠身道：「在下的確任職於宮中。」

劉幾斜睨我，道：「中貴人引經據典，在下佩服。不過，我也想到一句聖人的話，用來形容中貴人，倒十分貼切。」

我知道他不會有好話，但還是頷首：「願聞其詳。」

他驟然振臂指我，厲聲道：「巧言令色，鮮矣仁。」

不待我有所反應，他又連聲道：「你這樣的閹宦，平時奴顏媚骨慣了，滿口說著討主子歡喜的話，內則邀寵於君王，外則獻媚於大臣，為求私利，毫無氣節，居然還敢引用聖人語言來指責天下士人！」

他周圍的舉子旋即附和，都掉轉矛頭指向我。

「黃門內侍也敢妄讀聖人經書？」

「小小閹宦，讀書意欲為何？莫不是想蠹政害物？」

「前代內臣，恃恩恣橫，我等還道國朝引以為戒，不會有如此禍事，但你這小黃門今日已敢攻擊士子，將來涉政殃民也可想而知了。」

「漢有天下四百年，唐有天下三百年，其亡國之禍，皆始於宦官。我朝太宗皇帝有明訓，不許宦官預政事。貢舉選材擢用，亦是政事一種，而你公然非議應屆舉子，已是干政，為防微杜漸，現將你就地誅殺亦不為過！」

他們相繼迫近，步步緊逼。我不覺引馬退後，面對如潮的斥責聲，我頭暈耳鳴，臉頰灼熱，難以抑止的羞恥感與身上的冷汗一樣，一層層自內滲了出來。

忽然，有人在我身後不遠處揚聲喝道：「鄧都知，把這些犯上作亂的傢伙統統抓起來！」

那是公主的聲音。我驚訝回首，發現她已從車中下來，不知何時走到我身後，沒有侍女羽扇遮擋，只戴著個帷帽蔽住了面容。

跟著她過來的鄧保吉領命，引臂一揮，守候於不遠處的皇城司侍衛立即躍馬趕來。數十騎兵過處煙塵滾滾，馬嘶犬吠，行人驚呼，一陣短暫的喧囂之後，率眾鬧事的十來名舉子已被押跪在地上。

劉幾等人不服，跪著拚命掙扎，憤憤道：「我們只是想向考官討個說法，怎能說是犯上作亂？」

公主一指我，道：「你們冒犯了他就是冒犯了我，冒犯了我就是冒犯了我爹爹，冒犯了我爹爹就是犯上作亂！」

劉幾一愣，問：「妳是誰？」

這時鄧保吉從旁解釋：「這是福康公主。」

歐陽修聽見，立即下馬過來施禮，周遭百姓聽了也陸續下拜。鬧事的舉子大多緘默不語，只有劉幾還在含怒質問：「今上禮眷文士，從不濫加刑罰，而今公主為私怨洩憤，如此折辱我等，既有違今上教誨，更有悖君子仁恕之道！」

公主笑道：「我不是君子，是女子，就是你們聖人說，和你們一樣很難養的女子。」

劉幾還欲爭辯，公主杏目一瞪，先壓制道：「再說廢話，我立即讓他們把你押到大理寺問罪！」

劉幾怒而低首，再不說話。

我見狀欲出言勸解，但剛開口，就被公主止住。「你呀，什麼都別說了……

剛才還費那麼大力氣跟他們講道理，沒用吧？還不如我以直報怨來得乾淨俐落……這些人，書越讀得多就越刁鑽，若你的道理講得通，他們也不會去圍攻歐陽內翰了……」

她的話還未說完，卻聞馬蹄聲又起，我們放眼看去，見是一匹適才未繫牢的馬突然發力狂奔，跑得極猛，一腳踩死了一隻臥於街道上的黃狗。

歐陽修見了，若有所思，隨即上前朝公主一揖，道：「請公主允許臣對眾舉子說幾句話。」

公主頷首答應，歐陽修遂轉朝眾舉子，手指那條適才被逃跑的馬踩死的狗，道：「剛才的情景，各位賢俊應該都已看見。各位既有心藉貢舉出仕，將來便很可能會入館閣修書治史。修但請各位試書此事，一言以概之。若賢俊用語比修的說法言簡意賅、通順直切，修明日便辭去翰苑之職，自請外放，再不預文教之事。」

眾舉子左右相顧，略有喜色。沉吟片刻，一人先開口回應：「有黃犬臥於道，馬驚，奔逸而來，蹄而死之。」

歐陽修不動聲色，很快的另一人又給出第二種說法：「有犬臥於通衢，逸馬蹄而殺之。」

歐陽修仍不語，轉顧其餘人，於是又有人說：「有馬逸於街衢，臥犬遭之而斃。」

歐陽修淺笑道：「若這樣修史，萬卷難盡一朝之事。」

劉幾聞言，揚聲說出了自己的答案：「赤驑逸，逾通衢，臥犬殂。」

此言甫出，便有人嗤笑出聲，循聲望去，見是剛才那位青衫士人。

劉幾怒道：「我這話很可笑嗎？」

青衫士人含笑欠身：「哪裡。我只是乍聞太學體佳句，喜不自禁，不慎形之於色罷了。」

劉幾「哼」了一聲，道：「想必兄臺另有佳句，在下洗耳恭聽。」

青衫士人道：「歐陽內翰早已胸有成竹，我自不敢班門弄斧，還是請內翰指教吧。」

歐陽修再問周圍士人可還另有說法，而那些人大概見劉幾都已說過了，便不再多言，都道請內翰指教。

於是，歐陽修徐徐說出了自己的答案：「逸馬殺犬於道。」

六字言簡意賅，頗類太史公筆法。在一瞬的靜默後，公主先開口道好，圍觀的人群中也逐漸響起一片拊掌喝彩之聲。

歐陽修再轉朝劉幾，和言道：「出仕入朝，無論任館職還是做言官，無論修史還是寫章疏，都應謹記『文從字順』四字，行文須簡而有法、流暢自然，既不要浮靡雕琢，也不應怪癖晦澀。質樸曉暢，方能準確達意，讓人易於理解。言以載事，而文以飾言，最重要的是，要言之有物、言之有道。道勝者，文不難而自至。道理說清楚了，不須著意雕刻，便自有文采輝光。」

劉幾默然，似有所動，垂目沉吟，也不再爭論。其餘舉子亦如是，都怔怔的，似乎還在想歐陽修所說的一席話。

歐陽修又代舉子向公主求情，請公主放了他們，公主雖不悅，卻還是依言命皇城司侍衛放人。

待鬧事舉子相繼退去後，公主問歐陽修：「他們如此冒犯你，怎能不稍加懲戒？」

歐陽修道：「治民以刑罰，雖能使民知有畏，但其心無所感化，於君國無益，不若曉之以理、齊之以禮、道之以德，令其感而自化。」

公主道：「雖如此，但此番內翰得罪的舉子太多，未必個個都能受內翰感化，只怕還會有人伺機生事。我還是撥一些侍衛護送你回家吧。」

歐陽修施禮拜謝，公主微笑道：「內翰無須多禮。若真要謝我，以後就少寫些詩文吧。」

見歐陽修不解，我遂於一旁含笑解釋今上要公主背誦他大作之事，歐陽修頓悟，不由得解頤，向公主欠身道歉。

公主連連擺手，笑道：「我是說笑的。朝中這麼多大臣，我最愛看的還是內翰你的詩詞文章。」

待送走歐陽修，公主上車後，我忽又想起那位青衫士人，立馬四顧，見他展袖闊步，已走至數丈之外，忙策馬追去。待馳至他身邊，我下馬，拱手道：「秀才妙論，在下深感佩服。秀才尊諱，可否告知在下？」

那士人微笑還禮，道：「學生眉山蘇軾。」

我亦告訴了他我的姓名，再道：「我尚有一事，想請教蘇秀才：適才你所說李義山拜謁白樂天之事，出處為何？」

蘇軾大笑，大袖一揮：「何須出處！」

原來果真是他杜撰的。我未免一笑。

「千百士子在側，竟只有你一人質疑，足見先生高才。」他笑道，又稍作解釋：「論事作文先有意，則經史皆為我所用，何況亦真亦假的典故乎！」

【參】冊禮

回到宮中，公主先就在今上面前告了落第舉子一狀，把他們圍攻歐陽修之事說了，也敘述了歐陽修出題經過，只是略去她威脅劉幾等人一節不提。鄧保吉聞後與我相顧而笑，但也都沒多嘴補充這點。

今上獲悉歐陽修之事，不由得嘆息：「這些落第士人忒也囂張了。攻擊考官，這並不是第一齣。據說歐陽修前日剛從貢院回到家裡，便有人從牆外扔了一卷文書到他家院中，他拾起一看，發現竟是一篇《祭歐陽修文》……」

公主揚眉道：「這等鬧事的舉子，不如抓一個來，殺一儆百，至少，也打斷他一條腿，或關他個一年半載的，估計他們就老實了。」

「如此，他們更會口誅筆伐，連朝中大臣也會幫腔，把妳爹爹形容成欲鉗人口舌、焚書坑儒的暴君。」今上笑而擺首，諄諄教導：「女兒呀，這世上有兩種東西萬萬碰不得，見了也要繞道走，一種是馬蜂窩，另一種，就是紮堆的讀書人。」

公主瞬目想想，忽地笑彎了腰：「真是呢，今日歐陽學士的模樣，可不就像是捅了馬蜂窩嗎！」

笑過之後，她也沒忘為歐陽修說話：「歐陽學士此番得罪之人太多，明日唱名，又有一批參加了殿試的舉子會落榜，難保這類事日後不會重演。爹爹總得想個法子，別讓他再被馬蜂蜇呀！」

今上思忖著，微笑：「嗯，我一直在想。」

次日唱名，我們才發現，他為保護歐陽修，做了一個多麼非同尋常的決定：這年凡參加殿試者皆賜進士及第，不落一人。

因此，數百人名字一個個唱出，令這次唱名儀式顯得尤為漫長。太清樓上的宮眷看得興味索然，好幾位打著哈欠，低聲抱怨說站得太累，而且，今年狀元容貌並不怎麼出色。

本屆狀元是建安章衡，他年約三十，老成莊重，但論容止風度，自然遠不及昔日馮京。

就公主與我而言，唱名中亦有意想不到的亮點：進士第二人，是前一日曾為歐陽修辯護的那位青衫士人——眉山蘇軾。

公主看來對他也頗有好感，所以在眾進士於太清樓前拜謝皇后時，她特意命人多賜塊餅角子給他。

皇后見狀問：「徽柔也聽過蘇軾文名嗎？」

公主說沒有，也許一時也不好細說前因，便很簡單地找了個理由：「我瞧他順眼。」

這一語立即引來宮人笑，她也懶得辯解，心中無所私，神色倒相當坦然。

皇后含笑，亦顧蘇軾，道：「這蘇軾才思敏妙，文風跟歐陽學士有相似處。他有個弟弟，名叫蘇轍，今日也是一同中舉了的。如今兄弟倆在京城已頗有聲名，妳爹爹前幾日看過他們的殿試文章後喜不自禁，特意跟我說：『歐陽修果然慧眼識人，本屆貢舉選出了不少文章才學之士，其中有一雙兄弟，名叫蘇軾、蘇轍的，皆為宰執之材，蘇軾文章更為可喜。只是我年事已高，也許用不上這二位相材了，不過把他們留給後人，也不錯呢。』」

公主奇道：「爹爹既如此喜歡，為何卻不點蘇軾做狀元？」

皇后道：「這我也不知道，回頭妳自己向妳爹爹打聽吧。」

後來，公主果真問今上此事，今上笑嘆：「這事說起來竟是個誤會。殿試的試卷由考官先閱，再按考官建議的名次呈上來給我審批。起初歐陽修批閱殿試文章，見了蘇軾文章大為讚賞，有意定他為第一人，但那時試卷糊名，他不知道作者是誰，又覺此人文風正好是自己喜歡的那一類，擔心這文章是出自他的門生曾鞏筆下，若點為狀元，恐日後惹人非議，便抑為第二，另取了章衡的文章排在第一。」

「我閱卷時，雖覺第二人的文章好過第一人，但轉念想，歐陽學士既這樣定，必有他的道理，若非有大不妥，還是尊重他的意見吧。所以，最後還是按歐陽學士的建議定了名次，委屈蘇軾做了榜眼。豈料唱名後，進士入殿謝恩，我見歐陽修盯著蘇軾，一臉愕然，問他原因，他才低聲告訴我此事，我們相顧無語，都頗感遺憾……」

國朝公主初封以二字美名，下降或新帝即位、推恩進秩之時改封以國名，禮遇、俸祿皆有所增加。這年六月，今上晉封福康公主為兗國公主。這時的歐陽修是最受今上重用的翰林學士，繼知貢舉之後，今上又對他委以重任，命他兼禮部侍郎，率禮院諸博士，為公主冊禮和婚禮擬訂儀制。

之所以要重擬婚禮儀制，是因為今上欲以前所未有的盛大規模和莊重古禮嫁女兒，而公主冊禮細節更是必須著意設計的，因此前國朝沒有一位公主曾行過冊禮。

故此，公主行冊禮之事不可避免地受到了大臣批評，尤其是在今上晉封苗淑儀為賢妃，賢妃辭冊禮，而今上從其所請之後。

翰林學士胡宿為此進言：「陛下即位以來，累曾晉封楚國、魏國二大長公主，都不曾行冊禮，今施於兗國公主，是與大長公主相踰越。何況賢妃亦蒙殊典進秩，若不行冊禮，母子之間一行一不行，禮意尤不相稱。書於史冊，後世將有譏議，必定會說陛下偏於近情，虧聖德之美。」

但這一次，今上並未接納他的諫言，仍命籌備公主冊禮，毫不掩飾地把他對女兒的偏愛明示於天下。

很快到了七月丁酉，兗國公主受冊這天。

按制訂的新儀，是百官拜表稱賀於文德殿，戶部侍郎、參知政事王堯臣與樞密副使、禮部侍郎田況任冊使，自文德殿奉冊印至內東門。此前由任內給事的入內都知前往儀鳳閣，請公主服首飾、褕翟之衣，冊使再於內東門宣布奉制授公主冊印，內給事再奉冊印入內，捧冊印跪授公主，公主拜謝受冊印，升位受內命婦賀，然後前往帝后殿中拜謝父母。

那日宮中內命婦早早地來到了儀鳳閣外，依次排列好，等候公主出來，於庭中受冊印，入內都知也準時來到閣中，宣請公主服首飾、褕翟；而之後公主久久未現身，都知詫異之下又揚聲再請兩遍，卻也未見她有何反應。

苗賢妃在庭中統領內命婦，不便擅離，遂目示我，讓我進去看看。

我入內之前先問了公主門邊侍立的侍女，她們說公主早已梳妝好，但不知為何，又懶懶地躺下，也不肯著禮衣釵冠。

公主穿著襯褕翟的素紗中單，側身朝內躺在床上，髮髻由司飾精心梳過，倒仍是一絲不亂。

我過去輕聲喚她，她也沒有轉身，只是悶悶地說：「我不想行冊禮，你出去跟他們說，讓他們散了吧。」

我自然未從命，道：「公主欲免冊禮，之前便應力辭。而今諸臣及命婦皆已就位，公主閉門不出，是失禮之舉。」

「你道我之前沒有力辭過嗎？是爹爹怎麼都不同意。」她側首看我，兩眸黯無神采。「我就是不想出去，你讓他們走，我不管了，大不了，回頭你幫我寫個謝罪的章疏交給爹爹。」

我微笑道：「臣只是伺候公主起居的內侍，草擬章疏不在微臣職責之中。」

「咦？你不是曾請我遷你為翰林學士嗎？」公主起身，對我斂衽作萬福狀，道：「煩請梁內翰為本位草擬一篇謝罪表。」

我就著她話頭應對：「公主詔命於禮不合，臣不敢代擬表章，謹封還詞頭，望公主恕罪。」

她拊掌笑：「你連朝中大臣那點兒臭脾氣都學會了！」

我但笑不語。她猶不死心，忽然又道：「你不是說，為我捉刀代筆、寫字作文都是快樂的嗎？你還說，你願意為我做所有我想讓你做的事……」

自那天晚上跟她說出這些話後，我們的關係有了一些微妙的變化，似比以前更親近，但彼此又都默契地不再去討論這事，這是她首次提及當日我的言語。隨著這話重現，雨夜中兩人相依的暖意好似春風拂過我心頭，那恬淡的喜悅如酒一般令人微醺，幸而，我殘存的理智尚能提醒我拒絕她的誘導。

「哦？臣這樣說過嗎？」我若無其事地反問。

「當然，你當然說過！」她立即肯定。

我薄露笑意：「臣何時說的呢？」

「那天晚上，下著雨，我在哭，後來你進來……」她微怔，大概意識到了什麼，便住口不說了，瑩潔如細瓷的面上有一層緋色隱隱透出。

我故意忽略她的異樣，輕描淡寫地說：「是嗎？臣不記得了。」然後轉首喚來門邊的笑靨兒和嘉慶子，吩咐道：「服侍公主更衣。」

「我說了要更衣嗎？」公主不滿地頂我這一句。

我含笑應道：「兗國公主冊文是歐陽內翰寫的，臣猜公主一定會有興趣出去聽聽。」

「總不過是一些溢美之詞罷了，有什麼好聽的呢？」公主嘆了嘆氣，雖這樣說，卻還是任侍女將她扶到梳妝臺邊，戴上九翬四鳳冠，飾以九株首飾花，再穿上大袖連裳的深青褕翟，繫白玉雙珮，加純朱雙大綬……

終於將那一層層隆重的服飾披戴上身，她對鏡自顧，忽然朝鏡中身後的我笑了。「瞧我這樣子，像不像七夕那天任人擺布的磨喝樂？」

我無言以對。

她轉身正視我，以平靜的語氣說出一句令人感傷的話：「他們也把我當泥偶，包裝成一個花花綠綠的大禮物，然後，就該拿去送給那傻兔子了。」

【肆】出降

嘉祐二年八月戊申，兗國公主出降。那日凌晨，秋和親自為她化盛妝，以螺子黛畫出倒暈眉，將金縷翠鈿貼在她兩側笑靨處，兩彎月牙真珠鈿飾鬢角，頰抹斜紅、額繪鵝黃，一筆筆勾勒好了，再在兩眉間加一朵精心攢成的雲母南珠花子。加上戴九翬四鳳冠和金箔點鬢的時間，僅頭部的裝飾，就花費了兩個時辰，這其中，也有不少的時間是用來掩飾公主眼周異樣的痕跡。

而公主很配合地坐著一動不動，直到嚴妝之後穿好褕翟，繫上金革帶和綬玉環，目光才越過侍女、宮人搜尋到我，問：「好看嗎？」

妝容無懈可擊，只是那沉重釵冠和多層禮衣束縛得她舉步維艱、姿勢僵硬，使她成了我此生所見最華麗的磨喝樂。

好看嗎？我還是對她笑，說：「當然。」

歐陽修與禮院諸博士擬訂的公主婚儀頗循古制，令駙馬家用雁、幣、玉、馬等物，陳於內東門外，再由入內內侍送入禁中。清晨駙馬李瑋乘馬而來，至東華門內下馬，禮直官引其入內，立於內東門外，躬身西向，以待公主。

公主先往福寧殿拜別今上。今上兀自悄然拭淚，卻還是微笑著連聲勸公主：「別哭別哭，秋和今兒給妳化的妝很美，可別哭壞了。」

此時公主的鹵簿、儀仗已陳於內東門外。從福寧殿出來後，公主在數百宮人簇擁下，緩緩來到內東門，升厭翟車。

厭翟車為后妃、公主所乘之車，駕赤騮六匹，車廂是赤紅色，飾以次翟羽，御塵的布幔幰衣是紫色，垂紅絲絡網、紅羅畫絡帶、夾幔錦帷。車廂內外有金飾，間以五彩，兩壁有紗窗，四面雕有雲鳳、孔雀，刻鏤龜文，頂輪上立著一隻金鳳，橫轅上則立鳳八隻。車內設紅褥座位，有螭首香匱，設香爐、香寶。整個車身金碧輝煌，精緻得像個精雕細琢的首飾盒。

美麗的磨喝樂在左右侍女攙扶下進入這個首飾盒，門簾隨即垂下，完成了禮物的最後包裝。

俟公主升車，李瑋再拜，先引馬還第。待吉時到，公主車駕啟行。儀仗行幕最前方，有街道司兵數十人，各執掃具和鍍金銀水桶，前導灑注，稱為「水路」。其後是兩列著紫衫、戴卷腳樸頭的侍者，擔抬著公主那數百箱嫁妝。之後跟著的，是數十名乘馬的宮嬪，皆著紅羅銷金袍帔，戴真珠釵插、簇羅頭面，兩兩並行於道路左右導扇輿，這一行列名為「短鐙」。再往後，便是數十名陪嫁隨侍的宮人內侍和公主及后妃車馬。

公主厭翟車前後用紅羅銷金掌扇遮簇，方扇四面、圓扇四面，引障花十枝，燭籠二十盞，行障、坐障各一（註6）。皇后乘九龍簷子親送公主，苗賢妃與宮中有品階的內命婦亦乘宮車緊隨其後。車馬佇列浩浩蕩蕩，綿延數里，一路行去，京中人潮湧動，觀者如堵。

此前我亦獲推恩進秩，階官升至內侍殿頭，帝后商議後決定，給予我一個新的職務——勾當兗國公主宅，統領公主陪嫁宮人、內臣，及掌管公主宅內具體事務。此刻我著青色公服，騎馬行於公主車駕之側，許是服色與前面著褐衣的內侍不同，我引起了圍觀者的特別關注。

「這位郎君穿青綠衣袍，莫不是駙馬？」有人指著我這樣問。

國朝男子婚禮禮服是用與自己品階相稱的公服，若無官，便穿綠袍，故這人有此猜測。

立即有人駁斥他：「好沒見識！駙馬都尉是從五品，應該穿紅袍。這小郎君細白面皮，臉上無鬚，多半是服侍公主的黃門官兒。」

問話那位越發好奇地盯著我嬉笑，道：「原來是個閹人！看他眉清目秀的，

註6　圍屏之屬，可以移動。

可惜了……」

我置若罔聞，略略挺直了腰，目不斜視、面不改色，繼續策馬前行。

儀仗隊列前進徐緩，遷延一個多時辰，才至公主與駙馬的新宅第。李瑋早已在大門前等候，俟公主降車，有贊者上前引駙馬李瑋向公主長揖為禮，迎接公主入內。公主行至寢門前，李瑋又揖，並導之升階，請她入室盥洗。

公主重理妝容之後，婚禮掌事者請公主與李瑋對位而坐，李瑋又再向公主一揖，才與公主同坐，對飲三次，再拜，然後接受皇后所賜的御筵。

御筵共九盞，一一行過後，皇后與諸內命婦惜別公主，起駕回宮。公主最難捨苗賢妃，一路追至院中，拉著苗賢妃衣袖淚落不止。苗賢妃亦很傷心，但也只能含淚帶笑安慰她說日後可經常回宮，母女見面並不難。在內臣催促下，苗賢妃咬牙推開公主，疾步出門，匆匆上車而去，沒有再回顧女兒。

公主悲泣不已，幾欲哭倒在地上。乳母韓氏忙著力相扶，我亦想上前攙扶，不料有一婦人倏地閃出，搶在我之前從另一側挾住了公主。

那是公主的婆母，國舅夫人楊氏。

「公主莫再哭了。如今妳雖與苗娘子分開，但既進了我家門，便同我的女兒是一樣的，我會像妳娘那樣，好好疼妳。」楊氏笑對公主說。

公主嗚咽著，蹙眉看了看她。楊氏盯著公主面容，搖頭道：「嘖嘖，哭成這模樣，胭脂都花了……」

一壁說著，一壁牽過袖子，就要去給公主拭淚，公主厭惡地決然側首避過，她卻還不放棄，依然笑著說：「滿臉都是淚，來，娘給妳抹乾淨……」

公主左右躲避，頗有怒意。我立即喚過幾名侍女，命她們扶公主入室補妝。此時有一人闊步趕來，對楊氏一揖，道：「國朝儀制，公主見舅姑是在三朝後，夫人此刻不宜與公主敘談。」

說話的，是公主宅都監，我年少時的老師梁全一。他這些年在前省供職，已升至供奉官。公主出降，照例要選老成持重的供奉官級內臣去做公主宅都監，職責是指導公主與駙馬行止，觀察他們起居狀況，定期通報今上。梁全一品行出眾，有良好聲譽，今上選擇公主宅都監時，覺得在後省供奉官中無法覓得合適人選，我便向他舉薦梁全一，今上亦欣然接納，很快下令，任命梁全一為兗國公主宅都監。

現在楊氏聽梁都監這樣說，只好作罷，悻悻退往後院。心裡大概很不自在，她邊走邊道：「這皇家規矩就是多，娶個媳婦，當舅姑的想早些看看都不成……」

相較楊氏過度的熱情，駙馬李瑋表現得相當穩重，略顯拘謹，一舉一動都完全聽梁都監與贊者吩咐。此後在與公主行同牢禮時，連咬那一塊羊肉時他都很是小心翼翼，不時看贊者，像是擔心所咬的幅度不符儀制。

而公主在此過程中一直面無表情，且不曾抬眼看看她對面的夫君。

我與隨行的宮人、內臣始終侍立在公主身邊，直到夜間新人入寢閣，才相繼入席，領受公主喜宴。

忙碌了一整天的宮人們此刻終於鬆懈下來，一個個笑逐顏開，又是猜拳，又是祝酒。真是燈紅酒綠、觥籌交錯，獨我在其中心不在焉。

我凝視公主新房的方向，卻又不敢就此深思。為掩飾此際的失神，我攬過一大杯嘉慶子此刻斟滿的酒，仰首飲下。

這個乾脆的飲酒動作引發眾人一片喝彩，張承照當即又上前敬我一杯，我亦不推辭，含笑一飲而盡。這越發激起了他們探試我酒量的興致，幾乎每人都斟了酒請我飲，我來者不拒，喝下面前每一杯，轉側之間見梁都監對著旁人敬的酒面露難色，便走過去，接過那酒，笑對敬酒的人說：「梁都監不能多飲，這酒我代他喝了。」

於是，我又多了一重繼續痛飲的理由。但其實，我並不是一個善飲的人。數十杯醇酒入愁腸，終於換來我意料中的大醉。

公主現在……怎樣了？

在那烈烈酒意蔓延入腦，抹去我最後的意識前，我模糊地想。

【伍】初夜

這一夜不曾安穩深眠。腦海中掠過的零碎夢境雜亂無章，一副副似是而非的景象晦暗不明，像少時我在畫院整理的畫學生筆下的底本草稿。唯一清晰的是心底灼熱狂躁的感覺，彷彿有烈火在燃燒我的五臟六腑。我在這混沌夢境裡奔跑，直到有一種清涼的溼意碰觸到我臉部發燙的皮膚。

那清涼觸感持續了許久，一點一點，好似盛夏山間偶遇的泉水迸到了眉間。我在這令人愉悅的涼意中睜開眼，面前一段紅袖拂過，繼而映入眼簾的是公主美麗的容顏。

「你醒了？」她微笑說，又用手中的棉質巾帕拭了拭我的額頭。

瞬間的愣怔之後我迅速坐起，轉首一顧，見我身處公主宅內自己的房間榻上，天色還只濛濛亮，庭戶無聲，而房中除了公主，便只有服侍我的小黃門白茂先侍立在門邊。

我在劇烈的頭痛中艱難地思索，漸漸想起昨天的事，不免又是一驚，未及行禮，先就問：「公主，妳為何來這裡？」

「哦，我想看看你，就來了。是小白給我開門的。」她說，把巾帕投入身邊的一盆涼水中，擰了擰，又展開要給我拭面，自然得像這是平日常做的事。「怎麼喝了這麼多酒？臉都燒紅了，一定很難受。」

我一把按下她的巾帕，低聲道：「公主，妳大喜日子不應擅出寢閣。快回去吧。」

「回去？你要我回去守著那傻兔子嗎？」她黯然道。見我無語，她忽又一挑眉尖，笑道：「你知不知道我這新婚之夜是怎樣過的？」

這問題讓我難以作答，我低下頭，並不接話。她淺笑著，壓低了聲音說：「我事先囑咐了雲娘和嘉慶子她們，就睡在我臥室外面，如果李瑋對我無禮，我開口呼喚，她們就立即進來。不過，那傻兔子還真是傻，見房間裡只剩我們兩人，倒比我還緊張，站也不是，坐也不是，手腳也不知該往哪裡擺好。我就對他說，我不習慣與別人共用衾枕，讓他取一套被褥，在帳外另選一處鋪了睡。他也沒意見，抱了被褥在窗邊地上鋪好，就在那裡睡下了。」

「這一夜，駙馬是在地上睡的？」我訝異之下脫口問。

公主頷首。「不錯。」

我沉默許久，才說出一句：「公主何苦如此。」

「臥榻之側，豈容他人鼾睡？」她這樣應道。

這原本是太祖皇帝的名言，當年他出兵圍攻南唐，南唐後主李煜乞求保全家國，他便如此回應。如今公主這樣引用，未免顯得有點不倫不類，我聽後不禁一笑。

「駙馬是公主的夫君，並非『他人』。」我對她說。
「他就我而言，從頭到尾都是一個陌生人。」公主道，凝眸看我，話鋒一轉，又指向了我：「我以為，告訴你這事，你應該會感到高興。」
我頗感窘迫，側首看窗外。「這與我有什麼關係？」
「沒關係嗎？」她反問，亦側身過來，一定要直視我的眼睛，然後笑道：「我一不留神，發現有人昨晚喝了悶酒。」
心中的防禦工事不堪這一擊，我節節敗退。
理智在提醒我公主的做法是不對的，從她對駙馬的態度，到目前在我房中的言行，我應該勸阻、制止。但是，如果說我沒有因此感到一點兒愉快和溫暖，那也相當虛偽吧。
明知延續目前的話題會是件危險的事，卻又硬不下心來請她出去，我回眸觸及她目光，於這矛盾感覺中對她澀澀地笑。
「妳出來找我，駙馬知道嗎？」我問她。
「不知道。我出來時，他睡得像隻豬一樣。」她回答。在我注視下，她的輕鬆笑意逐漸隱去，繼續說：「他還真是『鼾睡』呢。昨晚我和衣躺下，過了很久才勉強睡著，但半夜又被李瑋的鼾聲吵醒了。我睜大眼睛，藉著龍鳳燭光打量那陌生的環境，才漸漸想起我嫁給了那個睡在地上的人，再也回不到父母身邊了。」

「他的鼾聲一陣響過一陣。我輕輕走到他身邊，仔細看他。見他是一副腦滿腸肥的樣子，無心無思地睡得正熟，嘴還沒合攏，流出的口涎在窗外映入的月光下發著晶亮的光……」

「我默默地在他身邊站了好一會兒，想著這就是將要與我共度此生的人，以後幾十年中，每天都要與他朝夕相對，那麼這一輩子，又還有什麼是值得期望的呢……我轉頭看窗外夜色，覺得這天再也亮不起來了。」

她的語調平靜，目中也未盈淚，然而此時說出的話卻比日間與母親離別時的悲泣更令我感傷。

「那一刻我真想回到十年前，做回一個沒有煩惱的小姑娘，在這樣的月夜，和你吟詠『簷下芋頭圓』。」她勉強笑了笑。「所以，我想來找你，看你還有沒有月光下的小芋頭。」

我無奈地對她笑：「真抱歉，現在我這裡沒有芋頭。」

她搖搖頭：「無妨。看見你，就會有還在家中的感覺。」

我很想擁她入懷，安慰她，回應她，告訴她我此刻那些細微複雜的感受。然而，感覺到室內逐漸明晰的晨光，我終於什麼也沒做，最後只另尋話題，和言建議道：「公主宅花園中花木繁盛，清晨空氣清新，公主不如移箜篌去那裡練習，或可稍解心緒。」

公主同意，於是我請她先往園中。待她離開，我隨即披衣加冠，稍事盥洗後手持橫笛出了門，才發現白茂先不知何時已遠遠避了開去，此時正立在庭中，看見我便迅速過來請安，問我可有何吩咐。

白茂先這年十二歲，聰穎靈秀，愛讀書，行事也穩重。我讓他去找人移箜篌至花園，然後自己朝園內走去，邊走邊想，他還真是個聰明孩子。

很明顯的，公主與駙馬的第二夜也是這樣過的。翌日公主的侍女竊竊私語，甚至笑說地上太涼，不如給駙馬搬個軟榻擱在公主房間的角落裡。關於公主這閨房中的細節以不可思議的速度傳開，成了宅中內人、侍者的主要話題。當然，最關心這對新人相處狀況的尚不是他們。

「國舅夫人在後院數落駙馬呢。」午後張承照頗有些幸災樂禍地向我報告他看到的情景。「說他乾綱不振，連老婆都不敢碰，真不是男人。說得冒火，還伸手去擰駙馬的耳朵，嗓門也越來越大，聽得周圍的小丫頭們都偷偷地掩口笑。」

我遲疑著，向他提了一個問題：「那駙馬是何反應？」

「唉，咱們這李都尉是個悶葫蘆，還能怎樣？」張承照笑道：「無非是捂著耳朵一味低頭聽老娘教誨，半天沒吭聲。」

楊氏與李瑋雖是母子，外貌與性格卻都大大不同。李瑋朴陋敦厚，楊氏卻是面尖脣薄，目中透著幾分精明氣。李瑋全盤接受公主的一切安排，而他母親對此應該不會袖手旁觀。

這個猜測很快得到了證實。這日晚膳後，我與梁都監正在商議公主與駙馬三朝拜門時的禮儀行程，韓氏於此時進來，取出一段白綾，低聲告訴我們：「這是國舅夫人剛才交給我的，要我鋪在公主的床上。」

我與梁都監相視一眼，一時都無語。

雖然身為內侍，我卻也聽說過市井百姓在婚床上置白色布帛，以驗視新婦貞潔的習俗，可這一細節並不適用於公主婚禮。

「妳可曾跟國舅夫人解釋過，公主下降，無此儀制。」梁都監問韓氏。

韓氏嘆道：「當然說了，但她笑著說，她萬萬不敢質疑公主節操，只是民間習俗如此，也是李家家規，此前為駙馬的哥哥娶嫂子，也都是這樣做的，公主既然嫁入李家，按李家的家規行事，並不為過，就算官家知道，應該也會應允的。說完，硬塞在我手中，說了聲她明天來取，便走了。我實在不知該怎樣做，便只好來找你們，請你們出個主意。」

我也相信她此舉並非質疑公主節操，而只是藉此逼迫，欲令公主就範，希望造成既成事實的結果。但以公主性情，又豈會甘受她擺布？

於是，我開口對韓氏道：「不能讓公主知道此事。她必會認為這是對她的侮辱，若因此與國舅夫人傷了和氣，後果不堪設想。」

「但是——」梁都監沉吟著，道：「國舅夫人已明令把白綾置於婚床上，若不這樣做，她一定會反覆要求，甚至親自向公主提出，若不先跟公主說明，屆時事態恐怕更加難以收拾。」

他說得自然也有道理。我唯有嘆息：「但要將這事跟公主說明，談何容易。」

「不必為難，我已經知道了。」公主聲音在窗外響起，隨後裙幅一旋，她已出現在門邊。

我們來不及顯露太多驚訝表情，一個個迅速起身，向她行禮。

她面上仍是淡淡的，並無羞惱憤怒的模樣，只逕自走到韓氏面前，朝她伸出手。「把白綾給我。」

韓氏依言遞她以白綾，她接過，垂目打量，脣邊勾起了一絲嘲諷笑意。

翌日公主回宮拜門，在父母面前不露一點兒情緒，對駙馬李瑋亦未冷眼相待，尤其在面對父親詢問時，更是連稱一切皆好，令今上怡然而笑，像是鬆了口氣。

然而，一俟回到公主宅中，這段婚姻中的隱憂很快顯露。

從宮中回來，公主依國朝儀禮，在宅中畫堂垂簾端坐，接見舅姑。

國舅已過世，如今要見的其實也只有楊氏。楊氏早已穿好禮服，著盛裝，歡歡喜喜地進來，在簾外朝公主福了一福，說了兩句吉利話，便趕緊噓寒問暖：「公主這幾日在我家過得可還習慣？在宅中伺候的下人可還稱公主心？若他們有何不妥，公主儘管告訴娘，娘該打的打、該罵的罵，一定會調教好了再給公主使喚。」

公主暫未理她，側首一顧身邊的張承照，問：「堂下說話的是何人？」

張承照躬身回答：「回公主話，是駙馬都尉的母親楊氏。」

「哦，原來是楊嫂子。」公主作頓悟狀，再對堂下道：「賜阿嫂坐。」

「阿嫂？」楊氏嘀咕著重複了一遍這個稱呼。

張承照走至簾外，笑對楊氏道：「國舅夫人，尚主之家，例降昭穆一等以為恭。如今說來，妳是公主的嫂子，切莫再對公主自稱『娘』，亂了輩分。」

楊氏略有慍色，梁都監見狀對她好言解釋：「國朝儀制是這樣規定，夫人想必以前也曾聽人說過吧？禮儀如此，不便擅改，其中不近人情處，還望夫人海涵。」

楊氏勉強笑笑，道：「我知道。對公主自稱『娘』無非是想讓她覺得親切一些，像是在母親身邊。既然公主不樂意，我改過來就是了。」

「國舅夫人果然明理。」張承照銜著他那不甚嚴肅的笑容，又提醒她另一點：「還有一事，也望夫人稍加留意。修建這公主宅的土地和一切花銷費用，都是官家賜的，這宅第本是官家賜給公主的陪嫁物之一，公主是這裡的正主兒，並非住在國舅夫人家裡。國舅夫人原是客，隨駙馬住在這裡，若覺有任何不適之處，倒是可以隨時跟公主提出，公主必會盡心為夫人安排妥貼。」

楊氏的臉色越發沉了下去，卻又不好反駁，只得恨恨地應道：「如此，老身先謝過公主，公主費心了。」

公主聞言一哂：「阿嫂不必客氣。」旋即又吩咐左右：「賜國舅夫人見面禮。」隨後兩列內臣各托禮品，絡繹不絕地從門外進來，將禮品一一擺在畫堂中。公主賜舅姑之禮不薄，有銀器三百兩、衣帛五百匹、妝盎數匣、禮衣一襲、名紙一副、藻豆袋一個……這些都是儀制中規定的禮品。但最後內臣送呈入內的，是一個紅錦覆蓋著的托盤，暫時看不出其中所盛何物。

每送入一個禮物，都有內臣高聲唱出名目，而當送來這最後一個時，內臣噤口，沒有再唱名。

這時公主褰簾而出，緩步走至楊氏面前，再掀落托盤上的紅錦，讓楊氏看到其中的禮品。

楊氏轉頭看了，立時變色——那是一段白綾，潔淨得跟她送到韓氏手中時一樣。

「我為阿嫂準備的這禮物，阿嫂可還滿意？」公主低目問楊氏。

不待她回答，公主即牽起白綾一角，大袖一揮，白綾如虹，在空中舒展開來，旋出波紋狀優美的弧度，再嫋嫋落下——其中每一寸都是潔白的，沒有任何被別的顏色汙染過的痕跡。

看白綾的末端掃過楊氏驚愕的臉，公主的目光徐徐上移，盯牢她的眼，挑戰般的，對她呈出了冷淡笑意。

楊氏自然無法忍受新婦對自己的態度，次日便入宮，求見帝后。梁都監見勢不妙，亦隨後入宮，望能在楊氏抱怨訴苦之下為公主稍加解釋。我在公主宅中靜候消息，不免也有些忐忑，不知楊氏會在帝后面前怎樣形容公主。

將近黃昏時，梁都監與楊氏一起回來。楊氏面色不佳，未按儀制去向公主行禮，便逕自回自己房中了。而梁都監則先找到我，敘述了宮中情形。

「楊氏入宮時，恰逢官家下朝回來。那時官家手握一卷章疏，憂思恍惚、鬱鬱不樂，楊氏向他噓寒問暖，他也未聽進去，楊氏連喚幾聲他才有反應，雖勉強笑了笑，但還是一副愁眉深鎖的樣子，開口問楊氏的第一句話便是：『公主一切可好？』於是楊氏大概也不敢隨便抱怨公主了，只唯唯諾諾地說一切都好，宅中也平安無事，她是專程來向帝后謝恩的。」

「倒是皇后看出了楊氏入宮是有話要說。待官家離開後，她和顏對楊氏說，公主原是官家獨生女兒，一向受父母寵愛，比起尋常人家的女子，性子難免要強幾分，若有言行不當之處，還望國舅夫人多體諒，她日後也會多加勸導，讓公主收斂性情，秉持婦道。楊氏聽了思前想後，欲言又止，最後終於什麼也沒說。皇后又賜她珠寶、綢緞若干，再請苗娘子過來，與她略坐了坐，便讓她回來了。」

聽了這話，我方才放下心來，鬆了口氣。梁都監沒有忽略我這一刻的釋然，著意看我，道：「雖則如此，但公主與駙馬是夫妻，這樣長期下去，終究不妥……你是公主近侍，不妨尋機會多勸勸她，既然已成婚，這夫妻相處之道還是應耐心經營。平日在公主面前，切勿說駙馬短處，若她有怨言，你也要多為駙馬辯解。主子夫婦歲月靜好，對我們做侍者的內臣來說，才是福分。」

我默然受教，頷首一一答應，但亦不想就此問題與他繼續討論。須臾，問了他另一事：「今日官家不懌，先生可知是何緣故？」

梁都監道：「我後來問了隨官家上朝的鄧都知，他告訴我，今日歐陽修上疏請官家選宗室子錄為皇子，在朝堂上公開說。以往官家未有皇嗣，但尚有公主之愛，上慰聖顏。如今公主既已出降，漸籊左右，則官家萬幾之暇，處深宮之中，誰可與語言，誰可承顏色？不如於宗室之中，選賢良可喜者，錄以為皇子，使其出入左右，問安侍膳，以慰悅聖情。官家聽了沉默著未表態，偏還有好幾位臣子附和，都請他正式下詔選立皇子。官家始終未答應，亦沒有了好心情，一路回到禁中，眉頭都是皺著的。」

三朝之後，公主乾脆請李瑋搬出公主寢閣，於別處獨寢。韓氏擔心李瑋難以接受，在得到梁都監默許後，特意去跟李瑋說，國朝有規定，駙馬須先經公主宣召才可與公主同宿。李瑋也未多問，從此後便與公主分居，獨處一閣，每日晚間與公主共進晚膳後即回自己房中，並不打擾公主。

楊氏看得氣悶，常旁敲側擊地說家裡不像娶了新婦，倒像是請了一尊神來。公主也未與她計較，不理不睬，只當是耳邊風。最後還是楊氏沉不住氣，索性到公主面前，直接提出要為兒子納妾。

「駙馬原本有兩個屋裡人，但我怕公主進門後見了不喜歡，便都賣了出去。可如今駙馬房中沒了持帚的人，亂糟糟的，畢竟不像話。公主矜貴，我原不敢以這等事煩請公主操心，想自己去尋個丫頭放在駙馬房中，做些灑掃侍奉之事，不知公主意下如何？」

韓氏瞠目，道：「公主出降才幾天，夫人就要為駙馬納妾？」

公主向她擺首，示意她不必去爭，再平靜地答應了楊氏的要求。「如此甚好。阿嫂儘管去尋合適的人，將來那小娘子的月錢由我來給。」

楊氏果然立即開始行動，物色適當人選。最後她看中了一名自幼養大的侍女，十六歲的春桃。春桃容色可人，性格也溫順，豈料一聽楊氏說要將她納為駙馬妾室，她竟泣不成聲，跪下不住哀求，怎麼也不肯答應。

楊氏勸了春桃幾次，都不見她回心轉意，不由得大怒，竟把她拉到公主寢閣近處，公然指桑罵槐：「妳進了我家門，我把妳好吃好喝地供奉著，卻沒想到竟養出個忒有脾氣的祖宗！我兒子是國舅爺生的，皇帝的血脈裡還有幾分是與他相同的呢，哪裡配不上妳這個賤人？妳還真把自己當回事，眼睛生到頭頂上，誰都難入妳這仙女兒法眼！妳既存心到我家當烈女，老娘就成全妳，今日就地打死，明日再請官家給妳立個牌坊……」

她邊罵邊打，鞭聲霍霍，疼得春桃不住尖叫痛哭。我聽得不安，轉顧公主，剛喚了一聲「公主」，她便已明白，吩咐道：「懷吉，你去把春桃帶到這裡來。」

我當即出去，命人拖住楊氏，又讓兩名侍女扶起春桃，把她引至公主面前。春桃戰戰兢兢的，跪在公主膝下，仍輕聲啜泣。公主好言撫慰，親自查看她傷勢，再命人取良藥、燉補品，好生為春桃療傷。

春桃感激不盡，向公主連叩了幾個頭。公主扶起她，微笑道：「妳不想做駙馬的妾，是顧忌我吧？其實無須擔心，妳服侍好駙馬，也等於是為我盡心做事，我會善待妳的。」

春桃拚命搖頭，依舊泣而不語。

「難道妳不答應，不是因為這個？」公主奇道，見春桃不答，她很快又有了新的猜測：「那妳是厭惡駙馬，所以才不想嫁他？」

「不，不！」春桃忙否認，低聲道：「駙馬和善，待奴婢一向是很好的。」

公主笑了。「既如此，妳嫁他又有何不可？」

春桃踟躕難言，頭低垂，又開始落淚。

見她這等形狀，公主忽然領悟：「哦，妳一定是有心上人了！」

春桃雙頰紅盡，越發深垂首，雙手不停絞著衣帶，沉默不能語。

公主遂屏退左右，只留我和韓氏在身邊，再含笑對春桃說：「別害怕，妳且把隱情告訴我，我一定會幫妳。」

春桃猶豫許久，在韓氏隨後的鼓勵下，終於說出了此中緣由。原來她此前回家探望雙親，曾偶遇姨母家的表哥，後來接觸了幾次，兩人漸生情愫，私訂終身，表哥亦開始做生意掙錢，想早日為她贖身，締結良緣，不料如今楊氏要她做妾，所以她寧死不從。

公主安靜傾聽，聽到最後，也許聯想起自己往日之事，目中亦浮起了一層水光。

「我來為妳贖身。」她對春桃做出承諾：「妳的心願，我來為妳實現，一定會讓妳從這宅子裡出去，嫁給妳喜歡的人。」

然後，她遣人去請楊氏。楊氏不久後入內見公主，隨她同來的還有駙馬李瑋。

公主開門見山地提出要為春桃贖身，對楊氏說，無論當初是花多少錢買春桃，她都會付十倍的錢給楊氏。

楊氏聞之冷笑，道：「這丫頭我已經養了十年了，為調教她，花的心血不知有多少，哪裡是錢可以計算的！公主想買，我可不願意賣。如今她生是我的人，死也是我的鬼。她不肯做妾，我也不會放了她，我倒要看看，這小賤人有什麼三頭六臂，敢跟我鬥！」

公主也不客氣，直言道：「今日請阿嫂來，不是要跟阿嫂商量。我是這公主宅的主人，宅中所有奴婢應由我處置，是放是留，由我決定。我已同意讓春桃歸家，現在不過是知會阿嫂一聲，明日就讓她出門。錢我已備好，取不取就是阿嫂妳自己的事了。」

楊氏愈加惱怒，回應的語氣更是咄咄逼人：「這丫頭是我真金白銀買來的，賣身契還在我那裡，怎的忽然就成公主的人了？公主說宅子是妳的，我都認了，卻沒想到連個奴婢公主也要搶我的，說出去也不怕人笑話！今日我就把話擱在這裡了，春桃是我的人，公主無權為她做主。公主若有不服，儘管去找人評理。相信就算是告到官家那裡，他也不會覺得公主有理。」

「夠了！」此前一直沉默不語的李瑋陡然開口，對他母親道：「我又沒說要納妾，妳逼春桃做什麼？公主要讓她走，就讓她走吧，有什麼好爭的？」

楊氏驚詫不已，少頃，才回過神來，立時怒斥兒子：「老娘操這麼多心為的是什麼？還不是為你這混帳東西！如今你倒好，娶了新婦忘了娘，對她唯命是從，也不想想人家有沒有把你放在眼裡……」

李瑋不願聽她嘮叨，站起身就朝外走去，楊氏猶不解氣，一路追出去，亦步亦趨地跟著李瑋，不時拍打他幾下，繼續喋喋不休地斥罵著。

我與公主都以為楊氏不肯放人，會讓春桃的贖身變得有些棘手，但結果卻出人意料。

晚膳時，李瑋來得比往常晚，也略顯疲憊。見了公主，他從袖中取出一卷文書遞給她，吶吶地說：「這，是春桃的賣身契。」

【柒】古墨

次日，春桃收好公主賜還的賣身契，回到父母身邊。臨行前拜別公主，公主命人取出一百緡錢給春桃，還叮囑說日後若遇難事便回來說，她自會相助。春桃自是千恩萬謝，含淚跪下磕頭，反覆表達感激之情。公主扶起她，笑道：「不必謝我。看到自己能促成一樁好姻緣，說不定我比妳還開心呢。」

這讓她保持了一整天的好心情，如此愉快地展露歡顏，在她出降後，還是第一次。

晚間，她把自己帶來的侍女召集到面前，對她們說：「妳們服侍我許多年了，如今也都到了可以出嫁的年齡，若有意中人，儘管告訴我，我會讓妳們回娘家待嫁，並給妳們準備一筆不薄的嫁妝。」

侍女們紛紛道謝，但暫無一人申請歸家。公主再問，亦只有香櫞子站出來，吞吞吐吐地說：「奴婢並無意中人，但家中父母年事已高，奴婢又無兄弟，姊姊皆已出嫁，所以……」

公主了然，不待她說完便道：「好，那妳回家吧。我多賜妳些錢，供妳買幾塊田地或做點兒小生意，日後再招個上門女婿，與妳一起侍奉父母。」

香櫞子大喜，再三謝恩。之後又有兩名小丫頭表達了想歸家之意，公主均同意放人，且厚賜財物。待到無人再表態，公主又重申了想給予她們自由的意思，並許了她們一個長期承諾：「無論何時，只要妳們尋到了合適的人，或思念父母想回家，都可以跟我說，我都會立即放妳們出去。」

眾侍女皆有喜色，齊齊拜謝，對公主善行稱頌不已。待她們退下後，我含笑問公主：「公主把她們都放走了，以後誰來伺候公主呢？」

「不是還有你嗎？」公主作勢瞪我一眼，然後，又黯然嘆息：「我希望她們每人都可覓得如意郎君，將來離開公主宅，相夫教子，過快樂的生活，不要像我，一輩子被困在這裡，不得脫身。」

沒想到她今日的愉悅會終結於這個關於困境的話題，我笑容亦隨之凝結。

「而你，就沒她們那麼好命了。」見我默然不語，她又故作輕鬆的，用玩笑般的語氣說：「我可不會放你走。如果我被關在這裡一輩子，那你也要在這裡陪我一輩子！」

這一語如陽春熏風，吹得我心中和暖之意如漣漪漾開。我朝她拱手長揖，道：「臣領旨謝恩。」

出降之後，公主需要我陪伴的時候也比以前多了許多。在宮中時，她每日要定省父母，承歡膝下，自己也有很多女伴，例如后妃們的養女，以及秋和那樣，與她年齡相差不太大的年輕嬪御，與她們的交往也足以填滿她閨中的閒暇時間。

而現在，她身為公主宅中最尊貴的女主人，不必承擔侍奉舅姑的義務，何況自春桃之事後，楊氏越發看她不順眼，處處迴避著她，除了例常問安和家宴，並不主動前來與她敘談；駙馬李瑋的兄弟皆各有宅第，妯娌們也不常往來，所以公主相當寂寞，除了練習箜篌，便藉清玩雅趣之事消磨時間，而此時一般都會要求我從旁做伴。

起初對環境的陌生感覺逐漸消失，我們漸漸適應了這種全新的生活，在很少有人打擾的情況下彈琴吹笛、弈棋鬥茶，或者吟詩填詞，偶爾我也會指點她寫字作畫。她現在對翰墨丹青表現得遠比兒時有耐心，不再胡亂畫上兩筆就想往外跑，為完成一幅滿意的作品，她可以在書房裡練上一整天。我訝異於她的變化，問她：「公主以前不是說練習書畫太浪費時間，通常是老夫子所為嗎？」

她回答說：「正如你所見，我時間很多，而且，人也老了。」

雖未同宿，李瑋倒也經常來看公主，但兩人很少有話說，就連進膳時李瑋也只能找到一點兒可有可無的問題來問公主，例如某道菜是否合公主口味之類。公主通常是隨口敷衍，不過她所說的每一句話李瑋都能用心記住。有次公主不過是提了句江南的醉蟹味道不錯，但宮中已無存貨，第二天公主的餐桌上便有了一盤江南醉蟹，也不知李瑋是從何處尋來。

為求取悅公主，他表現出了無限誠意，但有時會弄巧成拙。

某日公主情緒不佳，閉於閣中不願出門，李瑋入內問安時小心翼翼地建議她去花園散心，公主懶洋洋地應道：「這園子就那麼點兒大，每個角落都走遍了，有什麼好看的？」

李瑋想想，道：「前日我去宜春苑，見附近有一大片荒地，比咱們這園子大三倍有餘。回頭我去打聽打聽，看這地是誰的，索性買了來，再建一個有亭臺樓榭的大花園，以供公主遊樂。」

公主道：「罷了，當初修這公主宅都大費工時呢，若園子再大上三倍，買地和建房子都要花許多錢，勞民傷財的，還是省省吧。」

「不妨事。」李瑋立即應道：「我不缺這個錢。」

或許他是無心，但這話我聽著尚覺刺耳，更遑論公主。公主微蹙著眉頭凝視他半晌，最後漠然回了一句：「好，你自己看著辦吧。」

李瑋似乎並未意識到他令公主不快的原因所在，繼續以他最不欠缺的財力頻頻為公主獻禮。見公主常習翰墨，很快又送來一批文房用具：瑪瑙硯、牙管筆、金硯匣和玉鎮紙。

「真是恨不得連墨都用金銀來做。」看著這堆熠熠生輝的禮品，公主不無鄙夷地說。

不久之後，李瑋又送了一塊名墨給公主，雖然不是金銀做的，但同樣未擺脫弄巧成拙的命運。

冬至那天，皇帝照例要受百官朝賀，京中所有有官銜的官員都要穿戴簪纓朝服入宮參加朝會，莊重如大禮祭祀，這個儀式稱為「排冬仗」。排冬仗結束後，皇帝會宴請群臣，並賞賜新衣禮品。

駙馬都尉李瑋亦入宮參加了朝會，其後的宴會剛罷，他便興匆匆地趕了回來出席家宴，一進門即取出一段廷珪墨雙手呈給公主：「公主，這是官家今日賞賜的。上次我便想尋一段古墨給公主，但沒找到合適的，如今恰好補上。」

歙州李廷珪是南唐製墨名家，其墨能削木，墜溝中經月不壞，且有異香，一向為士大夫所推崇，而且由李廷珪親自製造的墨已越來越少，宮中所存也不多，故世人莫不以獲賜廷珪墨為榮。現在李瑋奉上的這段呈雙脊龍樣，上有「廷珪」二字，確是李廷珪當年進貢的珍品。

公主接過看了看，不置可否，但問李瑋：「爹爹賜你的就是這段？」

「那倒不是。」李瑋如實作答：「官家賜我的原本是另一段，從上面刻著的名字來看，那墨工也姓李，叫『李超』，大概是李廷珪的後人吧……」

「哦。」公主不動聲色地再問他：「那你怎麼又拿了廷珪墨回來？」

「後來我發現身邊學士們獲賜的都是廷珪墨，可能廷珪墨存世不多，官家一向禮眷文士，所以賜給學士們。」李瑋解釋：「我向鄰座的蔡君謨蔡學士借他的廷珪墨來觀賞，他大概看出我喜歡，便主動提出跟我交換……」

公主不由得冷笑：「於是你用李超墨換了廷珪墨？」

李瑋點頭，不忘稱讚蔡襄：「蔡學士竟肯割愛，真是慷慨。當然，我不能白領了他這人情，日後會再備些禮送給他。」

公主無話可說，將廷珪墨擱在桌上，推回李瑋面前，然後起身，默默離去。她的反應自然不是李瑋所預料到的，這令他茫然失措，站起目送公主遠去後才轉頭看我，惴惴不安地問：「梁先生，我是不是說錯了什麼？」

我思忖再三，最後還是決定告訴他真相：「都尉，李超是李廷珪的父親。」

李瑋愕然，呆若木雞。而一直旁觀的楊氏此時對這古墨亦有了興趣，開口問我：「梁先生，那這墨是李超製的貴還是他兒子製的貴？」

我回答：「世人喜愛收藏古墨，製墨世家的精品，年代愈久遠，存世量愈稀少，便會愈貴重。」

楊氏頓時火冒三丈，一戳她兒子額頭，斥道：「你這敗家子，竟拿個好東西去換了個便宜貨！這般不會做生意，再多十倍的家底也會被你敗光，難怪公主看不上你！」

【捌】書畫

每年正旦前，帝后會賜新年禮品予宗室戚里，這年歲末，公主早早囑咐我，務必做好準備，在外選購一些宮中沒有的清玩雅趣之物以備還禮。

楊氏知道此事後過來對公主說：「公主駙馬的禮品是作一分子送進宮的，不如便交給駙馬去採辦。尚公主之後，他還沒什麼機會向官家、娘娘略表孝心，現在他親自去備上一份厚禮，也是應該的。」

公主道：「懷吉昔日在宮中常侍帝后，很清楚他們的喜好，禮品由他來採辦更合適。」

楊氏不悅，道：「駙馬是官家女婿，難道選擇禮品的眼光會不如下人？往年國舅宅的禮品他也備過好幾次，沒見官家不喜歡。」

見公主幡然變色，我立即先開口道：「國舅夫人言之有理，禮品由駙馬親自採辦，足可見公主駙馬孝心，官家見了會更喜歡。」

梁都監也在旁附議稱善，力勸公主接納楊氏建議，公主最後只好勉強答應。

李瑋的態度倒是遠比其母謙和。出門採購之前，先來徵求我的意見，問買什麼樣的禮品比較合適。

我告訴他：「宮中不缺奇珍異寶，帝后平日尚儉，也不愛奢華器物，但都很喜歡翰墨丹青。都尉若能進呈幾幅書畫精品，他們必會欣然接受。」

李瑋依言而行，十數日後，帶回了六幅書畫，交給我與公主過目。

我展開一一看了，然後默默遞與公主，公主先看其中售價最高的一幅王羲之尺牘，玩味須臾，忽然眉頭輕顰，側目掃了掃李瑋。

李瑋一驚，惶惶然轉顧我，像是在問我：「這字有何不妥嗎？」

我向他友善地微笑，道：「都尉辛苦了，早些回去歇息吧。餘下的雜事不妨交給懷吉來做。」

待他走後，公主拋下手中尺牘，頗有怒色：「這傻兔子又當了一回冤大頭，花重金買了幅摹本回來。」

那時白茂先亦伺候在側，聞言拾起尺牘仔細端詳，然後請教公主：「公主因何確定是摹本？」

公主道：「王右軍少年時寫字多用紫紙，中年以後多用麻紙，又用張永義製紙，而這幅尺牘雖精心做舊過，仍可看出是竹紙塗蠟。國朝以來士人才以竹紙寫字，晉人尺牘用竹紙，必是贗品。」

語罷，她又問我：「其餘那幾卷，可也有偽作？」

我從李瑋送來的書畫中揀出兩卷交予公主。

公主先看一幅歸於張萱名下的宮苑仕女圖，琢磨片刻，覺出了其中破綻。

「這女子穿的裙子從質感和花紋上看，是荷池纈絹，這是國朝才有的布料。」她指著畫中人說。

我頷首，又一指畫上一內臣模樣的人，道：「張萱是唐代玄宗朝時人，那時內臣戴的是圜頭宮樣巾子，而這畫中人頭上卻戴漆紗纏裹的襆頭，這是唐末才出現的樣式。」

白茂先亦輕輕走近，看了看這幅畫，道：「梁先生跟我提起過張萱，說他畫女子尤喜以朱色暈染其耳根，而且他擅畫嬰兒，既得童稚形貌，又有活潑神采。而這幅畫中這兩個特點都沒有，侍女所抱的嬰兒面目老成，只像是把成人的面目縮小了……」

我略一顧他，他立即垂首禁聲，公主見了對我道：「小白又沒說錯，你何必阻止他說下去？這畫確是後人託名偽作的，連小白都能看出來，可嘆李瑋還懵懂不知。」

她嘆息擺首，又展開另一幅據說是五代著名山水畫家李成所繪的〈讀碑窠石圖〉，這次沉吟良久，仍未發現可疑之處，於是問我：「此圖置境幽淒、氣韻瀟灑、筆勢穎脫，畫樹石先勾後染，清澹明潤、饒有韻致，的確是李成筆法。絹本設色，亦無異常之處。你又是從哪裡看出是偽作的呢？」

我答道：「此畫仿製者比諸前兩位，顯然敬業多了，摹本唯妙唯肖，連刻畫圖記名字，都幾可亂真。但也正因為摹者敬業，所以他遵守了製造贗品高手的一項原則：在摹本中故意留下一點兒破綻，以供識者分辨。這圖中的破綻在碑石之上。原作殘碑側面有一行隱約可見的細微字跡『王曉人物，李成樹石』，這是李成的題款，說明畫中人物是邀其友人王曉所繪。而如今這幅畫中卻無這行字，因此臣斷定是摹本。」

「那你又如何得知原本上有那行字？」公主追問。

我告訴她此間緣故：「幾年前裴承制從民間訪求得此畫原本，已藏入祕閣，臣亦曾見過。」

公主擱下圖卷，舉目凝思，意極惆悵。須臾，又是一聲嘆息：「李瑋坐擁金山，見識卻不如你們這些內臣，重金購得六幅書畫，竟有一半是偽作。想想後半生必須與他繫於一處，頓覺活著也無甚趣味。」

我默然，最後這樣開導她：「但駙馬待公主很真誠，人是極好的。」

她淡淡笑笑，換了個話題：「懷吉，看來還須煩勞你外出，去尋些能入眼的書畫獻給爹爹和孃孃了。」

我欠身領命，她又露出一絲憂慮之色，道：「只是如今所剩時間不多了，你此前又很少在坊間行走，知道應在哪裡尋訪嗎？」

我應道：「公主無須多慮，臣知道該去何處。」

次日我帶白茂先離開公主宅，直往崔白居處。

此時崔白已成譽滿京師的畫家，頗受士大夫賞識，常與文人墨客過從雅集，他的居所也從昔日那狹窄陋巷搬到了相國寺附近的風景佳勝處。

我按路人的指示找到崔宅，叩門數下後，門嘎地開了，一個十餘歲的小孩自內探首出來，眼睛滴溜溜地打量著我，卻不說話。

「元瑜，來客是誰？」我聽見裡面傳來崔白的聲音。

於是我朝那孩子自報姓名，請他代為傳報。

那孩子點點頭，跑了回去，少頃，崔白親自迎了出來，滿面笑容地對我長揖，口中連聲道：「許久不見，懷吉別來無恙？」

寒暄之後，他引我入內，我記掛著購畫之事，一壁走，一壁跟崔白簡單敘述了緣由，問他可願選幾幅新作給我進呈帝后。他聽了笑道：「我原是為畫院所棄之人，豈敢再進呈塗鴉之作以供御賞？不過說來也巧，我正與兩位好友在園中飲茶賞畫，相與切磋，他們畫藝倒都不俗，亦有新作在此，你且去看看，若有合適的，便請他們取幾幅給你吧。」

正想再問他這二位友人是誰，卻見曲廊一轉，他已引我進至後院園中。

這後院面積不大，但中植松檜梧竹，內設小橋流水，清曠雅靜，人行於其間，如處畫中。

小橋邊有一座竹子建成的亭閣，崔白的友人皆在其中，一位年逾半百，戴高裝巾子、著交領襴衫，正反繫袍袖，提筆在案上圖卷中點畫；另一位年齡與崔白相仿，三十多歲，頭戴高士巾，身穿大袖直裰，此刻坐在茶爐邊，似在等湯瓶聲響，以注湯點茶。

崔白帶我進去，先將我介紹予兩人，他們皆過來見禮。我問崔白兩位先生該如何稱呼，他卻笑而不答，只說：「你且看兩位先生大作。」

我移步至案邊，先看適才作畫的先生未完成的作品。他畫的是一株牡丹，花朵不以墨筆描寫，只以丹粉點染而成，嬌豔鮮妍，而無筆墨骨氣，大異於畫院盛行的黃氏畫法雙鉤填彩。

於是我有了答案：「沒骨畫花鳥，綽有祖風，又出新意，先生必是金陵徐氏長孫崇嗣先生。」

金陵徐氏是指南唐花鳥畫家徐熙，崔白一向喜愛他的野逸畫風。徐熙子孫亦都雅擅丹青，其中長孫崇嗣以「沒骨法」畫花卉，將其祖遺風與黃氏富貴氣相結合，於國朝畫壇是創新之舉。

我所料未差，那位先生含笑欠身：「慚愧，不才正是徐崇嗣。」

崔白又讓我看一側壁上所懸的幾幅山水畫，說那是另一位先生所作。我逐一端詳，但見他筆致巧贍，稍取李成之法，畫四時山水，遠近、淺深、風雨、明晦、朝暮景象各異，峰巒秀起、雲煙變滅晻靄之間，千態萬狀，布置筆法頗有獨到之處。

我略一思索，也大致猜到：「先生筆下四時山景各盡其妙，春山淡冶而如笑，夏山蒼翠而如滴，秋山明淨而如妝，冬山慘淡而如睡，如此筆力，非河陽郭熙不可得。」

我沒猜錯。郭熙雙目大睜，很是詫異：「我乃一介布衣，久居外郡，又不似徐先生出身世家，美名遠播於天下，中貴人卻又如何得知鄙人姓名？」

我含笑道：「十年前，子西便已向我稱讚過先生筆意精絕了，近年畫院故友亦不時向我提及，先生大作，此前我也有幸欣賞過。」

這日餘下的時光，便在三位畫家熱情款待下度過。閣外水石潺湲，風竹相吞，室內爐煙方嫋，簾捲墨香，我們點茶評畫，言談甚歡，連白茂先與那叫元瑜的孩子都一見如故，兩人坐在小河水邊，元瑜一手執著樹枝，不時在地上比劃，教白茂先畫樹上寒鴉。

其間我說出來意，徐、郭二位先生當即各取了幾幅新作，慷慨相贈，我自不肯受此大禮，命白茂先取出銀錢給他們，他們推辭幾番，見我堅持，才略略收下一些。

「子西真不肯賜我一幅新作嗎？」我問崔白。

他笑了笑，喚過元瑜，低聲囑咐了幾句，那孩子旋即跑開，像是去取什麼了。

這孩子真機靈。我看著他背影微笑，再問崔白：「這是令郎？」

崔白大笑，道：「元瑜姓吳，是我的弟子。」

然後，他笑意稍減，補充道：「我尚未娶妻。」

我垂目無言，帶著禮貌的和悅表情默然聽徐崇嗣與郭熙笑說崔白眼界過高，天下好女子成百上千，竟無一人能獲他青睞，迎娶入門。

須臾，元瑜攜一卷畫軸進來，雙手呈給我。我展開看，見畫的是秋江景致，一隻蘆雁獨立於蒹葭衰草水岸邊，抬首眺望遠處，意態寂寥。

黃昏時，我向崔白等人告辭，他們極力挽留，說難得如此投緣，不如少留一宿，今宵四人把酒暢談，明日再歸亦不遲。

這時有暮鼓聲從附近的相國寺中傳來，我想起一事，心念微動，遂頷首答應。

次日清晨，我甫至公主宅門前，便見張承照與嘉慶子雙雙迎出，口中都道：「謝天謝地，你可回來了！」

我訝異問道：「你們一直在這裡等我？出了什麼事？」

張承照一面為我牽馬，一面說：「你走後，駙馬約了幾個朋友在園子裡的擊丸場打球，那場邊原是公主的妝樓，公主聽見聲響，便走到欄杆邊看了看。駙馬的朋友中有一人大概猜到樓上簾後的身影是公主，存了輕薄之心，便故意發力，把球擊到了公主身邊一捲竹簾上。公主大怒，立即命幾個小黃門下去把駙馬的朋友全部趕走。駙馬呆立在場內好半天，倒沒多說什麼。」

「不過國舅夫人聽說這事可不樂意了，趕過來指著那幾個小黃門大罵，汙言穢語的，嗓門又大，公主聽了氣得掉淚，我本想再帶幾個人下去回國舅夫人幾句，卻被梁都監喝住，讓我別再生事。我只好聽命，但這樣一來，公主的氣就沒法出呀。她後來坐在樓上生了一天的悶氣，偏偏你又沒回來，她等到半夜，又擔心你出事，派了許多人出去找，自己越等越急，忍不住又哭了起來……」

我立即加快了步伐，問：「公主現在何處？」

嘉慶子道：「在寢閣廳中，一夜沒闔眼，現在還在等著先生呢。」

見到公主時，她的確是憔悴不堪的模樣，雙目紅腫如桃，皮膚暗淡無光，頭應還是昨日梳的，現已有好幾綹散髮垂了下來。

發現我進來，她眸光閃了閃，下意識地起身，但臉色旋即一沉，向我斥道：「外面既有逍遙處，你還回來做什麼？」再顧左右，吩咐道：「把他大棒打出去！」

周圍內臣、侍女都暗地偷笑，並無一人上前逐我出去。

我含笑上前，把手中托著的一個紙包遞至她眼前。她惱怒地側首，但應是聞到了其中散發的香味，猶豫一下，終究還是問了我：「這是什麼？」

「相國寺燒朱院那個大和尚賣的炙豬肉。」

她果然好奇，低目看了看。我一邊解開包裝一邊解釋：「我購畫之處就在相國寺旁。議妥這事後天色已晚，我想起昔日公主提過燒朱院的炙豬肉，便想等到天亮，買一塊新鮮的給公主，遂應友人相邀，留宿一晚。今日天還沒亮我就去了燒朱院，等著烤好第一塊，便買下給公主帶回來。」

她立即問了一個她關心的問題：「你見到那大和尚了嗎？他長什麼樣？」

「很可惜，沒有。」我嘆嘆氣。「他生意做大了，人的架子也大了，現在的豬肉都交給徒弟烤，自己輕易不見客。」

「哦……」這答案令她悵然若失。

我趁機遞給她一小塊竹籤穿好的炙豬肉，她亦接過，仔細看看，又嗅了嗅，似乎準備品嘗，那神情看得我不禁笑起來，她才回過神，意識到自己原本是在生氣的，於是又羞又惱地把那塊豬肉擲於地上，「呸」了一聲，復又坐下扭頭不看我。

四周響起零零碎碎的輕笑聲。公主怒道：「笑什麼笑？都給我退下！」

眾人銜笑答應，行禮後相繼退出，只有嘉慶子未走遠，還在門外伺候。

見室內只剩我與公主兩人，我才擱下炙豬肉，認真向她告罪：「此番臣在外留宿，未先求得公主許可，其罪一；擅離職守，未及維護公主，其罪二；逾夜未歸，令公主擔憂，其罪三。臣確已知罪，可向公主保證，以後不會再發生這樣的事，還望公主恕罪。」

我等了等，見公主一動不動的，並無應答的意思，於是又道：「公主既不肯寬恕臣，請容臣暫且告退，待安置好所購書畫，再除冠跣足，過來向公主長跪請罪。」

言訖，我退後數步，再轉身欲出門，先前沉默的公主卻忽然疾步衝來，於我身後摟住了我腰。

我不由得一顫，步履停滯。門外的嘉慶子聽見聲音，回眸一顧，也是被嚇了一跳的樣子，紅著臉轉首避開。

「我不是生你的氣。」公主緊緊摟著我，將一側臉頰貼在我背上，低聲道：「我是怕再也見不到你了……你外出的這天，我在這裡真是度日如年。倘若你離我而去，我寧願下一刻就此死去。」

我默然僵立著，暫時未做任何回應。她的悲傷像夏季不期而遇的雨，再度打溼了我的心情。一抹莫可名狀的傷感與她的淚水一起，循著我衣衫紋理，逐漸洇入我心間。

第九章

誰堪共展鴛鴦錦

【壹】蘆雁

整理禮品的最後一刻，我猶豫了，目光在崔白那卷〈蘆雁圖〉上游移許久，終於還是把它撿了出來，沒有與其餘書畫一起呈交御覽。

秋和與崔白之事今上或許無從知曉，但皇后心中有數，這幅畫中之意，她必一覽即知；而秋和身分今非昔比，崔白餘情被皇后知道，總是不好的。

這批禮物得到了帝后的讚賞。公主與駙馬入宮賀歲時，今上特意提到這些書畫，含笑問李瑋：「公主宅獻上的書畫，都是你選的嗎？」

李瑋頷首稱是，今上與皇后相視而笑，目露嘉許之色，道：「都挺好。徐崇嗣畫沒骨花功力日益精進，郭熙的四時山水也令人耳目一新。」

李瑋並不知我調換他所呈書畫之事，聽今上如此說，便愣了愣。

而皇后亦於此時對他道：「想來都尉對翰墨丹青甚有心得，如今所擇皆是精品。徐崇嗣成名已久，宮中他的作品倒也有幾幅，而那郭熙的畫往日甚少見，頗有新意，都尉是從何處尋來？」

李瑋惘然不能語，我立即朝皇后欠身，代他答道：「都尉見過河陽郭熙畫作，常讚他善畫山水寒林，近日聽說他移居京師，便命臣去尋訪，因此購得他新作。」

「都尉博涉廣聞，不以畫者聲名決取捨，知選今人山水，可謂眼光獨到，非常人能及。」皇后笑讚李瑋，又轉而問我：「那郭熙性情如何？」

我說：「溫和謙遜，待人接物彬彬有禮。」

皇后遂向今上建議道：「郭熙山水並不輸諸位畫院待詔，運筆立意，猶有過人之處，不如召入畫院，讓他於其中繼續歷練，假以時日，必有大成。」

今上頷首稱善，喚來勾當翰林圖畫院的都知，將此事交代下去。

從宮中回來後，李瑋幾次三番欲言又止，猶豫了一天，終於在次日晚膳之後將此事提出來問我：「徐崇嗣與郭熙的畫，是先生添入禮單中的嗎？」

我承認，和言對他道：「丹青圖畫，不必事事崇古。若論佛道、人物、仕女、牛馬，的確近不及古，但若論山水、林石、花竹、禽魚，則古不及近，國朝畫者勝前人良多，徐、郭兩人便屬其中佼佼者。選他們的作品，亦能愜聖意。」

他遲疑著，又問：「那我所選那些，先生也獻上去了嗎？」

我稍加斟酌，還是如實相告：「王羲之、張萱、李成的尚在宅中，其餘幾幅一併送入宮了。」

李瑋訝異問：「先生為何將那幾位名家的留下？莫非官家會不喜歡嗎？」

一時之間，我未想到該如何委婉地回答這問題，既讓他意識到其中問題，又不至於令他難堪，便沉默了片刻。偏偏楊氏又於此時插嘴，說出了她的猜測：「莫不是公主喜歡，所以留下來了？」

公主聞言嗤笑一聲，冷面側首，懶得理她。

她這表情立即引發了楊氏的不滿，楊氏也隨之冷笑，藉我發揮，道：「若不是公主喜歡，那一定是梁先生喜歡，所以自己留下了？用幾幅便宜的字畫換我兒子花大價錢買回來的古董，還能讓官家和皇后稱讚，梁先生好本事，以後好生教教駙馬，讓他也學學做這樣一本萬利的生意！」

公主勃然大怒，橫眉一掃李瑋母子，直言斥道：「懷吉不說此中真相，是為顧全駙馬面子，之前若非他換下那幾幅書畫，駙馬在我父母面前更會顏面盡失。你們以小人之心度君子之腹，還如此惡言相向，真是不知好歹！」

「真相？還能有什麼真相？」楊氏隨即揚聲反駁：「有人截下駙馬獻給官家的寶貝，難道這事會有假？」

「這事不假，但承妳貴言，此中倒真有假。」公主轉顧在廳中侍立的白茂先，命道：「小白，你跟駙馬和國舅夫人說說假在何處。」

白茂先躑躅著，不敢立即開口。李瑋似已漸漸意識到其中狀況，遂試探著問他：「我那幾幅字畫是假的嗎？」

白茂先低首，等於默認了。在公主要求下，他終於開始輕聲講述那些書畫的破綻，李瑋默默聽著，面色青白，頭也越垂越低，再不發一言。

而楊氏在聽到小白說〈讀碑窠石圖〉的原作經裴湘訪求，現存於祕閣時，又有了話說：「你們怎知道他裴承制買的就是真的，我兒子買的就是假的？畫上的花樣兒都是一般，難道他買的多幾個字就可斷定是真的了？」

公主忍無可忍，拂袖而起，對我道：「懷吉，我們走。」

從此以後李瑋變得更沉默，極少與以前那些富室豪門子弟來往，他把精力幾乎都花在了學習品鑑書畫上，常常整日整夜地把自己關在書房裡看藏品和相關書籍，偶爾出門，也多半是去買名家作品。

有一天，他來找我，很禮貌地問我是否有崔白的畫作，他想看看。

如今我身邊所藏的，只有那幅〈蘆雁圖〉。我並未取出給他看，但說：「我這裡並無崔白作品，不過我與他相識多年，若都尉有意，不妨改日與我一同去他家中拜訪，屆時自會欣賞到他畫作若干。」

我未告訴任何人〈蘆雁圖〉之事，包括公主。我想崔白選這畫給我，或許是希望有一日秋和能看到。此中心意，我也希望秋和能知曉，只是她現在身分特殊，再為她傳遞這類對象，令我頗費思量，倒不僅僅是顧忌宮規。

這一思量，便是大半年。嘉祐三年八月，我終於下定決心，藉苗賢妃生日，公主入宮祝賀之機，把畫帶至秋和面前。

那日公主給母親賀壽，此前已經帝后許可，可在宮中留宿一日。我隨她同往，便攜了畫入宮。

秋和似有恙在身，精神不振，壽宴之前早早向苗賢妃說了祝詞，奉上賀禮，便告辭回自己閣分。

我旋即攜畫出來，一路送她至她居處，她亦盛情邀我少留片刻，飲茶敘談。見彼時閣中皆是她親信之人，我才取出〈蘆雁圖〉，雙手呈上，道：「我有一故友，雅善花鳥，近日贈我此畫，我見此畫頗有意趣，又記得董娘子很喜歡花竹翎毛，故帶來轉呈娘子，望娘子笑納。」

秋和接過，展開一看，春水般柔和的眼波微微一滯，顯然已明白所有情由。她凝視此畫，怔忡著默不作聲，良久後才垂下兩睫，蔽去暗暗浮升出的一層水光，依舊捲好畫軸，交回我手中，淺笑道：「我學識粗淺，原不懂品賞書畫，這畫給我，是浪費了。懷吉還是帶回去吧，自己留著，或者交還那位先生，都好。」

我有些意外，但也不是太驚訝，於是接過畫軸，頷首答應。

此後我們又閒聊片刻，說的卻都是彼此近況瑣事，並無一句提及崔白。

當我告辭時，她起身欲送我，許是動作太過迅速，她有些眩暈，晃了一晃。我與她身邊侍女忙兩廂攙住。見她容色蕭索，氣色欠佳，我便關切地問她可是貴體違和，是否要召太醫過來請脈。

她帶著溫和笑意看我，卻無端令我覺得她目意蒼涼，好似這短短數刻光陰，已讓她那美好年華於這年輕軀體中遽然老去。

「懷吉。」她依然保持著那恍惚笑容，右手撫上自己小腹，輕聲道：「我應該是……有身孕了。」

【貳】喜訊

數名太醫會診請脈後，齊齊向今上道賀：聞喜縣君有娠。

我難以盡述今上當時的反應，只能說，這無疑是十幾年來最令他喜悅的一件事。

他先是長吁了一口氣，像是肩上千斤重擔忽然卸去一半，然後，才乍驚乍喜開顏笑，目光越過面前百十位原在簾外等候消息、現在正朝他行禮賀喜的宮眷，找到幾位前後兩省的都知，用顫抖著的聲音說：「快去準備太廟祭禮……再去清點內藏庫的金帛、器皿、什物，以備將來賜予……去中書門下看看相公還在嗎……今日值宿的學士是誰？」

這次後宮有喜，在大內禁中、朝野內外都得到了空前的重視與關注。四十九歲的今上在等待十幾年後，終於又有了獲得後嗣的希望，於是催他早日選宗室立皇子的大臣們皆偃旗息鼓，一個個聯翩上表稱賀。龍顏大悅之下，今上翌日即宣布，將大興土木，把真宗皇帝做開封府尹時辦理公務所用的廨舍改建成「潛龍宮」，以供皇子將來所用。

秋和的閣中一下子熱鬧起來，除了每日會來看她幾次的今上，其餘宮眷，無論平日是否與她親厚，總是絡繹不絕地來探望。公主也因此在宮中多留了兩日，與母親選擇孩子誕生時要送的生色帕袱繡紋花樣，並興致勃勃地準備親自為秋和繡花。

「如果妳為我生個小妹妹，將來我就親自給她做花裙子穿。」公主笑對秋和說。

結果她被苗賢妃的紈扇拍了一下。「胡說！董娘子要給妳生的是小弟弟。」苗賢妃道，轉顧秋和，又頗感慨的，說了句語重心長的話：「妹妹，妳若能生個皇子，那就一步登天了……」

秋和只是淡笑低首，並不接話。

我隨公主出宮之前，又去看了看秋和，正好遇見今上自她閣中出來，嘴角含笑，滿面春風。進去一看，廳中遍陳金玉器物、絲帛綢緞，真是琳琅滿目。而秋和，卻隱於紗幕之後，暗自拭淚。

我小心翼翼地問她為何不樂，她勉強對我笑笑，道：「懷吉，祝福我好嗎？請上天讓我生個皇子。」

我當即頷首：「當然，我會為妳祈福。」

「我……很害怕。」她惻然垂目，低聲對我說出她的憂慮：「我怕令官家失望……他現在這麼開心，但如果我生的不是男孩，將來他一定會很傷心吧……」

雖然無法說出多少寬慰她的話，但我可以想像到她的感受。幾名太醫都表示，從脈象上看，秋和很可能懷的是男胎，眾宮眷也都說她有宜男相，今上更是幾乎已認定她會生兒子，每次下令都是讓人為「皇子」的誕生做準備，既像是說給大臣聽，也像是說給自己聽。只是，若天不遂人願，如今有多期待，將來就有多失望了。

身為嬪御，秋和也算是個異類，不喜歡爭寵和追逐名利、地位，別的娘子擔心不能生下皇子多半是為自己前程考慮，而她則只是單純地害怕令她的丈夫傷心，儘管她對他的感情也許不能稱之為愛情。

所以，當一月後，宮中又傳出安定郡君周氏有娠的喜訊時，我想秋和應該會感覺到輕鬆一些。當我再見到她時，她的確氣色大好，笑容比初時明快了許多。

兩位娘子先後有喜，生下皇子的可能性大增，今上越發高興，連續在宮中設了幾次御筵，大臣命婦、宗室宮眷也都相繼入宮道賀。

一次內宴後，帝后留下公主與國舅夫人楊氏，在內殿敘談。因在場的都是相熟的親眷，話題也不甚拘謹，俞充儀遂笑問公主：「公主下降已逾一年，不知何時才讓官家喜上加喜，抱個外孫？」

公主不懌，蹙眉不語。俞充儀還道她是害羞，便依然帶笑轉而對楊氏道：「聽說城外玉仙觀的送子聖母甚是靈驗，何不讓都尉帶公主前去進香求嗣？說不準明年這時候國舅夫人就能抱著孫子入宮來了。」

適才聽俞充儀對公主那樣說，楊氏面色本就十分難看，此時再聞此言，立時露出一絲冷笑，回俞充儀道：「哪裡的送子娘娘這麼靈驗，可以讓手指頭都沒碰過的夫妻生出孩子來？」

這話一出，滿座宮眷愕然相顧，俞充儀也愣住，沒再開口。

楊氏心病一被勾起，便忍不住說了下去：「抱孫子入宮？我倒也想，但那孫子又不是駙馬一人能生出來的。夫妻臥房相隔三千里，能生出孩子倒怪了！那送子娘娘再靈驗，人家根本不願意生，又有什麼用……」

苗賢妃見勢不妙，忙出言岔開這話題：「人家國舅夫人早就有孫子了。前幾日駙馬的大嫂還帶她家幾個哥兒入宮來著，我看那大哥也有十幾歲了，不知可補了什麼官？」

這成功地轉移了楊氏的注意力，她迅速把重點轉為替長孫求官：「前幾日我還在跟大嫂說呢，沒事少帶孩子出來，那孩子十好幾歲的人了，出門難免要遇見些貴人，總是白身布衣的也不像話，說是皇親國戚，豈不給官家丟臉……」

這日的聚會以今上答應為駙馬的長兄李瑋之子加官告終，隨後楊氏先回公主宅，皇后留下公主，召入柔儀殿內室，並讓苗賢妃、俞充儀同往，大概要細問公主閨闈之事。

這一年來，皇后與苗賢妃並非沒問過公主夫妻間之事，但公主一味沉默不答，再問梁都監，他亦推辭說不便過問此事，建議她們問韓氏；而韓氏一心袒護公主，素日也看不慣李瑋樸陋之狀，故也未曾告知她們真相，只是支支吾吾地說一切都好，將這問題搪塞過去。

因此，如今楊氏透露的訊息在她們意料外，召公主入內室密談，明顯是要對她加以勸導。

我隨公主同往柔儀殿，但未入內室，只立於廳中等待。隔得遠了，幾位后妃在說什麼我並不能聽清楚，但覺她們細語不斷，想來應是在輪番勸公主接受駙馬。

就這樣等了半個多時辰。起初公主一言不發，後來終於開口說話時，是用一種提高了音調的、憤慨的聲音：「不，妳們又不是我，怎麼可能理解我的心情？爹爹就算不是皇帝，也是個溫雅俊秀的文士，所以妳們根本無法想像我面對一個平庸鄙陋的丈夫時的心情……他什麼都沒有，只有滿身銅臭，拿著爹爹賜的錢任意揮霍，結交輕佻浮淺的狐朋狗友，想附庸風雅而又不得要領，上次想買書畫獻給爹爹和孃孃，卻買了一堆贗品回來，最後呈上來的徐崇嗣和郭熙的畫作，還是懷吉去尋來的……如果妳們的夫君是這樣一個人，妳們也可以做到心無芥蒂地與他共處一室嗎？」

見她如此激動，我略感驚訝，不由得朝內室方向移了幾步。

此後是一陣沉默，三位后妃都沒再說話。公主稍微平靜了些，繼續說，語氣不似先前那麼咄咄逼人，但聲音仍很清晰——

「爹爹把我嫁給他，是要光耀章懿太后門楣，那麼我一進他家門，這個目的便達到了，李家又多了一層皇親身分，李瑋也可以一輩子頂著駙馬都尉的頭銜安享尊榮。我不是男子，不必承擔延續宗室血脈的責任，而我也不限制李瑋納妾，他想有多少女人，生多少孩子都可以，他的後嗣也不會因我而絕。將來如果他的姬妾生下孩子，我也能做到視若己出，請爹爹為他們加官晉爵……這還不夠嗎？妳們為何一定要我與他……」

苗賢妃壓低聲音，又殷殷切切地跟她說了些什麼，公主仍不接納，只如此應答：「妳是說幸福嗎，姊姊？我們是不一樣的。妳們的幸福，或許是獲夫君眷顧，能多與他相處，而我現在所能祈求的幸福，就只能是那個討厭的人離我遠一點兒，讓我可以平靜地生活了。」

公主以斬釘截鐵的這幾句話結束了這日密談，此後幾位后妃又勸過她幾次，皆無功而返。今上也頗感憂慮，召梁都監與韓氏詢問過，卻也無計可施，只好讓梁都監向駙馬轉達他的意思：公主尚須開導，駙馬務必耐心等待，切勿觸怒公主。

另外，今上同時也表明：駙馬可以納妾。

楊氏聽聞這消息，立即又開始張羅著要為駙馬納妾，並高調宣稱這是奉旨行事，不料李瑋並不配合，對母親尋來的美女，他一味推卻，連看的興趣都沒有。

楊氏不悅，不免又罵罵咧咧，對公主有諸多意見。韓氏聽得生氣，經公主同意，便請梁都監去勸駙馬早日納妾。梁都監亦去了，不久後帶來的仍是駙馬拒絕的消息。

「我勸了他許久，他只是低頭不語，最後只說了一句：『如果我納妾，那我與公主，永遠都只能是這樣了吧？』」

【參】生香

嘉祐四年的夏天來得早，才入四月已很炎熱，穿著輕羅衣衫行動幾步都會透出薄薄一層汗來。

公主晚間常去庭中納涼，這日又命人移了碧紗櫥立在荼蘼架旁，中陳藤編輕榻，榻上鋪設小山屏、水紋綠簟和定窯白瓷孩兒枕，然後自己取下冠子，鬆鬆綰了個小盤髻，以一支碧玉簪綰住，躺在輕榻上與侍女閒聊。覺得無趣，又喚小黃門取來雙陸棋盤，移至榻前，讓侍女在對面坐了，自己依舊側躺著，輕搖紈扇，與侍女對弈。

在博弈類遊戲中，這是她最擅長的一種，她有一搭沒一搭地搖著扇子，下得漫不經心，而對手已接連敗下陣來，潰不成軍。

在笑靨兒和韻果兒相繼告負後，坐在公主對面的人換成了嘉慶子。她的技藝原本也不錯，但應對之下還是顯得較為吃力，思考的時間也越來越長，而公主始終保持著輕鬆閒適狀態，下完一步，便往往會悠然側身躺回去，好整以暇地臥看銀河繁星，而頭上碧玉簪則隨著她轉側的動作，不時輕磕白瓷枕，發出一滴滴清脆響聲。

終於嘉慶子招架不住，向我投來求援的目光，輕聲喚我：「梁先生……」

我對她笑笑，繼續以銀匙剔亮沉香宮燭上的焰火，加上鏤花琉璃罩，然後走到她身後看了看，再拈起她面前的一枚黑色馬子，選擇一個方向，按剛才她骰子擲出的點數，代她走了一步。

這末引起公主特別警惕，她仍不經意地應對著，與我往來兩、三回，才漸漸覺出形勢有變。她放棄了適才悠閒的臥姿，坐起來細看棋局，又行了兩步，見難以挽回起初的優勢，才不滿地埋怨：「觀棋不語真君子。」

嘉慶子頓時笑出聲來：「公主既不願意梁先生指點我下棋，剛才為何不說？」

公主瞪她一眼，道：「死丫頭，妳道我怕他嗎？」

「嗯，不怕不怕，公主自然什麼都不怕！」嘉慶子笑著站起來，拉我坐下。「這棋就換先生下吧。可不許故意讓著誰，我們姊妹三人要一雪前恥，就全靠先生了。」

我笑而不語，見公主有不悅狀，遂建議道：「這棋妳們剛才也下得差不多了，就算平局吧，我們另開一局。」

公主順勢把棋盤一抹，再道：「既是你來下，我們須先定個彩頭。」

我微笑問：「那公主想要什麼彩頭呢？」

「你輸了，就畫一幅山水圖卷給我。」公主說，很嚴肅的，繼續把話說完：「我輸了，我就允許你畫一幅山水圖卷給我。」

我不禁又笑：「原來公主想換枕屏上的畫。」

她現在的輕榻床頭立著一個用來擋風的小枕屏，上面的山水畫，原是我一幅畫作〈煙水遠巒圖〉，她看見後問我要了去，不想卻是拿去裁剪裝裱成了枕邊畫屏，從此後她再問我要畫我一概拒絕，如今她列出這霸王條款，必是覺得枕屏上的畫該換了。

嘉慶子聽了亦掩口笑：「梁先生的畫送去祕閣珍藏都夠格了，拿來做屏風，確實是浪費。」

「妳懂什麼？送祕閣的就很稀罕嗎？」公主立即反駁：「也不看看，每年送入祕閣的書畫有多少，而能被我選來做屏風的才幾幅！」

十多年的朝夕相處已讓我深刻意識到，跟這個小姑娘永遠是沒道理可講的。經過一番討價還價，最後我提出，如果我輸了，就畫一幅山水圖給她，但如果輸的人是她，她就要把小山屏還給我。

她勉強答應，百般不情願的，好像已經吃了個大虧。

隨後的雙陸棋局她全力以赴，我也凝神應對，於緊密防守中暗蘊攻勢，沒有給她太多機會。一炷香後，我的棋子已有大半走入對方內格，獲勝在望。

她開始坐立不安，時而轉顧花架、時而仰首望天，但每次目光都還是會被我敲擊棋子的聲音引回棋盤，她不自覺地嘟著嘴，眉頭也皺了起來。

在我下出關鍵的一著後，她冥思苦想仍尋不到化解之法，眼看就要輸掉這一局。這時笑靨兒抱了隻小貓過來，含笑在我們身邊觀戰，公主看著那隻小貓，眸光一亮，然後笑吟吟地對我道：「懷吉，今天的織女星怎麼不見了呢？」

我隨即舉目去看，在發現星相並無異狀的同時也明白了她的目的，而眼角餘光也掃到她正指著棋盤，在拚命地給笑靨兒使眼色。

笑靨兒會意，手一鬆，把懷中小貓拋到了棋盤上。小貓撲騰兩下，棋盤中雙色馬子四散，東倒西歪，完全看不出原先的陣勢。

「哎呀，這該死的貓兒！」公主一邊作勢輕拍小貓，一邊瞄著那被擾亂的棋局，得意地竊笑。

「真可惜，好好一局棋卻不能下完。」她故意嘆息。

我亦在心底笑，倒未形之於色。「哦，無妨。」我告訴她：「臣記得剛才的布局，將棋子一一擺回便是。」

於是，在她目瞪口呆地注視下，我逐一提子，不疾不徐地將雙色馬子都擺回了被擾亂之前的位置。

她苦無良策，只好耍賴。伸手把我剛才擺的一枚馬子移到另一處：「這枚明明是在這裡的……」

我擺首，又去移過來：「是在這裡，臣不會欺瞞公主。」

「不對不對！」她按住我的手，硬生生奪回馬子，擱在她希望的位置。

我一時興起，也跟她爭奪，她尖叫著笑起來，索性伸出雙手去棋盤上亂抓一氣，我欲制止她，但這一伸手，卻引出了個曖昧的結果——我握住了棋盤上她的手。

她的手指纖長細白，指甲有桃花的色澤，那溫柔的觸感令我心微微一顫，不由得抬眼去看她。

彼時她穿著紅底牡丹紋綾抹胸長裙，外披一件名喚「輕容」的絳色無花薄紗褙子，是江南輕庸紗製成，輕如煙霧，肩頸、手臂的輪廓也可清晰地從中透出。褙子未繫帶，她兩襟微敞，露出鎖骨周圍的一片肌膚，光潔無瑕，宛若凝脂。

我的目光不敢在此多作流連，繼續向上飄去，探向她眉眼盈盈處。

而她脣角銜笑，也在凝視我，四目相觸，我看見沉香宮燭的燈花在她眸中綻出一朵絢麗光焰，然後，她的兩頰竟悄然泛出了一層霞光般的紅暈，像是燈花的溫度在蔓延。

「哦，都說了，應該是這樣的。」她先擺脫這短暫一刻的失神，推開我的手，按她的意圖去擺棋子。

爐煙輕嫋，畫屏微涼，我直身坐好，不再爭辯，看她引袖回眸，看她語笑嫣然，暗品這紅顏袖底香，俯首甘領她給我種下的蠱。

神思飄浮，如在夢中，直到聽見侍女們一聲倉促的呼喚：「都尉！」

我訝然回首，見李瑋手握一卷軸，沉默地立於花牆門邊。

【肆】皇女

我起立，朝李瑋欠身施禮，李瑋對此並無反應，目光越過我看向公主。而公主笑容早已斂去，微蹙著眉頭漠然視他，很明顯地暗示他的來臨不受歡迎。

「有事嗎？」公主問他，語氣冷淡。

李瑋垂下眼簾，我注意到他握卷軸的手在微微收緊，但他終於還是沒說出與此有關的話，最後這樣回答公主的問題：「沒有……我只是，路過這裡……」

公主連面上敷衍的客氣話也懶得說，直接下了逐客令：「既無事，就早些回去歇息吧。」

李瑋並未即去，在原地僵立片刻，然後默默地對公主一揖道別，才轉身離去。

見他身影消失，公主吁了口氣，再看我時，又是笑逐顏開的模樣：「來，來，我們繼續下棋！」

李瑋應是專程來找公主的，我想。

這一年來他研習書畫略有所成，我也把他介紹給了崔白，他不時會去找崔白請教繪畫問題，偶爾京中畫家雅集聚會，他也會去旁聽——據崔白說，在這些聚會中李瑋甚少說話，往往只是坐於一隅，靜默地聽眾人高談闊論——如今，他或許是買了一幅不錯的書畫，又或者，是自己畫了一幅畫，有意請公主指教，但公主拒人於千里之外的態度令他把這初衷生生泯去了。

這讓我對他頗有歉意，尤其是想到當他看到我握著公主的手時，不知是何心情。

翌日我去找他，當時他正獨處於書房中，我叩門入內，見他坐在書案邊，瞥了我一眼，又移開視線，仍一言不發。

本欲對昨日與公主對弈之事稍加解釋，但話到嘴邊，卻又猶豫了。斟酌再三，我還是按下沒提，只問他：「昨晚我見都尉手中有一卷軸，可是新近購得的書畫名作嗎？不知可否送去請公主共賞？」

他淡淡應以二字：「不是。」然後又是一陣沉默。

我移目四顧，發現前夜他所攜的那卷軸此刻正擱於他的書案上，遂走過去，輕輕取過欲展開。

他對我一直以來也頗尊重，常問我一些書畫問題，甚至偶爾會給我看他的作品，請我提一點兒意見，所以我取他的卷軸來看，這一舉動做得較為自然，我亦未自覺有不妥之處。

但剛展開少許，那畫即被他一把奪過。他兩手一扯，畫應聲撕裂，他繼續激烈地撕扯數下，將畫完全毀壞，再連畫帶軸，一併投入了紙簍中。

從這過程中可以窺見的零碎畫面上看，這原是一幅墨竹圖。墨竹是公主常畫的題材，而李瑋撕毀的這幅墨跡尚新，應是他自己新近的作品。

李瑋臉已漲紅，微微喘著氣，向我流露了他少見的怒意，然而他還是沒有直接向我宣洩他的不滿，甚至始終把目光轉向別處，不曾與我對視。

我不是個會說話的人，一時也難以找到可以令他平息怒火的言辭，只好安靜地垂目而立，卻無意中發現紙簍中除了他剛才所毀的畫，還有許多廢紙，上面所畫的，也都是形態各異的墨竹。

他應是反覆畫了許久，才挑出一幅稍微滿意些的，昨夜特意送去，想請公主過目的吧。

我越發悵惘，只覺事態發展非我所能預料和掌控，處於其間，真是進退兩難。

此後那短暫的一瞬顯得很漫長，我與李瑋都沒再出聲，各處一方，保持著靜止的姿勢，看窗櫺上的光影隨著日頭在雲端隱沒而明晦交替。

最後化解此間尷尬的，是禁中前來報訊的御藥院內侍。在宅中侍者帶領下，他一路疾步進來，對我們說：「今日清晨，聞喜縣君誕下一位公主。」

所有人都知道今上必然是失望的，但他卻盡量未讓這種失望表露出來。當公主與我入宮見到他時，他正親自抱著九公主，帶笑細看，目中愛憐無限。「徽柔。」他熱情地喚公主過來看他的小女兒。「妳九妹妹跟妳小時候真有幾分相似呢。」

為生皇子而準備的那些禮儀程式也未因公主而改變。大宋皇帝有兒女出生，會賜大臣禮品銀錢，稱「包子」錢，而此次九公主誕生，今上宣布公主誕慶三日，賜予臣下的包子錢之豐厚遠遠超過以往，是以金銀、犀角、象牙、玉石、琥珀、玳瑁、檀香等名貴質材製成，還鑄金銀為花果，宰相、詞臣、臺諫皆受此賜。

今上對秋和更是恩遇未衰，一日要去看她幾次，頻頻表示對九公主的喜愛，然而秋和反倒是更難過了，常背著人落淚，以致我每次看到她時，她都是雙目紅腫的樣子。

她的心情，今上也是可以感知的，甚至私下對公主說：「妳常進宮來與秋和說說話，告訴她，爹爹和妳都很喜歡這個妹妹。」

為了進一步證明他對這個新生女兒的重視，他甚至決定像生皇子時那樣，大赦天下，疏決在京繫囚，雜犯死罪以下遞降一等，徒以下釋之，以此恩澤為九公主祈福。

而且，去年得知秋和有孕後，今上已曾下令減降囚犯刑罰，這是再次施恩。知制誥劉敞雖非言官，卻還是忍不住為此進言：「疏決在京繫囚，雖恩出一時，但外界皆云因皇女誕生，故施此慶澤……一年中大赦兩次，罪囚蒙恩，好人喑啞，前世明君賢臣，已詳論過此舉弊端，臣願朝廷戒之。又聞多作名貴包子錢賜予臣下，臣謂無益之費、無名之賞，殆無甚於此，誇示奢麗，有違訓儉之道。陛下當明審政令，深執恭儉，以答上天之貺，建無疆之基。不宜行姑息之恩，以損政體，出浮冗之費，以隳儉德。」

劉敞的諫言並未改變今上的決定，不過一月後，當安定郡君生下十公主時，今上沒有再施同樣的恩澤。

當然對秋和本人，他更未忘記封賞。近年來他欲廣皇嗣，精選了十名年輕女子充實後宮，稱為「十閤」，秋和、安定郡君和清河郡君皆在其中。十閤各備宮人、內侍、提舉官，用度供給都很優裕，但她們封號都只是郡君、縣君，多年來未曾遷升。

一日苗賢妃與公主去看望秋和，彼時十閤中好幾位娘子也在，待今上進來，苗娘子問他可想好遷秋和什麼名位，他微笑道：「適才已吩咐下去，讓詞臣寫敕書，遷秋和為美人。」

秋和一聽即掙扎著起身下拜，道：「妾出於微寒，獲陛下眷顧，誕下公主，已是大幸。況陛下珍愛九公主，既予厚賜，又疏決繫囚為她祈福，臣妾母女已蒙恩太過，若陛下再遷妾位分，使妾越次為美人，對妾而言，恐怕倒是折福之舉。陛下美意，妾感激涕零，但萬萬不敢領受，伏望陛下收回成命。」

【伍】十閣

今上扶起秋和，道：「妳在我身邊多年，品低秩微，但一向恭謹淑慎有德行，何況如今又育有公主，遷升進秩，理所當然，不必推辭。」

秋和又道：「妾福薄，僅生一女，既未曾誕下皇嗣，又豈敢居功進秩？美人位居四品，品秩既高，當使有才德者任之。妾身處十閣之列，一切用度無有不足，實不敢再僭越躍升至此。」

今上想想，對她說：「妳若覺陡然躍升至美人不妥，那我便先遷妳為貴人如何？貴人位處內命婦第五品，依次升遷，也不會惹人非議。」

秋和擺首，似還欲推辭，旁觀的十閣娘子倒都一個個發話了，勸她接受升遷。其中彭城縣君劉氏更半開玩笑的，把話說得很明白：「姊姊，我們姊妹服侍官家多年，卻都還只是些沒品階的御侍，平日參加個內宴，都沒正經位置。

如今姊姊命好，先誕下公主，姊妹們都很高興，指望著沾一些姊姊和小公主的光。」

「姊姊高升了，我們好歹也能跟在後面討個才人、貴人來做做。但姊姊若堅持推卻，生了公主都不肯升遷，那我們這些沒福的也只好隨姊姊繼續沒名沒位地混下去，也不知何年何月才有出頭之日了。」

她說的確也是實情。後宮嬪御升遷，必須經中書同意，若生下公主的秋和未獲進秩，其餘娘子要想越過她高升必會被中書駁回。

秋和因此語意一滯，便未再固辭。於是今上將她遷為貴人，同時也為其父親加官，封為內殿崇班。

安定郡君生下十公主後，今上也循例令其進秩，因她原來的封號比秋和高一階，故依序封賞，遷她為美人。

在九公主的滿月內宴上，其餘十閤娘子再提「沾光」升遷之事，今上搖頭道：「國朝嬪御進秩，若非因兒女推恩，便須有賢行。如今妳們自請遷官，既無典故，朝廷必不批准。」

彭城縣君便笑道：「官家是皇帝、聖人，出口為敕，但凡有官家一句話，皇命一出，誰敢違背不從？」

今上亦笑，道：「妳不信？好，姑且一試。」遂轉顧身邊的任守忠。「相公們還在中書嗎？」

任守忠躬身答道：「尚在中書議事。」

今上頷首，命道：「且取筆墨來，我寫下詞頭，你遣人交給富相公。」待內臣奉上筆墨，今上揮毫寫好詞頭，讓人送至中書門下。少頃，內侍回來，雙手交還詞頭。「富相公說，十閣娘子中唯董貴人、周美人誕下公主，其餘娘子遷拜無名，中書不敢領命降敕。」

十閣娘子面面相覷，今上大笑，道：「如何？這下子該信了吧？」

苗賢妃亦笑對諸娘子說：「妳們年輕，不知道個中關節。官家性情好，慣壞了朝中官兒，現如今他們一個個脾氣大著呢，尤其是中書的相公們，從當年杜相公起，官家要遷個人，十有八九都會被他們駁回。」

彭城縣君仍不死心，瀲灩眼波朝今上身上一轉，嗔道：「皇帝詔令未必總要經由中書發布施行吧？不是還有內降手詔一說嗎？若官家御筆親書，為我等進官，待到領月俸時，我們便拿著御寶去領，不也可行嗎？」

今上笑而嘆息，正欲解釋什麼，卻被公主止住。公主一壁朝他使眼色一壁微笑著故意勸他：「爹爹，朝中官員升遷還有歲月酬勞一說呢。劉娘子她們侍奉你這麼多年，的確也該遷上一遷了。你便御筆親書，為她們轉官，讓她們交付有司增祿，又有何妨？」

今上會意，順勢答應，讓人取來筆墨彩箋，先問彭城縣君：「劉娘子欲轉何官？」

彭城縣君喜不自禁，立即應道：「董姊姊只為貴人，妾也不敢僭居五品之上，官家遷妾為才人便是了。」

今上一笑，果真援筆寫道：「以御侍彭城縣君劉氏為才人。」

彭城縣君忙笑而謝恩，歡歡喜喜地接過御寶，看了又看。其餘未獲進秩的十閤娘子隨即一擁而上，都圍著今上要御寶，今上也答應，一一寫了給她們。只有清河郡君獨處原位，並未隨眾討手詔。

皇后見狀，含笑問清河郡君：「張娘子何不請官家降御筆？」

清河郡君欠身道：「郡君俸祿，妾用之已有餘，再多也是無用，又何必再請轉官增祿？」

轉眼即到宮人領月俸之時。那日公主去探望秋和，見天日清美，便邀她同往後苑賞花。今上散朝後也過來，與二女相對閒談。須臾，忽見以彭城縣君為首的年輕娘子們相繼趕來，一個個手握御寶，蹙眉嘟嘴，都有不悅之色。

「官家。」彭城縣君一揚手詔，向今上訴苦：「適才妾讓人拿御寶給發俸祿的官兒看，要他給妾才人的月錢，不料他竟斷然拒絕，說不是中書降敕，他不敢遵用，只能退回。」

其餘娘子也嘰嘰喳喳地講述各自遭遇，大體與彭城縣君相同，都是出御寶乞增祿被拒。見今上並不驚訝惱火，彭城縣君越發生氣，半嗔半怒地一把將手詔撕為兩半，且還擲於地上踩了兩腳，憤憤道：「原來使不得！」

諸娘子紛紛仿效，也都各毀所得御寶，彩箋碎片撒了一地。

今上仍不慍不怒，哈哈大笑道：「我早說無故遷官朝廷不會答應，妳們皆不信，非得如此才死心。這事還沒完呢，妳們且等著看，不出三日，必有言官會上疏論此事。」

果然如此。兩日後，同知諫院范師道上疏說：「竊聞諸閤女御，以周、董育公主，御寶白箚，並為才人，不自中書出誥，而掖庭覬覦遷拜者甚多。周、董之遷可矣，女御何名而遷乎？才人品秩既高，古有定員，唐制止七人而已，祖宗朝宮闈給侍不過二、三百，居五品之列者無幾。若使諸閤皆遷，則不復更有員數矣。」

「外人不能詳知，止謂陛下於寵幸太過，恩澤不節耳。夫婦人女子，與小人之性同，寵幸太過，則瀆慢之心生；恩澤不節，則無厭之怨起，御之不可不以其道也。且用度太煩、需索太廣，一才人之俸，月直中戶百家之賦，歲時賜予不在焉。況誥命之出，不自有司，豈盛時之事也耶……」

「寵幸太過，則瀆慢之心生；恩澤不節，則無厭之怨起」，這句話看來是隱有所指的，而彭城縣君的表現也引起了御史臺的特別關注。不久後，御史中丞韓絳查出彭城縣君曾通宮外請謁之人為奸，密告今上，今上遂嚴查十閤宮人，選出其他不謹、驕恣者，與彭城縣君一起逐出宮，貶為女道士，或勒令她們削髮為尼。而清河郡君，在經皇后提議，中書贊同後，今上將她遷為才人。

這起事件也讓後宮中人再次見識到了臺諫的威力，苗賢妃在感嘆一番十閣宮人的遭遇後暗地裡告誡公主：「這臺諫是官家的第二雙眼睛，說句大不敬的話，有時簡直像是他的爹，揪出錯處了，他們就抓住不放，一定要他按他們的意思去處理。他們管得又挺寬，國事和皇帝家事都要插手指點，所以，他們也會是懸在妳頭上的劍，妳出居在外須事事小心，別落得他們有話說，別讓那把劍墜下來。」

【陸】上元

每年年關前後總是最忙碌的時候，我要負責公主宅禮品的收取選送以及大內禁中、宗室戚里之間的往來應酬事務，直要忙到上元節後。嘉祐五年正月十八日，諸事禮畢，公主亦自禁中歸來，我才抽出一天時間，前去拜訪崔白等京中故友。

晚上回到宅中，照例去公主處問安，卻見她房門緊閉，雖有燈光，但裡面寂靜無聲。

我輕叩幾下門，聽見嘉慶子的聲音自內傳出：「公主已安歇了，有事明日再來稟報。」

此時晚膳剛過，照理說公主不會這麼早睡，我便在門外應了一聲：「是我。」

門倏地開了，出現在我面前的是嘉慶子，而房中並不見公主身影。

嘉慶子請我進去，關上門才低聲說：「公主一直想出門去街上觀燈，今日天黑後換上我的衣裳，戴上帷帽，讓張承照悄悄帶她出去了。」

我蹙了蹙眉，但倒未感太意外。每年從正旦到上元，徹曉華燈照鳳城，京師遊人如織，最是一派升平景象。公主多年來一直想親自去御街感受這燈市盛況，如今雖出居宮外，但有梁都監監督，她並不能隨興而為，擅離公主宅。她求過梁都監多次，總被他以宮規不允駁回，她亦曾求我私下帶她去，我同樣不答應。因此，她一定是見我今日不在宅中，才藉機易裝，讓張承照帶她出門。

「她去哪裡觀燈？」我問嘉慶子。

她倒也不隱瞞，答道：「張承照跟她說東華門外景明坊有一家叫白礬樓的酒樓，裡面的飲食果子味道最好，樓有好幾層，在樓上觀燈也方便。公主今日未進晚膳，此時多半會去那裡。」

我謝過她，立即出門，躍馬揚鞭，朝景明坊趕去。

白礬樓是東京最著名的酒樓，珠簾繡額，燈燭晃耀，無論風雨寒暑、白晝通夜，向來是都貴人常去的宴集之所。到達之後，我勒馬上樓，遍尋三層皆不見公主。無奈之下我走到最高層的露臺處，憑欄遠眺。

今日是上元張燈的最後一天，大道兩側燈火愈盛，有尋常的羅綃紗燈，有畫著山水人物、花竹翎毛的五色琉璃燈，有如清冰玉壺一般的福州白玉燈，更有高達數丈、用機關活動的山棚彩燈。諸商家各出新意，競相張掛陳列於樓前，而街上玉樹明金，車水馬龍，亦不乏前來觀燈的貴家仕女，朱輪畫轂，雕鞍玉勒，車中簾帷垂香囊，馬前侍兒提香球，車馳過，香煙如雲，數里不絕。

越過這五夜香塵，我望向西南方宣德樓前彩燈下的大樂場。那裡編棘為垣，中間有藝人演百戲，場外遊人圍觀，包括不少自寶馬香車中走出的仕女。

此刻在場內表演的是兩位壯實的女子相撲士，如相撲的男子那樣，她們穿著短袖衫子，袒露出大片胸脯，在圍觀者的喝彩聲中踢、摔、扛、抵，相互纏鬥。少頃，勝負已分，勝者繞場一圈以謝觀眾，觀眾也紛紛取出財物賞給她。很快的，獲勝的相撲士雙手已捧滿了賞錢、頭面，正欲走回場中，忽又有女子出列喚住她。

出聲的女子隨即跟上幾步，先擱了一串錢在相撲士懷中，然後又拿了一支枝火楊梅，巧笑吟吟地插在她的髮髻之上。

那女子戴著帷帽，帽簷垂著長長的白紗，在高樓上望去也相當醒目。我定睛一看，辨出她穿的正是嘉慶子的衣裙，於是當即轉身下樓，又再乘馬朝她所處之地馳去。

相撲之後，大樂場內開始燃放煙花焰火，一簇簇火樹銀花在夜空中綻開，千百點火星花瓣旋即如雨飄落。公主將帽前面紗掀於腦後，仰首感受周遭玉壺光轉，待我馳至她身邊，她似有感應一般悠悠側首，不驚不惱，於這陸離光影中含笑看我：「懷吉，你來了。」

我上前欠身行禮，因顧忌周圍行人，亦不好開口喚她，只輕輕引她離開人群，再瞪了瞪緊跟過來的張承照。

張承照很有眼色，不待我出言責備已朝我長揖：「正主兒來了，小的功成身退，這就告辭。」

語罷，他一溜煙地跑了。

我亦懶得管他，低聲對公主道：「我們回去吧，再晚，被梁都監發現就不好了。」

公主恍若未聞，但笑道：「懷吉，我餓了。」

我告訴她：「宅中備有佳餚若干。」

「我想嘗嘗白礬樓的飲食果子。」

「我們先回去，稍後我遣人來買。」

「我還想繼續觀燈。」

「宅中亦有許多花燈。」

「可是我想坐在白礬樓上，一邊吃那裡的飲食果子一邊看樓下的燈火。」

我無語。

她又嘆了嘆氣：「如果現在跟你回去，不知何年才能再見到這裡的人間煙火。」

她那黯然神傷的樣子又讓我心軟下來，決定再縱容她一次。

我牽回她腦後的面紗，蔽住她容顏，然後帶她朝白礬樓走去。

走到樓前，將要進門時，她卻放緩了步履，頻頻回顧。我回首看她矚目之處，見街邊蹲著一個賣鬧蛾、雪柳、玉梅、菩提葉、燈球等上元頭面的小女孩。這些飾物插在一個草紮杆子上，被那小女孩有氣無力地搭在肩上，而那孩子衣著單薄，臉上和手上滿是凍裂的紅痕，像是疲憊不堪、飢寒交迫的樣子，目光呆滯，在夜風中微微發顫。

「她似乎很冷，為什麼不回家？」公主問我。

我回答說：「因為她的東西沒賣完吧。」

那女孩的飾物品種雖多，但用料不好，做工也不夠精緻，在周圍賣同類商品的小販中並無優勢，估計一時半刻是不可能賣完的。

聽了我這話，公主逕自朝那女孩走去，問她：「把妳這些東西全賣給我吧，要多少錢？」

那小姑娘雙眼圓瞪，難以置信地看著公主，好一會兒才結結巴巴地報了個價。

公主立即朝我伸出手：「懷吉，拿錢來。」

我微笑著取出盛錢的錦囊，倒出銀錢，準備如數付給那女孩，而公主不待我數完，已連錢帶錦囊奪手搶過，一把塞給小姑娘，笑道：「都給妳了，快回家吧。」

那小姑娘喜不自禁，站起來朝公主福了又福，不住道謝。公主溫和地對她笑，見她頭上綰了雙髻，卻無絲毫飾物，便反手拔下自己髮髻後插著的龍紋玉掌梳，親手插在小姑娘的頭上。

那姑娘感激之情無以言表，呆立了半晌後，含淚把整個插滿飾品的杆子都遞給我。

我笑道：「不必給我了，妳仍舊帶回去吧。」

她卻不答應，堅持把杆子推到我懷裡，又再三謝過公主，才徐徐退去。

而現在，我瞧著手中的杆子，倒甚是犯愁，笑對公主說：「如果我拿著這一堆東西，酒樓的侍者必不會讓我進去。」

公主笑著從杆子上選了幾樣飾物，一簇簇插在我的樸頭上，然後摘下自己的帷帽，讓我挑了幾簇鬧蛾雪柳插在她的髮髻上，但還是剩下很多。公主盯著看了一會兒，又摘下一些，見有仕女經過便過去送給她們，那些女子雖感驚訝，但最後都含笑收下，未過許久，所有飾物便這樣發乾淨了。

「好了。」公主取過那光禿禿的杆子，往街角一推，拍拍手道：「我們可以進去了。」

我又想起另一件事，便未移步，只問她：「去哪裡？」

她詫異地看我，一定覺得我未免太過健忘：「白礬樓呀。」

「嗯，可是現在有個問題。」我提醒她：「妳還有錢嗎？」
「啊？」她愕然答道：「剛才我把所有的錢都給相撲士了……」
「你呢？」她反問我。
我朝她挑挑眉，亮出兩袖清風：「我的錢，不是被妳搶光了嗎？」
她赧然低首，須臾，又抬眼看我，滿懷希望地問：「除了錢，酒樓還收不收別的東西？我還有首飾。」
「還是回去吧。」我拉她朝外走。「人家不開當鋪。」
她無奈，只好跟我走，但一步一回頭地看身後白礬樓，依依不捨的模樣。
但尚未走到車馬停泊之處，便聞有人喚我們：「前面的郎君、小娘子，請稍稍留步。」
我們止步回顧，見追過來的是一位侍女裝扮的姑娘。她疾步走至我們面前，斂衽為禮，然後道：「我家夫人在白礬樓上看見二位善舉，很是敬佩，有意請二位上樓飲茶，不知郎君與小娘子可否賞臉？」
我尚在猶豫，公主已對她笑開。「如此，多謝了。煩請姑娘帶我們上去。」
那侍女帶我們直上二樓，引入一個整潔雅致的房間，其中所陳，從家具到杯盞皆一品器物，而房間分兩重，各設桌椅，中間有珠簾隔開，一位年輕的夫人坐於裡間，見我們入內，便起身，很禮貌地朝我們施禮。
適才聽那侍女態度恭謹地稱她為夫人，且她又處於這白礬樓的上品雅座中，我原本猜這夫人應是位中年以上的貴婦，卻沒想到她如此年輕，看上去不過二十出頭，跟公主年齡相仿。

雖隔著珠簾，但仍可窺見她的容顏。她臉形稍圓，肌膚微豐，雙目是漂亮的杏眼，笑起來又呈月牙狀，觀之可親。她穿著一身柳色大袖衣，顏色素淨，很襯她白皙的膚色。衣裳色彩並不張揚，而衣料上乘，應是蜀錦，衣緣領抹上繡的四合如意紋非常精緻，頭上鋪翠冠子後插的是白角犀梳，由此可見她身分不凡，必是出自官宦之家。

我與公主亦向她施禮，她隨即請我們在簾外坐下，客氣地問候幾句，然後又問我們想點什麼菜，公主說只想品嘗一些應季的飲食果子，於是夫人低聲囑咐侍女。侍女出去傳話，少頃，有人進來布菜，一碟碟地呈上橄欖、綠橘、永嘉柑、花羞栗子、乾縷木瓜、菖蒲鹹酸等果子，以及綠豆粉製成的蝌蚪羹、糯米做的圓子鹽豉及雜肉鹽豉湯，果然都是應季的上元節飲食。

這些飲食的做法與宮中之物略有不同，公主也未多推辭，與我淨手之後坐下來，很高興地準備品嘗。我便像多年以來習慣的那樣，先以手背觸碗沿，為她試羹湯溫度，覺得燙了，便取過一柄扇子扇風降溫，然後又盛出少許試過鹹淡，未感不妥，才將原來的碗送至她面前。待公主略嘗了一、兩個圓子，飲完一碗蝌蚪羹，我又隨手剝了個綠橘，以匙點了點桌上吳鹽，在橘瓤上抹勻了，再遞給公主。

那夫人一直在簾內旁觀，這時候忍不住嘆息，對公主道：「這位姊姊，妳的夫君對妳真是體貼入微呢。」

我在公主宅平居之時未必總穿公服，今日所著的也是件尋常的文士白襴，故她看不出我內臣身分，以為我是公主夫君，才有此感慨。

我大窘，又不好解釋，只得低頭不語。而公主也不像是急於分辯，反倒笑笑地應道：「他一向如此……姊姊的夫君對姊姊一定也是這樣的吧？」

「他？」那夫人嗤之以鼻，頗帶怨氣地道：「若他對我有這一半好，我也不會一個人孤零零地在這裡獨坐了。」

「姊姊是獨自出來的？」公主訝異道：「我還以為，妳是在這裡等夫君過來一同飲酒觀燈。」

那夫人顰眉道：「別提了。今日他惹我生氣，我一怒之下衝出去，其實走出家門的速度又不快，他居然都沒有追上來……所以我索性上了車來這裡，派了個人去給一位閨中姊妹傳信，請她過來跟我說說話，但等了許久她都未到，幸而遇見姊姊，不然我關在這房間裡，悶都要悶死了。」

【柒】阿荻

這夫人暗咬銀牙，輕嗔薄怒，提起丈夫時，是十分幽怨的樣子，卻看得公主笑起來：「姊姊一定很喜歡妳的夫君。」

夫人「哼」了一聲：「喜歡什麼呀！當初年幼無知，爹娘說他好，就糊裡糊塗地嫁過去了，現在想起來，真是後悔。」

「那妳嫁之前見過他沒有？」公主問。

夫人頷首，垂目想了想，忽然有一抹羞澀笑意微微綻現，但她很快抿了抿脣，掩飾過去。

公主旋即笑道：「姊姊的夫君一定容貌俊美，學問也不錯。」著意打量了一下夫人裝扮，她又作論斷：「官在四品以上。」

夫人奇道：「姊姊如何……」話音未落，已覺不妥，赧然嚥下那顯而易見的「知道」二字。

公主便告訴她：「姊姊提起做女兒時見到他的情景面露喜色，自然是他的容貌令妳滿意。如今舉世推崇讀書人，如果他學問不好，妳爹娘多半不會覺得他好，也就不會一定要妳嫁給他。而姊姊雖然裝扮素雅，但周身所用無一不是精品，請恕妹妹無禮直言，若姊夫是位新晉的綠衣郎，恐怕俸祿不足以為姊姊買蜀錦、白角梳。何況姊夫現居京城，必已外放還闕，應該是為官多年的了。而姊姊的侍女稱姊姊為夫人，說明姊姊很可能已獲誥封，故我大膽猜測，姊夫官階應在四品以上。」

夫人訝然自簾內走出，牽起公主雙手仔細端詳，道：「妳既懂這些，必非凡俗之人，一定是出自公卿之家吧？」

「這些事，在皇城住上幾年，自然也就知道了。」公主淺笑，並不明著回答她的問題，拉夫人在身邊坐下，又道：「姊姊周身氣派，出身一定很好，且又覓得如意郎君，真是令人羨慕呢。」

那夫人卻擺首，不滿地說：「哪裡如意了？若是如意，哪還會生這許多閒氣？」

公主笑問：「能嫁給自己喜歡的人，還不如意嗎？」

夫人紅著臉否認：「誰說我喜歡他了？」

公主笑意消散，悵然嘆道：「若妳不喜歡他，連看他一眼都是不願意的，哪裡還有心思跟他生閒氣？」

這話聽得那夫人怔怔地沉默片刻，然後側首看看我，又對公主微笑了：「妳說羨慕我？我還羨慕妳呢！妳夫君容止溫雅，眉宇間有書卷氣，將來一定也是位曳朱腰金的人物，而且……當他凝視妳時，妳留神看他的眼睛，那麼專注，好似天地萬物就只剩妳一個了。」

她當著我面，如此直接地這樣說，簡直令我手足無措、無地自容。我尷尬地微微側身坐好，臉轉朝窗外，避開她與公主隨後對我的探視。

此刻我頭頸灼熱，想必臉紅到脖子根了，這讓那夫人看得輕笑出聲，又低低地跟公主說了些什麼，公主亦不禁輕聲笑，但很快止住，換了個話題：「今日觀燈，姊姊怎不戴些鬧蛾雪柳菩提葉？」

夫人道：「既跟家中某人置氣，哪還有心情戴這些？」

公主笑道：「我看姊姊現在心情漸好，若不嫌棄我頭上的花樣兒粗陋，我便送一些給姊姊戴如何？」

夫人欣然接受，笑著道好。於是公主立即摘下頭上的幾簇鬧蛾雪柳，逐一插在夫人的冠子上。夫人見她髮髻上沒了裝飾的梳子，也慷慨地取下一把白角梳給她插上。兩人互為對方裝飾，笑語不斷，看上去倒像是相識多年的閨中密友。

而這時，又聞樓下有犢車駛近。少頃，一名侍女上樓來稟報說：「張夫人到了。」

夫人立即起身，走至門邊相迎。我猜那位張夫人應該就是這年輕夫人在等的姊妹，於是也與公主雙雙站起，靜待她進來。

入內的夫人年紀要大許多，三十多歲光景，衣著素淨，全身上下並無一點兒堪稱珍寶的首飾，然而儀態端雅，柔和嫻靜，應該也是出自詩書世家。

她緩緩移步進來，還牽著一個約莫五、六歲的小孩子。

房中的夫人一見她即上前施禮，稱她「張姊姊」，而張夫人亦隨之還禮，口中輕喚「若竹」，想來應是那年輕夫人的閨名。

此後若竹為我們略作介紹，說張夫人是她金蘭姊妹，又對張夫人說公主是她新結識的朋友，我是公主夫君，但身分、名字她既不知便也未多說。

我們兩廂施禮。張夫人端詳著公主，忽然微笑道：「這位小娘子甚是面善，倒像在哪裡見過。」

我暗覺不妙。看這夫人容止氣度和年齡，顯然是可以常入宮參加宴集的命婦，即便不是能坐在宮眷近處的宰相夫人，但遠遠地見過公主也是極有可能的。

而公主倒並不慌張，淺笑著從容應道：「是嗎？許多人都這樣說。我想，如果不是我的容貌與哪位貴夫人相似，便是我長了一張路人臉，因此大家見了都覺得以前見過。」

聞者皆笑，也就不深究這個問題，若竹遂請我們在廳中入座。

坐下後二位夫人仍在寒暄，公主的目光倒被那小孩子吸引了去，低聲對我說：「這孩子真可愛，長得比仲明還好看。」

那垂髫小孩眉眼精緻、眼神靈動，膚色粉粉嫩嫩的，有幾綹頭髮混合著彩色絲帶結了數條細細的小辮，跟其餘散髮垂至肩下，是女孩的髮式，還抿著小嘴含笑看若竹，也是女孩的神態，但卻穿著一身男孩的衣褲。

後來若竹也注意到這孩子，對張夫人道：「這孩子簡直像玉琢的人兒，是姊姊家的嗎？」

「我倒也想要這麼個孩子，可惜沒這福分。」張夫人亦笑，又解釋：「這是知制誥龐澹學士的女兒阿荻。龐學士與妳姊夫是多年的好友，我又與他家蕭夫人自幼相識，今日他們攜子女來我家中作客，我接到妳的信後不便立即離開，因此遷延了一些時候。」

「妳姊夫與龐學士坐而論道，阿荻跑到他們身邊聽。妳姊夫那人妳是知道的，一見她穿了男孩子的衣服便覺礙眼，皺著眉頭看，欲言又止的樣子。我擔心他又說出什麼不中聽的話，忙告了個罪，帶上阿荻找了個藉口出門，對她母親說順便帶她看看花燈，一會兒再送回去，所以她跟著我來了。」

若竹撫撫阿荻的頭髮，笑對她說：「大人坐而論道妳也感興趣，能聽懂嗎？」

阿荻低眉但笑不語，而張夫人則從旁應道：「妳別小看她，她現在雖只五歲，但龐學士一向把她當男孩兒教導，四書五經已會背不少了呢。」

若竹越發好奇，又問阿荻：「那今日他們談論的是什麼？」

阿荻抬起頭，瞬了瞬目，嘴角翹出個明亮笑容。「司馬伯伯說，相撲的女子衣服穿得太少，羞，羞，不成體統，要請官家不許她們再在街上表演了。」

【捌】茫然

阿荻聲音稚嫩柔軟，意態天真地說出這句話，令公主與若竹都忍俊不禁地笑起來。

若竹隨即道：「這種遊戲，自然要穿得靈便些才好活動，難道要她們穿上大袖長袍，裹得嚴嚴實實地去摔摔打打嗎？」

公主亦笑道：「這是每年上元百戲表演都會有的節目，官家駕臨宣德門觀燈時都愛看，也沒聽說他覺得那些婦人衣著有何不妥。」

適才阿荻「司馬伯伯」四字一出口，我便猜想這位先生可能是曾與我有一面之緣的司馬光學士。因他賢名遠播，世人皆知他品德高尚重禮法，聽張夫人與阿荻的敘述，倒與他性情相符，何況在我印象中，如今在京官員裡，姓司馬的也只他一人。而這個猜測在張夫人隨後的話語中也得到了證實。

「唉，就是因為官家未覺有何不妥，君實才有諸多意見。」張夫人無奈地笑笑。君實正是司馬光的字。

張夫人又解釋：「他對龐學士說，宣德門乃國家之象魏，是用來懸示法令、體現國家尊嚴的。而上元觀燈之時，上有天子之尊，下有萬民之眾，后妃侍旁，命婦縱觀，讓那些婦人半裸著在宣德門前遊戲，怎能隆禮法、示四方？以後一定要上疏論列此事，請官家務必禁演這節目。」

公主不以為然。「我倒覺得這節目挺好，女子可以像男子一樣競技，不似以往，只能濃妝豔抹地擺弄絲竹管弦，或做歌姬舞女以娛人。這類活動，穿少一點兒無傷大雅；再說，在宣德門前百戲中袒露胳膊胸脯的男子多了，卻為何女人們多露一寸肌膚都不行？」

若竹笑道：「幸虧妳不認識我這姊夫，要當著他面說這話，不知他會怎樣罵妳呢。」

公主有不悅之色，還欲反駁，我立即暗扯她衣袖，制止她，公主也就沒再多說，但問阿荻：「那妳爹爹同意司馬伯伯的意見嗎？」

阿荻搖搖頭，微笑道：「司馬伯伯要我爹爹跟他一起勸官家，我爹爹只是笑笑，沒答應，然後司馬伯伯不高興，看見我，更生氣……」

公主與若竹相顧莞爾，張夫人亦笑著嘆息，移開了這話題：「咱們別管這書呆子了。若竹，還是說說妳吧。怎麼發了這麼大的火，一個人跑到這裡來？」

若竹遲疑著，沒有立即回答。我想她大概是顧忌到我們，不好向姊妹述說家中事，遂輕聲對公主說：「時辰不早，我們也該告辭了。」

公主「嗯」了一聲，語氣卻是大不樂意的，也未立即站起來。若竹大概也看出公主對她的事大感興趣，想了想，最後一拉公主的手，道：「姊姊別走。難得與姊姊如此投緣，我便把今日的委屈說與姊姊聽吧。」又轉顧我，道：「這位郎君也不妨聽聽，將來可別犯我那夫君的錯誤。」

命侍女撤去殘羹、煮水點茶，若竹側朝張夫人，開始講述：「因我爹爹的關係，我夫君原是不便做京官的，也補外了幾年，但最近官家卻不顧我爹爹的反對，將他召了回來，讓他進翰苑，做了學士。我覺得挺奇怪，回來問爹爹原因，他卻不肯跟我說。直到昨天，我隨母親去外公家賀歲，與他家那一群姊姊妹妹、舅母表嫂閒聊，她們才告訴我說，歐陽內翰這兩年兼知開封府，翰苑的事就管得少了，何況他去年又在忙著彈劾包拯，官家覺得翰苑缺人，於是就急著把我夫君召了回來。」

她說的歐陽修彈劾包拯之事去年鬧得挺大，我亦有耳聞。起因是權御史中丞包拯率御史臺官員相繼彈劾三司使張方平，說他不稱職，最後導致張方平被撤職。今上隨後宣布由宋祁接任三司使，包拯又說不好，轉而彈劾宋祁，逼今上讓宋祁補外。於是今上倒樂了：你覺這人不行，那人不妥，不如就讓你自己去做吧！大筆一揮，寫下詞頭：以權御史中丞包拯為權三司使。

皇命既出，歐陽修大怒，立即上疏彈劾包拯，洋洋上千言，說包拯「天姿峭直，然素少學問」、「蹊田奪牛，豈得無過」、「言人之過似傲訐，逐人之位似傾陷……今拯並逐二臣，自居其位，使將來奸佞者得以為說，而惑亂主聽；今後言事者不為人信，而無以自明」……奏疏一上，包拯亦感不安，避於家中不受任命。但任歐陽修如何勸說，今上都不改成命，再三堅持，包拯才走馬上任了。

國朝奉行避親籍制度，一般來說，宰執重臣的親屬不能再身居要職，甚至不能同時做京官。包拯彈劾宋祁的理由之一就是其兄宋庠方執政，故他不可再任三司使。而聽若竹言下之意，似乎她的父親也是朝廷重臣，因此她的夫君不便做京官，遂補外幾年。只是我最近較少打聽翰苑之事，也不知哪位外郡官員最近被召回，做了內翰。

「原來姊姊的夫君是內翰，我果然沒猜錯！」公主得意地拊掌笑。

翰林學士官階為正三品，公主此前對若竹夫君品階的論斷的確沒錯。

張夫人聞言笑：「她這夫君可了不得，及第十年便做了內翰的，國朝以來也沒幾人。」

「哦？」公主好奇地追問：「那他是……」

「他只是承蒙聖上加恩，撿了個便宜。」若竹輕描淡寫地說，也不急於提及丈夫的姓名，繼續說她家的事：「後來外公家的女眷們就在討論歐陽內翰和包拯孰是孰非，大多都覺得包拯彈劾宋祁其實沒錯，除了應避宋庠執政之嫌外，宋祁也確實像包拯說的那樣，喜歡遊宴，奢侈過度，而三司使主管國家財政，是不應該由這樣的人出任。然後，她們開始講朝中流傳的小宋的故事，其中一則頗有趣。」

「小宋姬妾甚多，他知成都府時，有一天設宴於錦江邊，酒喝了一半忽然覺得風太大，有點冷，便派人回家去取件半臂來給他穿。結果那家僕回到府中剛說了這事，那一群鶯鶯燕燕立即奔回房中，各自取了一件半臂塞給他。家僕全都送了去，小宋一看，傻眼了——共有十幾件呢！他茫然看半天，覺得選誰的都不好，都會有厚此薄彼的感覺，於是竟不敢取來穿，最後強忍寒意而歸。」

她說至這裡，公主舉袂掩口，開始暗笑，張夫人與我亦隨之解頤。若竹見了，又道：「好笑吧？我也覺得挺有趣，所以今日回到家中，就跟某人說了這事。他聽到小宋茫然看半臂時，也哈哈大笑，笑得可開心了。於是我講完後就順勢問他：『如果你的原配夫人和我姊姊都還在，我們三人各自給你做了一件冬衣，一起送給你，那你穿誰的？』」

「這下子，他頓時也『茫然』了，想了半晌，才回答：『我都穿上吧，反正今年冬天挺冷的。』我可不會讓他這樣蒙混過去，就追著問：『那你先穿誰的？把誰的穿在最裡面？』他支支吾吾地不肯說，我反覆再問，他才嘀咕著說：『總有個先來後到吧，按娶妳們的順序來……』」

張夫人笑問：「妳就是為這個生氣？」

若竹蹙眉道：「那時我聽了是不大高興，但這還不是最氣人的呢……我不動聲色地再問他：『如果我們三人分別待在自己房裡，然後三個房間都著火了，那你先去救誰？』他望望天，又看看地，磨蹭許久才說：『妳讓我先救妳王姊姊和若蘭吧，她們身體都不好……我保證一救完她們就來救妳。』」

公主再也忍不住，咯咯地笑出聲來。張夫人含笑擺首：「他也真是耿直，即便這樣想，這最後一句，也不應直說呀。」

若竹咬牙切齒，恨恨地說：「我倒吸一口涼氣，好不容易壓下怒火，繼續好聲好氣地跟他說：『可是火很大，如果你不先來救我，我就要被燒死了呀。』結果，妳們猜他怎樣回答？」

我們皆笑而搖頭，表示猜不著。於是她公布答案：「他說：『不會的，妳沒病沒痛的，跑得又快，估計屋子剛一冒煙妳就已經跑出去了，都不用我救。』」

【玖】夫妻

她表情生動，繪聲繪色地學著夫君當時那誠懇的神態說出這話，立時又讓廳中爆發出一片笑聲，連侍立在她身後的兩名侍女都顧不上禮節，以袖掩口，笑得花枝亂顫。

若竹自己倒沒笑，憤憤不平地又說：「我當時氣得差點想放火。後來轉念一想，好啊，你不是說我跑得快嗎？那我就跑給你看！於是二話不說，拂袖而去。剛開始，本來以為他會追來，走得是很快，還在想，如果他跑來抓住我胳膊，我一定要重重地甩脫……過了一會兒沒見他追來，我覺著挺奇怪的，就放慢了步伐，但還是沒聽見他的腳步聲，就回頭看了看，沒想到根本沒見他人影！哼，說不定他還以為快到進膳時間，我是去讓人準備飯菜了吧。我頓時怒了，馬上讓人備車，就到這裡來了。」

「嗯，妹夫確實不對。他年紀也不小了，怎麼都不知道多讓著妳、哄著妳一些，讓妳無端生這些閒氣。」張夫人笑著嘆道，又拉起若竹的手，輕拍著說：「不過，說真的，妹妹妳也有不是之處。平白無故的，問他這種問題做什麼？妳想要他怎樣答呀？說先救別人，妳自然是不滿意，但若他說先救妳，而置故人於不顧，如此喜新厭舊、無情無義，妳聽了又會高興嗎？」

若竹嘟嘴道：「話雖如此說，但我就是想知道我在他心裡是何地位嘛！」嘆了口氣，她又悵然說：「有時候，我真覺得自己生錯了時候。要是早生十幾年，在他尚未娶妻之前遇見他，然後嫁給他做原配夫人，兩個人再舉案齊眉地一起生活到現在，就像姊姊妳和姊夫一樣，毫無隔閡，無憂無慮，那不是什麼事都沒有了嗎？」

聽到提及自己，張夫人的笑容倒淡了些去，推心置腹地對若竹說：「我與妳姊夫也並不是如妳所想的那樣，毫無隔閡，無憂無慮……雖說他只有我一個妻子，一直以來也未納妾，但我未曾為他生過一男半女。今年他都四十二歲了，我也再不年輕，所以也越發憂慮，總覺得愧對於他，倒恨不得他能盡快納妾，讓一個別的女子一起服侍他，為他延續血脈。」

若竹問：「那姊夫願意納妾嗎？」

「若願意，我現在還會這麼犯愁嗎？」張夫人苦笑道：「有一次，我都為他選好一位貌美的小娘子了。某日讓這小娘子裝扮停當，去君實書房裡伺候。誰知她進去後君實看都不看她一眼，只是一心讀書。那小娘子欲引起他注意，便隨手取過一冊書，出聲問他：『學士，這是什麼書？』君實瞥了瞥書，然後對她一拱手，正色回答：『這是《尚書》。』此後又繼續看書，不再理她。那小娘子無奈，只得退出，告訴我此事。」

「那時我想，也許是因為我在家中，君實有顧慮，所以不好親近她。過了幾天，我便藉口去親友家中賞花，早早地出了門。那小娘子靚妝華服地去書院給君實供茶，豈料君實見了她竟怫然不悅，斥她說：『這下人！今日院君不在宅中，妳出來到這裡做什麼？』」

若竹聞言笑，又勸慰張夫人道：「子嗣之事，既然姊夫都未有強求之意，姊姊又何必介懷？何況聽說他已收族人之子為嗣了。姊夫不願納妾，足見對姊姊情深義重，真是令人豔羨。若我要為某人納妾，他一定求之不得。前兩日他陪我出去觀燈，竟一味盯著燈影上長脖子的美人兒看，可見也是個好色之徒，將來我還不知道要因此受多少氣呢！」

張夫人訝異道：「他看個燈影兒妳也有意見？未免太多心了吧？他身為朝廷大臣，還肯陪妻室出門觀燈，已經很不錯了，妳還有諸多怨言，豈非身在福中不知福嗎？」

公主聽後問張夫人：「莫非司馬學士從不陪夫人觀燈？」

「可不是嗎！」一提此事，張夫人眉間也有了幾分怨懟之色。「每次過大節，他都不會陪我出門遊玩。有一年也是上元節，我想出去觀燈，跟他說，他就問我：『家中也點了燈，何必出去看？』我就解釋說：『我還想看看街上遊人。』他聽了便瞪我一眼，道：『莫非我不是人，是鬼嗎？』」

這話剛一出口，眾人又都隨之笑開。張夫人再問若竹：「妳瞧瞧，若可以任妳選擇，妳是願意重新挑一個像君實這樣的呆木頭，還是繼續與妹夫過下去？」

若竹想想，雖是不語，但低頭不住地笑，答案是顯而易見的了。

張夫人又輕聲嘆息，道：「世上哪有一切都完美無缺的夫妻呢？有很多夫婦，在別人眼裡看來都是很好的，舉案齊眉、恩恩愛愛、和和美美，但個中隱情，也就只能是冷暖自知了。但是，難道僅僅因為婚姻中略有不足之處就不過下去了嗎？妳就算是養一株芍藥，也要耐心地每日照料，才能開出喜人的花呢。有些夫妻互存怨氣，自覺與對方過不下去，可能就是缺乏這點澆水除蟲的耐心……」

「妳那夫君，才華蓋世，模樣、性情又好，世間少有，因此令尊才會如此鍾愛這個女婿，在妳姊姊過世後又把妳嫁給他。世間男女千千萬萬，能結為夫妻，是你們兩人難得的緣分，自當珍惜才是。何況這兩年來，他對妳也可以說是悉心呵護、無微不至了，妳還有何大不滿呢？縱有些小事令妳不快，也不妨多擔待一些，大度一點兒也就過了。若經常為一言半語動氣，時間長了，會大傷感情的。」

若竹垂首聽著，也不反駁，良久後才開口，卻不是說自己的事，而是笑指公主與我，道：「世上未必沒有完美無缺的夫妻吧？我看他們就很好，眼中只有彼此，相處又那麼融洽。」

公主聽見，立即反對：「才不呢，我們也有問題——有時候我讓他幫我做點兒小事他都不肯，還要我央求他！」

張夫人便問：「是不是妳要他做的事不是太好，才讓郎君如此為難？」

若竹則說：「但是，如果妳堅持，到最後他還是會答應妳的吧？」

公主訝然問：「妳們怎麼知道？」

若竹與張夫人都笑了，皆轉而顧我。我垂目低首，繼續微笑著保持沉默，而心裡，有一陰雲般的念頭一閃而過：「其實，我們最大的問題是，我們根本不是夫妻，而且，這一生都不可能結為夫妻。」

但我彼時的黯淡心情倒沒有持續多久，後來樓下傳來一陣馬嘶聲，打斷了我思緒。

張夫人起身到窗邊探視，然後含笑側首，對若竹道：「實話說吧，今日我收到妳的信，見妳寫得那麼嚴重，什麼『遇人不淑』之類的話都說出來了，很是驚訝，又不知詳情，所以先去妳家中問過妹夫。他告訴我，當時原是跟妳說笑，沒想到妳竟會當真。妳跑出去時，他一時也沒反應過來，所以才沒追出去。後來我跟他約好，我先來見妳，他隨後過來接妳回家。現在，他已至樓下，妳且消消氣，跟他回去吧。」

公主與我旋即到窗邊觀看，果然見樓下有一文士倚馬而立，披著一襲帶風帽的斗篷狀大袖毛衫，風帽將臉遮去了大半，令人無法看清楚他面容，但仍可感覺到他身形秀逸、文質彬彬。

若竹踟躕，但還是移步至窗邊略顧了顧。那文士窺見她身影，立即輕聲喚她：「娘子，夜已深，我們回家吧。」

他顯然是顧忌周圍之人，所以不敢高聲呼喚。

若竹聽了，脣角一挑，回身牽過阿荻，俯首在她耳邊說了幾句話。阿荻點點頭，手指圓凳要侍女幫她搬到窗邊，然後她爬上去，踩著凳子，肘撐在窗沿上，看樓下文士，然後，用她清亮的聲音對他道：「馮叔叔，嬸嬸要我問你，你是誰呀？」

這小女孩語音澄澈，又很坦然地以足夠大的音量說出這古怪的話，聽起來很有趣，想必能充分引起酒樓內外的人注意。

那文士一定頗為尷尬，但思忖一下後，還是低低地說了些什麼。

阿荻搖搖頭，又很清晰地問他：「什麼……聽不見！」

那文士像是做了次深呼吸，兩肩一垂，大概是豁出去了，仰首，風帽隨之滑落，露出了一副我與公主都記得的俊美容顏。

「在下江夏馮京。」他朗聲應道，目光朝阿荻身後探去，追尋若竹的身影。

酒樓上上下下頓時響起一片「劈啪匡當」推窗開戶的聲音，無數個頭從樓中伸出，目光熱烈地落在馮京身上；路上行人也停下腳步，紛紛好奇地盯著他看，對他指指點點，甚至還有許多熱情的遊人仕女或酒客從四面八方圍聚過來，衝著他連聲喚「馮狀元」、「馮學士」或「馮內翰」。

馮京也無暇顧及若竹了，騎在馬上，尷尬地向喚他的人頷首示意，左右賠笑，狀甚難堪。

而若竹，側身隱於窗櫺之後，摟著阿荻，已笑彎了腰。

【拾】春寒

在聽若竹講述她家中之事時，我對她的身分已有所猜測，現在答案揭曉，大致與我的想法相去不遠：她是宰相富弼次女，晏殊的外孫女。富弼當年先將長女若蘭嫁給馮京，若蘭因病去世後，富弼又把若竹許給馮京為繼室。如今都下有人詠馮京：「三魁天下之儒，兩娶相家之女。」指的便是此事。公主當年在宮中宴集上見到的馮京夫人是若蘭，而若竹與馮京成婚應是在他補外期間，因此今日之前她與公主未曾謀面，彼此都不認識。

公主的反應我自然不會忽略。從她聽到阿荻喚「馮叔叔」起，她臉上的笑容便有些僵硬了，待到馮京自陳身分，她目中的喜色像夜空中開到荼蘼的煙花，綻放之後虛弱無力地墜落飄散，轉瞬之間便已化作輕煙，歸於沉寂。

但是，她還是保持著微笑，斜倚在窗櫺一側看若竹，安寧的目光像水一樣撫過若竹喜悅的眼角、眉梢，從中找不到一些不愉快情緒的影子，例如妒忌與惱怒。她只是安靜地旁觀著這個與她同齡的女子的幸福，彷彿是在欣賞一幅與己無關的精美畫作。

當馮京上來時，公主已戴上了帷帽，向若竹告辭。若竹依依不捨地拉著她的手，問她姓名，說希望以後可以經常見到她。公主微笑說：「若有緣，日後自會相見。」

語罷，她轉身離去。在經過馮京身邊時，她輕輕褰起了帷帽面紗一角，似笑非笑地看了看他。馮京窺見她容顏，不由得一怔，但很快恢復常態，淺含笑意朝她微微欠身。

多麼熟悉的情景，好似又回到了當年金明池畔，豆蔻年華的公主邂逅新登科的綠衣郎，寶馬香車中她盈盈一笑，俏麗的容顏與初萌的少女情懷在紗幕後面若隱若現。如今重逢，卻不知馮京僅僅是覺得她似曾相識，還是清楚記起了他春風得意馬蹄疾時遇見的少女，鈿車纖手捲簾望，眉學春山樣。

面紗垂下，她目不斜視地移步出外，沒有一次回顧。直到遠離了那個房間，她才停下來，手撫樓梯旁的朱色欄杆，輕聲問我：「現在離皇祐元年有多久了？」

我回答：「十一年。」

她沉默，然後低嘆：「這麼長……像是做了一場夢。」

搖搖頭，似要擺脫這殘夢痕跡，她重現笑容，抬頭準備繼續走。然而，此時眼前乍現的一幕景象始料未及，又給了她一次重擊。

她的對面，酒樓中庭的另一側出現了幾名華衣靚妝的女眷，應是在樓上觀燈結束，她們三三兩兩笑語閒談著，款款走到那一側的樓梯邊。其中有一位年輕少婦，行動似有所不便，走得比別人緩慢，而陪伴在她身邊的是位長身玉立的男子，小心翼翼地攙扶著她，不時含笑在她耳邊說著什麼，眼中有毫不掩飾的關懷與愛戀。

那少婦下樓時，特意以手護著腹部，仔細看看足下的臺階，才謹慎地探出第一步，這使觀者可以很容易地留意到她微凸的腹部。而那男子更加盡心地從旁保護，她的一次輕微顫動都會牽出他緊張的表情。

這個溫情脈脈的場景，卻把公主凍結在原地。步履停滯，笑顏凋零，她尚未來得及落淚，我已聽見她心碎的聲音。

那是曹評。

他與公主的距離曾是那樣地近，他只要抬頭直視，就可以觸到她幽涼的眼波。但是他沒有，他無暇他顧，此刻他目中的女人似乎已填滿了他眼前的世界。說他是在攙扶她，不如說他是把她捧在手心裡。毫無疑問，這個正在為他孕育著新生命的妻子，被他視若無價的珍寶。

公主暫時沒有繼續前行，而是轉而走向二樓的露臺，無言地立於欄杆後，看著曹評與那少婦雙雙走出白礬樓。

他扶她上車，然後自己乘馬，行於她車前。一別經年，他依然是我們記憶中五陵年少的模樣，駿馬驟輕塵，香袖半籠鞭。公主默然佇立，目送他遠去，看他歸路飄袂捲暮煙。

待曹評身影消失，她仍沒有離去的意思，於夜風中凝望車馬遠去的方向，直到若竹忽然出現，在她身後笑道：「咦，妳還在這裡？」

「哦，我在這裡，吹吹風。」公主轉身，倉促地應道。看看若竹，她反問：「妳怎麼到這裡來了？」

若竹笑指露臺上的樂伎，道：「我聽見這裡有人在唱我七舅舅的詞，所以出來看看。」

演奏絲竹管弦的樂伎有八、九人，其間有位嚴妝歌姬懷抱琵琶，一壁閒撥一壁曼聲低吟淺唱，唱的是晏殊第七子晏幾道的一闋〈鷓鴣天〉。公主凝神聽，此時歌姬已唱至下半闋：「終易散，且長閒，莫教離恨損朱顏。誰堪共展鴛鴦錦，同過西樓此夜寒。」

我為她駕馭來時的車，帶她回公主宅。車輪輾過曹家車馬留下的痕跡，然後換了個方向，朝遠處駛去。雙方車轍蔓延成偶然相交的弧線，在瞬間的交錯之後依舊按自己的軌跡延伸，可能很難再有重合的一天，我想，就像她與曹評，乃至馮京的命運。

回去的路上，除了沉默外，公主沒有任何異常狀況，但四更時，在寢閣中服侍她的嘉慶子敲開了我的門。

「公主剛才醒來，在床上悄悄地哭呢。」她告訴我：「我們聽見了，忙去問她原因，她卻又不肯說，只是不住地哭。先生快去看看吧。」

我立即過去。進到她寢閣中，見幾位貼身侍女與韓氏都圍聚在她床前，紛紛出言勸慰，而公主恍若未聞，擁被坐在床頭，埋首於兩膝上，輕聲抽泣著。

韓氏見我進來，起身拉我至帷幔外，低聲問：「公主昨夜出去，可是看見了什麼？」

我與公主出去的事，嘉慶子應該都告訴她了。於是我簡單地答：「看見了曹評。」

她頓悟，連連嘆息：「真是冤孽……」

然後，她帶侍女們出去，之前囑咐我：「上次是你勸好她的，現在也多開導開導她吧。如今這裡，也就你的話她能聽進去了。」

待她們出門後，我走至公主床前，輕聲喚她。略等片刻，她終於抬起一雙淚眼看我，嗚咽著說：「入睡前，雲娘跟我說，今晚月色好，趁著元宵最後一天，不妨許個願。我便在心裡許願說，我希望一覺醒來，發現自己還只八、九歲，唯一的煩惱是背不完爹爹交給我的詩文，最大的問題是怎樣說服你為我代筆寫文章……」

可是，剛才她醒來，發現她還是被困在這裡，再也回不去了……我把嘆息留在心底，默默在她身邊坐下，想了想，對她說：「總有些東西是不會變的，無論妳是八、九歲，十八、九歲，還是八、九十歲。」

「什麼？」她含淚問我。

「例如，我的衣袖、妳的影子，和……」我沒有說下去，但向她伸出了手。

她霎時明白了，亦輕輕挨近，依偎入我懷中。

和我可以給她的溫度。

我無法改變她的命運，但至少可以向她承諾，在她流淚的時候奉上我的衣袖，在她疼痛的時候吹拂她的傷口，在她感覺到寒冷的時候給她所有我所能給她的溫度。

閣中金鴨香冷，紗幕微垂，玉鉤半褰鳳凰帷。我們都沒有再說話，就這樣彼此相擁著，聽更漏暗度，看蘭燼凋落，任簾外雙燭融成淚，暗了榻前畫屏美人蕉，直到露冷月殘，星斗微茫，幽藍清光映紗窗。

這段安寧的光陰終結於拂曉時分。層遝的腳步聲由遠而近，夾雜著嘉慶子的聲音：「國舅夫人，公主尚未晨起，請在堂中稍候片刻……」

我當即放開公主，闊步走至帷幕外，而楊氏剛好推門進來，四目相撞，都有一驚。

她皺起了眉頭，狐疑的目光上下打量我之後移到了兀自輕擺著的簾幕上，猶豫一下之後，她疾步過去，猛地掀開。

公主坐在床沿，驚訝地轉頭看楊氏。

彼時她眉翠薄、宿妝殘，鬢雲低垂、金釵橫斜，啼眼淚痕猶可見。

而且，很不妙的，她尚在做著披衣的動作。

第十章

酒闌空得兩眉愁

勾起一個交織著憤怒與嘲諷的冷笑，楊氏又徐徐回視我，道：「梁先生服侍公主真是上心，不僅白天形影不離，連晚上也跟到公主閨房來伺候。難怪偌大個宅子，公主只瞧得上先生你一人，這種心思和本事，原不是人人都有的！」

嘉慶子跟在她後面進來，此時忙為我辯解：「梁先生並非每晚都在這裡，昨夜是公主不大好，所以我才請他過來。」

楊氏嗤笑：「我聽看門的院子說，昨天公主和梁先生悄悄出去，在外玩了一整夜，將近三更才歸。後來不知公主又怎麼不好了，特意請梁先生到閨房裡來。想是梁先生醫術高明，有獨門祕方，又捨不得讓別人看見自己療法，所以把一干丫頭、內侍都請到外面去守著，誰都不讓進……」

公主見她語意不堪，不由得大怒，道：「妳是我什麼人？我傳宣一個祗候人都要先行上報經妳批准，再請妳過來看著？」

楊氏頓時也動了氣，索性直接頂撞公主：「我是什麼人？是妳夫君的娘，妳的家姑，和妳的母親是一樣的！怎麼，新婦把不相干的人叫進閨房過夜，家姑問一聲都不行？」

公主氣得發顫，幾步走至她面前，斥道：「什麼家姑？公主哪有家姑？哪來的瘋婦敢與我父母平起平坐！」轉首看門外，公主又揚聲問：「張承照！張承照在哪裡？」

張承照立即在門外響亮地應了一聲，隨即入內，不待公主吩咐，已銜笑對楊氏道：「國舅夫人，這事怪我，沒想到妳年紀大了，有些事若不經常提醒妳可能就記不住。今後我一定每天都跟妳說一遍：公主下降，駙馬家例降昭穆一等，也就是說，除了駙馬，你們全家的輩分都得降一輩——」

「哪來的糊塗規矩！」楊氏打斷他的話，直視公主，怒道：「你們皇家規矩多，但能大過天理人倫？皇帝女兒出了嫁也是人家媳婦，沒見過天底下有媳婦爬到家姑頭上不認她做娘的！妳就算是回宮告訴妳父母，他們一定也會要妳孝順我這家姑。家姑管教兒媳有錯嗎？官家朝堂上都是些懂大道理的讀書人，今日之事我倒想讓他們評評理，看看到底是誰不懂規矩亂了輩分！」

張承照口中「嘖嘖」，只是搖頭，喚了聲「國舅夫人」，似還想說些什麼，但公主根本沒耐心再聽，對他喝道：「你還跟她廢什麼話？她擅闖公主寢閣，出言詆毀，無禮至極，直接把她轟出去便是！」

張承照答應，依舊笑笑地靠近楊氏，一邊說「夫人請」，一邊伸手想挾持她出去。楊氏惱怒地掙脫，兩人正在拉扯，忽見韓氏手托了個藥碗匆匆進來。

看見此間形狀，韓氏忙道：「承照，休得無禮！」

張承照遂停手站住。韓氏故意瞪他，斥道：「我才走開些許時候，你竟鬧成這樣，如此驚擾國舅夫人，回頭我告訴梁都監，揭掉你一層皮！」

張承照賠笑，連連頷首稱是，也再不多說話。

韓氏又走到楊氏身邊，告罪道：「昨晚公主吃了幾個冷圓子，半夜說胃痛，還疼得掉眼淚。丫頭們都著了慌，又稀里糊塗的，連個藥都不知道在哪裡找，所以我讓嘉慶子請懷吉過來瞧瞧。還是懷吉冷靜，三言兩語就把抓藥的、煎藥的、內外照應的全安排好了，還和我一起在房中守著公主。剛才藥煎好了，但公主嫌太燙，所以我端藥碗出去用冰水涼了涼。沒想到才出去這麼一會兒，承照那混小子就惹得夫人生氣，確實該打，夫人放心，我一定會讓梁都監教訓他。」

楊氏冷笑著，問韓氏：「公主既有恙，左右要留夠使喚的人才是，怎麼屋裡就只有一、兩個人伺候著？何況，冰藥碗那種小事也要煩勞郡君妳親自去做？」

韓氏作為公主乳母，在公主出降之後亦獲推恩，封為昌黎郡君。此時聽楊氏質疑，她也不慌張，從容應道：「別看公主帶來這滿宅子的祗候人，其實中用的沒幾個。那些丫頭都笨手笨腳的，起初見公主捂著肚子說疼，一個個想也沒想就上去幫她揉肚子，結果弄得公主更疼了，看得我生氣，所以乾脆讓她們都出去，有需要她們跑腿的時候再叫她們。這藥等了半天才煎好，我也是怕她們粗枝大葉地把藥汁灑了，或是弄些水進去，才不敢讓她們端出去，只好自己動手了。」

楊氏撇撇嘴，應是不大相信，但韓氏態度和善，始終和顏悅色地跟她說話，她便也沒再發作，不過取過了韓氏手中的藥碗，直直送到公主面前，道：「既如此，公主就快喝了這藥吧。有病，還是早些治好。」

公主有些猶豫，但韓氏在楊氏身後向她瞬了瞬目，做了個喝的動作，公主便接過碗，一飲而盡。

見公主喝完，楊氏容色略微鬆動，也就敷衍著解釋了幾句：「我也是聽人說公主半夜請梁先生過來，不知出了什麼大事，所以天一亮就趕來探望公主。如今看來，公主面色不錯，中氣也足，應無大礙，那我也放心了。」頓了頓，又加重語氣道：「不過，無論晝夜，公主身邊總應該多留幾個丫頭服侍才是。梁先生管的宅子裡的事務本來就多，以後這種事就不必麻煩他親自過來料理了。公主有郡君在身邊，還擔心什麼呢？」

最後這兩句，她是盯著我說的。我向她欠身，應道：「謝國舅夫人體諒。」她保持著那抹別有意味的笑容，冷冷地斜睨我，帶有明顯的警告意味，良久後才向公主告辭，公主不應，她也不多話，掉頭便走了。

待她走出閣門，我立即問韓氏：「公主喝的是什麼藥？」

她低聲道：「放心，是開胃健脾的，不會傷公主身體。這幾日我胃口不好，所以煎了擱在房中。剛才聽見國舅夫人在這裡大呼小叫，便端了一碗出來，編個緣故讓她無話可說。」

我向她道謝，想對與公主獨處時的情形稍加說明，但又不知該如何開口，踟躕半天後，倒是她先說話，笑道：「我是看著你們長大的，你們之間是怎樣難道我會不清楚？也就她那樣的市井俗婦才會往齷齪處想。現在你只須考慮如何向梁都監解釋公主外出的事便好。」

她隨即又朝公主走去，拉她坐下，好言撫慰。而公主憤憤的，越回想越有氣，忍不住又以袖拭淚，而此刻偏偏有小黃門進來傳報：「駙馬聽說公主欠安，在閤門外求見。」

這「駙馬」二字又點燃了公主滿腔怒火，當即回覆道：「轟出去，誰有工夫見他！」

小黃門愕然，不知是否該聽命，我便對他道：「你去跟駙馬說，公主鳳體違和，現已睡下，請駙馬晚些時候再來探望。」

【貳】闈閣

黃昏時，李瑋又來看公主，公主在往繡幃中取出的金鴨香爐裡換夕薰，雖讓他進來了，卻不曾正眼瞧他。李瑋恭謹地向她問安，也只是一旁的韓氏在代公主回答，而公主垂著眼簾冷著臉，一味沉默著做著自己的事。

她閒閒地以火箸撥了撥爐中香灰，讓嘉慶子揀來一枚燒紅的清泉香餅，在爐中擱好了，她輕抹一層香灰覆上，用火箸點出幾個氣孔，探手於上方試了試，覺得火候合適，才置上雲母隔片，然後拈起銀雕香匙，準備往內加香料。

這一連串動作公主做得流暢而優雅，她手又生得極美，膚色瑩潤如玉，手指纖長，起伏行動間像兩朵悠悠飄舞的辛夷花。李瑋怔怔地看著，一時竟忘記了繼續與韓氏敘談。

後來公主大概也注意到他的失神，眼波短暫地拂過他臉上時不由得呈出了一點兒冷淡微光，她旋即轉顧我，以銀匙指香盒，巧笑倩兮：「懷吉，你說今晚我用什麼香好？是花浸沉香，還是木犀降真香？」

這是個曖昧的問題。金鴨香爐擱在香閨繡幃中，她所問的那兩種香品往往也被人稱作「帳中香」。

她是故意的。

果然李瑋的雙眸像霎時燃盡的香餅，目中唯餘死灰一片。他沒有出聲，但置於兩膝上的雙手緩緩抓緊那塊衣裾，手背上的青筋也凸顯了出來。

我不想與公主合謀實施這次報復，於是畢恭畢敬地朝她欠身，說了個善意的謊言：「這些香品，臣都未曾聞過，無法為公主提供好建議。公主還是問幾位姑娘吧。」

公主抿脣一笑，也不再問別人，逕自取了一匙木犀降真香添上。

李瑋坐立不安，勉強再與韓氏說了兩句話後便起身告辭。我欲送他出門，他冷冷地止住我：「不敢有勞梁先生。」然後加快步伐，迅速走了出去。

從此後他來公主處的次數減少了許多，越發潛心研究書畫，不惜重金購買藏品，日夜在書齋中畫墨竹。有時外出，也不外乎是與書畫名家或收藏者來往，或是去宜春苑旁，他買下的那片地裡監工——看起來，他確實想建一座美輪美奐的大園林。

公主很滿意李瑋開始疏遠她的現狀，也找到了個新樂趣——不停地為我添購新衣裳，尋找最精緻的吳綾蜀錦輕越羅，讓人裁成東京城中最時興的文人儒生寬袍緩帶的樣式，命我在宅中終日穿著，而內臣的服飾倒被她下了禁令，若非入宮，便不許我穿。

有次她去相國寺進香時也讓我穿著這樣的文士衫袍隨她去，而那時相國寺剛換了新住持，並不認得我們，出門相迎時一見我從公主車輦旁下馬，立即過來施禮，連稱我為「都尉」，公主與周圍侍從、內人聞言皆笑，卻都不說破。最後還是我向住持說明了自己身分，他聽後大窘，忙向我和公主告罪，而公主毫無慍色，倒像是很喜歡這種誤會。

楊氏自然看不慣，常冷言冷語，公主也我行我素，堅持按她的心意讓我著裝。而我所能做的也就是盡量與公主保持一點兒距離，再不與她獨處，就算白天在書齋內吟詩作畫，也大大開著門，且讓至少兩名侍女侍候在側。

楊氏一定安插了人來刺探我與公主的相處狀況，也沒找到什麼大把柄，但她始終對公主心存不滿，每逢有宗室戚里家的女眷登門拜訪，她總是會向她們抱怨公主不尊重駙馬，又對她無禮，全無新婦的樣子。

亦有人把這些話傳給我聽，令我有些擔心：若楊氏這些怨言傳到士大夫耳中，恐怕他們會說公主「驕恣」了。

嘉祐五年正月，今上封皇第九女為福安公主，第十女為慶壽公主。自去年董、周二位娘子先後生公主後，今上對她們有專寵之勢，她們再次相繼懷孕，三月間，董貴人秋和又為今上誕下了第十一女。

雖然又失去一次獲得皇嗣的希望，但今上對秋和母女仍厚加賞賜，且欲晉秋和為美人，秋和力辭，在今上堅持下，她最後說：「如果陛下一定要加恩，那就把給予我的恩典轉賜給我父親吧。」於是今上從其所請，為秋和父親贈官一級。

十一公主出生三天後，公主與楊氏入宮相賀。那時皇后在秋和閣中，親自抱了十一公主，滿心愛憐地輕輕撫拍著，以很寵溺的語氣喚這個尚未命名的女孩為「主主」。公主見了這個小妹妹亦很喜歡，在旁邊逗她玩了一會兒尚感不足，又硬生生從皇后懷中把十一公主搶過去，自己抱了，到秋和身邊笑說：「九妹妹生得像爹爹，十一妹就跟妳像一個模子裡鑄出來的。」

秋和只是安靜地笑，輕聲應道：「剛生出來的孩子都皺巴巴的，能看出什麼呢……若是像我，倒不好了……」

皇后見公主與妹妹玩得興起，便讓楊氏與她出去在廳中敘話。我怕楊氏在皇后面前數落公主，就跟著出去，侍立在一旁。

皇后對楊氏略作問候之後，又詢問公主與駙馬相處近況。楊氏立即咳聲嘆氣：「還是老樣子，只怕官家將來抱上第十個皇子時，也未必能見到一個外孫呢！都怪我那兒子老實巴交的，不會說好話，也不會挑好衣裳穿，讓公主見了只覺礙眼。」言罷有意無意地瞟了我一眼，淡笑道：「我還在勸駙馬呢，有空多去跟梁先生討教討教，請梁先生教教他如何說話做事、穿衣戴帽，也讓公主一見他就會笑。」

皇后聽出她弦外之音，便看了看我。我當即朝她欠身以應，再對楊氏道：「懷吉惶恐。駙馬容止莊重、衣飾合度，豈是懷吉可以妄加議論的。」

楊氏「呵呵」一笑，道：「梁先生太謙虛了。你模樣生得好，衣裳也光鮮，什麼書畫呀，詩詞呀，沒有不會的，駙馬就算拍死幾匹千里馬也及不上你啊。」說完這話，她轉向皇后，又道：「梁先生會的東西多，想必有一些絕技是別人沒有的，公主很喜歡，常請他到閣中切磋。梁先生服侍公主也盡心，從早到晚，成日相隨左右，說句玩笑話，不知道的人看見他們這情形，都對他們指指點點，倒以為梁先生是駙馬呢！」

她說是「玩笑」，但此刻目意陰冷，並無一點兒玩笑的意味。

皇后自然全明白，略一沉吟，她抬目，微微對楊氏笑了：「果然國舅夫人是見過大世面的貴人，不與那些乞兒一般見識，聽到一些狂言妄語，笑笑也就過了。記得當年我帶了乳母入宮，乳母見宮中內臣可以任意出入閨閣，乃至伺候娘子們梳洗更衣、左右扶掖，不由得大驚失色，說這些事豈是男子可以做的。」

「章惠太后聽見了，便教訓她說：『內臣中官並非男子，與豪室之家所用的侍女無大異處，唯力氣、頭腦都強過一般女子，更好使喚罷了。他們自幼淨身，又在宮中受過嚴格調教，德行無虧，全無穢亂宮廷的可能，出入閨閣又有何不可？妳們只當他們是女孩兒看待便是，別一驚一乍，否則，知道的，會說妳是嚴禮義、守大防；不知道的，只怕倒會笑話妳小家子氣，使喚不慣這種天家祗候人。』」

「我乳母聽了很是慚愧，以後也就習以為常了。想必宮外見過內臣的人不多，偶然看到懷吉，還把他當男子呢，所以才有些不三不四的話傳進國舅夫人耳中。好在國舅夫人往來禁中二十年，見識原與宮眷一樣，其中情形自然清楚，不會拿這種閒話上心，沒來由地生些悶氣。有如此明事理的家姑，實乃公主大幸。」

這些年來，楊氏對小家出身這點是頗介意的，此刻聽了皇后一番話，也就未再多說什麼，只尷尬地笑著，頷首受教。

皇后又道：「官家向來對公主愛如掌珠，這二十多年來，連重話都未曾說過她幾句，也養成了她吃軟不吃硬的性子。因此，若她有不是之處，也請國舅夫人耐心勸導。與駙馬之事，還望駙馬與國舅夫人多擔待些，再給她些時間，日常往來，多加關愛，讓她慢慢感覺到駙馬與家姑的善意。我與國舅夫人一樣，也希望公主早日與駙馬誕下麟兒，讓我們有含飴弄孫之樂，但此事也急不來，總須公主自己願意，切勿讓她有被逼迫的感覺，否則，若將來事與願違，鬧得難以收拾，就不好了。」

楊氏唯唯諾諾地答應了，隨後也不忘表示自己平時如何對公主關愛入微，皇后順勢讚她，照例又賜了些財物給她。楊氏頓時歡喜起來，連連道謝。皇后再命人送她至苗賢妃處敘話，然後對我說：「懷吉，我閣中有幾幅畫，不知可是唐人真跡，你去幫我看看吧。」

我答應，遂跟她回到柔儀殿。進入皇后閣，她屏退眾人，才對我道：「適才我對國舅夫人說的那些話，你別放在心上。那時要立即堵住她口，必須那樣說，不然當著那麼多宮人，還不知她會說出多少難聽的話來。」

我頷首：「臣明白，娘娘如此說，對臣與公主都好……」

何況，她並沒有說錯。我垂目，緩緩深吸氣，悄然壓下終於從心中蔓延至鼻端的一縷酸澀之意。

「但是，懷吉。」皇后柔和地看著我，用一種如對子弟般的語氣跟我說：「話雖如此，你與公主日後相處也須時時留意，適當保持些距離，以免落人口實，生出許多不必要的是非。」

頓了頓，她微微加重語氣道：「你畢竟是個男孩子。」

乍聽此言，我不知是喜是悲。從可以「當女孩兒看待」，到「畢竟是個男孩子」，我模糊的性別為這兩種詮釋提供了瞬間轉換的可能，雖然這兩種說法都出自皇后的善意。

我點點頭，勉強笑了笑。

短暫的沉默後，皇后又道：「曲則全，窪則盈，少則得，多則惑。這道理，想必你會懂。持而盈之，不若細水長流。現在太接近，倒容易埋下生分的禍端。而且，你是個聰明孩子，應該知道，總有些禁忌，是永遠不可碰觸的；有些錯誤，只要犯一次，就會萬劫不復。」

我自然能感覺到她語意所指，而她隨後也進一步點明：「夜間不要再去公主閣中。有時面對公主的接近，你也應該學會退避和拒絕。」

我謹遵皇后教誨，晚膳時辰一過便再不入公主寢閣。公主夏日晚間納涼，我也再不陪她。她漸漸注意到這點，頗有意見，問我原因，我只推說宅中事務繁重，夜晚安靜，易於處理。她有時晚上來我居處找我，我也不許白茂先為她開門，她因此惱怒生氣，我便想法子找各式各樣的藉口敷衍過去。後來她被迫接受了我這決定，不再強求我在夜間陪她，但不讓我白天擅離她視線範圍內，也限制我外出，盡可能地增加與我相處的時間。

七月中，周美人分娩，又是一位公主。三日內送過了早已備好的禮品後，我又要開始準備十二公主的滿月禮。我選擇了些織物、瓷器、小孩子可用的首飾樣式，命人去採購，但購回的器物不盡如人意，於是我決定親自出門再選一些。

要去的地方有好幾處，大概要花一整天的時間，為免公主阻攔，我沒告訴她，私下讓人備馬，準備悄悄出去。但她還是很快得到消息，立即追到大門邊。

那時我已上了馬，只是還未揮鞭啟行。她怒氣沖沖地奔來，揚手奪下我手中的馬鞭，任身邊的小黃門怎麼勸說都不還給我。

我笑著下馬，對她長揖，和言請她賜回馬鞭，她嘟著嘴，雙手緊握馬鞭兩端，憤憤地轉身不理我；我又含笑轉至她面向的那邊，再次作揖請求，她又決然扭頭朝另一側，就是不肯給我。那嬌嗔的模樣惹得旁觀的內臣、侍女都笑了起來，她也全不在意。

我想了想，手指尚在等待的那匹駿馬，朝白茂先做了個手勢。白茂先會意，過去一勒馬轡，馬立即發出一聲嘶鳴，白茂先旋即揚聲對公主道：「梁先生走了！」

公主一愣，轉頭去看。我趁她走神之際猛地自她手中抽出馬鞭，在眾人大笑聲中疾步走開，準備上馬，不想公主此時竟然「哇」的一聲哭了出來。

那種孩子氣的哭法在她長大之後已經極少見了，我一時無措，匆匆趕回後又是作揖又是道歉，最終承諾今日不出門後她才漸漸止住哭泣，在我的陪伴下，一壁以纖手勻淚，一壁緩緩回到閣中。

她沉默許久，任我怎樣哄她都不開口，後來，當我為她切一枚今秋新出的柳丁時，她坐在我身邊，才幽幽地說了一句話：「如果你出去，一定會天黑了才回來，那我這一天都見不到你了。」

我的眼眶溫熱，托起柳丁的指尖在輕顫，心中的防禦工事又嘩啦啦地倒塌一片，我聽到激流決堤的聲音，好不容易才按捺住擁抱她的衝動。最後我刻意忽略了對她的回應，只是朝她笑了笑，然後在一片切好的柳丁上抹了點兒鹽，遞到她面前。

公主奪鞭之事迅速傳到駙馬母子耳中，不消半日，張承照已為我帶回了關於他們的消息：「聽說這事，駙馬陰沉著臉不說話，而他娘氣得直指著他罵：『老娘不知上輩子造了什麼孽，竟生下你這麼個不成器的東西，娶個媳婦都不敢碰，還任由她……』」

說到這裡，張承照遲疑著，嚥下了後面的話。

「說完。」我命令他。

「嗯，如果你要聽，我就說了，不過，這可全是她說的，我一個字都沒加呀！」張承照先聲明，隨後，才壓低聲音，把這句話說完：「……還任由她對著一個不男不女的傢伙……發浪……」

他小心地窺探著我的表情，見我未露怒色，才又繼續說：「她還說，駙馬就是沒出息，若早些讓公主見識到什麼才是真男人，就不會受這些汙糟氣了。」

【肆】女冠

為免公主生氣，我對宅中內臣、侍女下了禁令，不許他們把楊氏的話轉述給公主聽，以後我再見駙馬母子，也只當對此一無所知，不露半點兒情緒，他們雖對我冷淡，但當面倒也不會把話說得這樣難聽，隨後的幾天也就看似平靜地過了。

後來楊氏派人跟我說，國舅去世到今年是十周年，她想找幾個道士，在宅中為國舅打醮做道場。我自然沒意見，回過公主後撥了一筆款給她，請她自己安排。

兩天後她請的道士進到宅中住下，張承照去看了看，回來咂舌道：「不得了！你猜她請的是什麼道士……領頭的，是三個風騷的女冠！一個叫玉清，頭上戴的白玉蓮花冠後面插著一把鈿篦，快有一尺長，上面鑲滿了金銀珠貝，眉心又貼著綠油油的翡翠花鈿，勾欄裡的行首用的頭面都沒這麼花稍；一個叫逐雲，身上的道袍做成開襟褙子的樣式，不繫帶，裡面的抹胸穿得那叫一個低，胸脯上的溝兒都能看到；還有一個叫扶月，道袍樣式倒是沒什麼問題，但竟是用紗縠做的，下身穿的鵝黃畫袴都清楚地透了出來！」

韓氏這時正在向我告假，要回家去籌備兒子的婚事，在旁邊聽了張承照的話便道：「現在走家串戶的女冠，十有八九是暗娼，穿戴成這樣也不出奇。」

張承照擺首道：「但是，姑奶奶，她們可是國舅夫人找來為國舅做道場的呀！看見的人都在暗笑，說原不知國舅夫人如此賢慧，竟特意讓九泉之下的國舅爺享這等豔福。」

韓氏想想，問：「這幾個女冠，莫不是國舅夫人藉打醮之名找來，送去服侍駙馬的？」

張承照連連點頭：「我猜也是這樣。駙馬平日不怎麼近女色，所以國舅夫人找了這些騷貨來調教他。」

我聽他講得粗俗，不由得瞥了他一眼，他立即自己揚手輕批臉頰一下，然後又趨上前來，賠笑請示：「讓她們出入公主宅，實在是有礙觀瞻，不如我帶幾個人，把她們趕出去？」

我思忖後道：「不必。人既是國舅夫人請來的，你若硬趕她們出去，徒傷和氣而已。何況公主也不反對駙馬親近別的女子，打醮也就幾天，隨她們去吧。」

但打醮結束後這些女冠仍未離去，還是住在宅中，整日鶯聲燕語、吹拉彈唱地嬉笑取樂，引觀者側目。梁都監也看不順眼，委婉地問楊氏讓她們何時離去，楊氏則說，再過兩天是駙馬生日，讓她們為駙馬賀壽之後再走亦不遲。

到了駙馬生日那天，公主出於禮貌，出席了晚間家中的壽宴，但行過三盞酒，向駙馬說過吉祥話後便告辭欲離去，此時那名叫玉清的女冠起身，過來向公主施禮道：「我們姊妹在公主宅中叨嘮這幾日，都未曾向公主請安，原準備了幾支曲子，想在壽宴上獻與公主聽的，還望公主賞臉，少留片刻，聽完再走吧。」

公主遲疑著，一時未應。楊氏便在一側笑道：「她們為向公主獻藝，都練習好幾日了，公主縱沒興趣，就算是看我母子這點兒薄面，也請賞她們這個臉吧。」

她既這樣說，公主不好公然拒絕，便又坐了下來。玉清謝過公主，向逐雲、扶月示意，讓她們奏樂，然後從自己案上取了個盛酒的影青刻花注子，過來往公主的瑪瑙杯中斟酒，道：「這酒是我們自己釀的，叫桃源春，與別家不同，公主不妨嘗嘗。」

那注子製工精美，釉色素雅，從中流出的酒液呈琥珀色，在燈光下流光溢彩，很是好看。公主舉杯品了品，微微頷首，應是味道不錯。

此時逐雲吹笙，扶月彈著琵琶，唱起了一闋〈菩薩蠻〉：「勸君今夜須沉醉，樽前莫話明朝事。珍重主人心，酒深情亦深。須愁春漏短，莫訴金杯滿。遇酒且呵呵，人生能幾何？」

公主聽後不置一詞，也不看身邊默默凝視她的李瑋，只是一哂，仰首飲盡杯中酒。

玉清拊掌叫好，立即又過來再為公主滿斟一杯，笑道：「剛才那杯算是我敬的，這一杯則是扶月敬公主的，公主若覺她剛才唱得好，便乾了這杯吧。」

公主微笑道：「妳讓她再唱一曲，我覺好聽，方飲此杯。」

玉清滿口答應，讓扶月再唱，扶月頷首，與逐雲重按笙琶，換了個曲調，曼聲唱道：「暖日策花驄，嚲鞚垂楊陌。芳草惹煙青，落絮隨風白。誰家繡轂動香塵，隱映神仙客。狂殺玉鞭郎，咫尺音容隔。」

公主秋水盈盈，凝神傾聽，似有所動。聽完後輕嘆一聲，取過那杯酒，仍是很乾脆地一飲而盡。

那三位女冠相視而笑，扶月親自過來向公主行禮道謝。玉清又以逐雲的名義再斟一杯，要公主再喝；而逐雲換過了琵琶，朝公主笑道：「這回我來唱，公主可不許偏心，只飲她們的，獨不給我這面子。」

說完，她輕撥絲弦，唱了一闋〈思帝鄉〉：「春日遊，杏花吹滿頭。陌上誰家年少，足風流。妾擬將身嫁與，一生休。縱被無情棄，不能羞！」

公主素日接觸的詞曲皆由我篩選過，就算是寫情愛內容的婉約詞，也都是清雅含蓄的，像這樣直白言情的曲子她極少聽到，此刻她眸子微亮，脣角含笑，像是聽出了幾分興致，扶月過來勸酒，她也未推辭，依舊飲盡。

她酒量本就不大，三杯過後，已面泛桃花，我有些擔心，輕聲喚她，勸她稍作節制，玉清卻又笑對我說：「先生無須擔心，這酒跟糖水似的，喝下去雖有些暖意，但醉不了人的。」

楊氏也道：「姑娘們喝的酒，能有多大勁道？倒是兩位梁先生，駙馬一年才過一次生日，你們現在才喝這麼一點兒，莫不是瞧駙馬不上嗎？」

我與梁都監忙稱「不敢」，楊氏遂命我們身邊的侍女多向我們勸酒。

我自飲一杯，仍頻頻顧公主，希望她勿多飲。公主察覺，微笑著對我擺手。「不妨事，我清醒著呢。」又轉而命令玉清：「妳們繼續唱。」

玉清答應，讓逐雲過來為公主斟酒，自己過去取了琵琶，邊彈邊唱：「手裡金鸚鵡，胸前繡鳳凰。偷眼暗形相。不如從嫁與，作鴛鴦。」

她唱時眼波斜睨向駙馬李瑋，是含情脈脈的樣子，彷彿把他當成了歌中所詠的美少年。公主看得笑起來，問她：「妳們是修道的仙姑，但這道也不知是怎麼修的，為何也想嫁情郎，做鴛鴦？」

玉清笑著應道：「修道又何妨？桃源深處有阮郎。」

公主頷首，纖手一指李瑋，正色道：「嗯，既如此，我就把這位阮郎賞給妳了。」

玉清起身作拜謝狀：「謝公主恩賜。」

公主舉袂笑個不停，連帶著滿堂侍女都在笑。梁都監年紀大了，看得有些尷尬，適才喝了幾杯也有些上頭，遂起身告退。楊氏也隨即站起，對公主道：「我也乏了，先回去歇息。你們年輕，難得盡興，只管多玩一會兒，聽她們多唱幾曲。」

說完，她深看李瑋一眼，似在暗示什麼。李瑋起身送她，還是沉默著，不發一言。

走到我身邊時，楊氏略停了停，狀似關懷地對我說：「梁先生也辛苦一天了，早些回房休息吧。」

我欠身道謝，卻未答應。她一挑嘴角，又回視前方，揚長而去。

楊氏與梁都監一走，玉清表現得更加活躍，儼然擺出宴會女主人的派頭，頻頻命其餘女冠和駙馬的侍女們向公主的侍從敬酒，公主杯中更是從不落空，每回酒一見底，玉清與逐雲、扶月便輪番上前為她斟滿。

公主已頗有醉意，我低聲勸她回去她亦不聽，只連聲命幾位女冠繼續唱曲。她們笑著領命，重拾管弦，演奏了一支〈柳枝〉，那曲調被她們演繹得溫軟纏綿，而扶月柔聲唱出的詞更是聽得我暗暗心驚：「瑟瑟羅裙金縷腰，黛眉偎破未重描。醉來咬損新花子，拽住仙郎盡放嬌。」

聽罷此曲，公主扶醉支頷低首不語，隱有笑意，也不知是否在琢磨這詞意；而張承照倒聽得興致勃勃，還開口問扶月：「仙姑唱得很好，但我有一點不明白：這歌中的小娘子自己喝醉了酒，咬損了面花兒，又不關她情郎的事，她卻為何要拽住情郎撒嬌？」

扶月笑道：「面花兒貼在小娘子的臉上，她怎麼咬？喝醉酒，咬損面花兒的那位，可未必是她哦……」

若順她語意去想，聯想到的自然是一幕香豔情景。一干未嫁的侍女都羞紅了臉，而張承照恍然大悟，大笑著對扶月一拱手道：「謝仙姑指教。」

扶月還以一笑，媚眼如絲，又慢彈琵琶，再唱一曲，這回一開口便是香閨中的旖旎景象：「玉樓冰簟鴛鴦錦，粉融香汗流山枕。簾外轆轤聲，斂眉含笑驚。柳陰煙漠漠，低鬢蟬釵落。須作一生拚，盡君今日歡。」

歌中描述的是男女偷歡之事，我甚覺刺耳，如坐針氈，再喚公主，卻見玉清拿了個青瓷粉盒到公主身邊，道：「適才公主說不知我們怎麼修道，現在便請公主看看，我們修道的祕訣，就在其中呢。」

公主垂目看，玉清指著粉盒內部，壓低聲音，繼續向她說著什麼。我所坐之處離公主坐席有一段距離，我聽不見玉清此時的話，也看不見粉盒中物事，而公主醉態可掬、眼神迷離，瞅著那粉盒淺笑，絲毫未聽見我在喚她。

隨後唱歌的又換了逐雲，所詠的依舊是男女情事，而且內容已不是「香豔」二字足可形容的了：「相見休言有淚珠，酒闌重得敘歡娛，鳳屏鴛枕宿金鋪。蘭麝細香聞喘息，綺羅纖縷見肌膚，此時還恨薄情無？」

公主聽著，又回眸看粉盒，蓮臉暈紅，氣喘微微，斜倚在玉清身上，若感不支。玉清攬著公主，笑看李瑋，挑眉道：「都尉，你娘子乏了，你也不來扶扶？」

李瑋躊躇，但在扶月連聲鼓勵下還是挨了過來，靠近公主。玉清一笑，把公主推到他懷中。公主迷迷糊糊的，抬目看了看李瑋，又懶懶地垂下眼簾，竟也沒拒絕他的擁抱。

平常李瑋稍微接近公主，她都會立即皺起眉頭，更遑論這樣的身體接觸。現在看來，公主大概是神志不清了。

我旋即起立，揚聲喚來嘉慶子、笑靨兒和韻果兒，命她們送公主回寢閣休息。玉清卻擺手拒絕她們靠近，笑指公主道：「你們看看，公主這樣子，一定走不了遠路。駙馬寢閣就在後面，不如讓我們姊妹扶公主過去坐坐，喝點兒茶、說說話，待公主清醒些，你們再接她回去吧。」

說完也不等侍女們答話，她便去與李瑋攙扶起公主，又喚過逐雲與扶月，一起簇擁著公主，就往駙馬閣方向走去。

我見狀快步跟過去，玉清回頭見是我，又悠悠笑道：「夜已深，梁先生這樣隨公主登堂入室的，不大好吧？」

我一滯，便停了下來。待她們行了幾步，我又命嘉慶子她們追著過去，務必請公主早回寢閣。然後我緩步回到設宴的堂中，見玉清剛才拿給公主看的粉盒還擱在案上，便拾起打開看了看，不料觸目所及的竟是一幅難堪的畫面：盒中有兩個瓷質裸身小人，一男一女，相對而坐，兩腿交纏在彼此腰間，正做著交媾的動作。

我心下大驚，目光掃到粉盒旁的影青刻花注子，便又提起，揭開頂蓋聞了聞，裡面的酒幽香撲鼻，卻不是純粹的酒香，似混有草木藥材。我心跳加速，渾身的血液似乎都在朝腦中奔湧，開始意識到，這是一場精心設計的、針對公主的陰謀。

我把注子遞給張承照，命他設法查查這酒中加了什麼，然後又疾步朝駙馬閣走去。

未走幾步便遇見了從駙馬閣回來的幾名侍女。「國舅夫人在駙馬閣中。」她們告訴我：「她說那裡也有侍女，公主不須我們服侍，便把我們趕了出來。」

「公主呢？」我聽見自己此刻喑啞的聲音在問。

「那幾個女冠把公主扶進駙馬臥室了……」笑靨兒怯怯地回答。

我不再多問，大袖一拂，以一種近似奔跑的速度朝駙馬閣趕去。

一進駙馬閣大門，便見楊氏端坐在堂中，似早有所待，她對我呈出一絲冷笑，擱下手中茶盞，徐徐道：「梁先生，今兒我不妨把話跟你明說了：駙馬今晚要與公主圓房，兩人你情我願，不關你事，你也干涉不了。還是趁早回去歇息吧，明日再過來道喜，我自會讓駙馬給你備上一份不薄的賞錢。」

【伍】玉體

我耳中轟鳴，我無法呼吸，我不想再聽她那翕張的嘴中說出的任何語言。側身轉朝駙馬臥室的方向，我開始疾步狂奔。

「拉住他！」楊氏追出門來，命令兩側家僕。

立即有五、六個高壯家僕擋住我的去路，又有兩人上前，一左一右將我挾持住。

我憤而回首，對楊氏怒道：「公主不願意，你們不能強迫她！」

「不願意？」她嗤笑。「剛才的情形可不只一、兩人看見吧？公主與駙馬把酒言歡，然後手拉著手回到駙馬閣中安歇，誰說她不願意了？」

我猛力掙脫那兩名家僕的控制，揮袖直指楊氏：「她願不願意，妳自己清楚。妳有沒有想到這樣做的後果？」

「你是想說，你們日後會入宮向官家、皇后告我嗎？」她斜倚在門邊，有條不紊地揮動著手裡一方手絹，作扇風狀。「家姑撮合公主和駙馬圓房有什麼錯？別忘了，官家自己也想早日抱上外孫呢。梁先生若想入宮去編排我和駙馬的是非，小心別打錯算盤，告狀不成，倒讓官家問你個離間公主與駙馬的大罪……」

「她會死的！」我忍無可忍，朝她厲聲悲呼：「妳一定想好了如何在官家面前為自己開脫，但對公主，難道全無一點兒憐憫之心，沒有想過她明天清醒後的感受？」

楊氏一愣，沒立即應對。

我推開攔路的人，欲繼續奔去找公主。楊氏回過神來，又連聲指揮家僕截住我。而我急怒攻心，身體每一寸血肉都像蓄滿了火藥，任何人的觸碰都會引起我暴烈的攻擊。這種暴力的宣洩是我二十八年的生命中從未出現過的事，無論我面對怎樣的挑釁、欺侮和折辱。

我朝企圖阻止我前行的每一個人揮拳相向，那麼猛烈，像是在用積聚了二十八年的力量。我搏命般地攻擊著他們，彷彿看見他們正在奪去我生存的空間、呼吸的空氣。

進入這個宅子後的一千多個日子裡，這些人見過我許多表情，和顏悅色、溫和閒淡，或言笑晏晏，但此刻的眉目一定是他們陌生的，更沒想到那雙執筆的手現在會化作打鬥的武器。他們目瞪口呆，反攻為守，到最後甚至放棄招架，我想應是我狀若癲狂。

終於，他們丟盔棄甲，紛紛退卻。我立即邁步，朝公主所在之處奔去。

到駙馬臥室門前時，恰逢那三位女冠從房中出來。剛才的打鬥在我右頰上留下了一道傷口，此時滲流出幾滴血珠，我停下來，冷冷盯著她們，引袖將血珠抹去。

我彼時的神情大概很可怖，她們驚惶地看著我，一個個舉袂掩口，捂住即將冒出的驚呼，連門也顧不得闔上，便爭先恐後地落荒而逃。

我進入房中，放緩了步履，一點一點，向著床幃的方向靠近。

我不知道會看見什麼樣的景象，我也努力讓自己腦中保持空白，拒絕去做任何猜測與想像。

屏幃間香爐散發的蘭麝青煙在紅燭光影裡飄遊，融合了幾縷清晰可辨的酒味，讓此間靡靡夜色越發顯得曖昧而晦暗。我無聲地移步，周遭的環境也奇異地安靜著，偶爾迸閃出的只是燈花綻放的聲音。

是我來晚了嗎？我忐忑不安地想。轉過床幃前的屏風，隔著一重紗幕，答案逐漸呈現在我眼前。

公主醉臥於床上，身上的衣裙已不知被誰褪去，散落在床邊地上，此刻她不著絲縷，線條美好的身體如白玉琢成，透著紗幕看過去，好似在煥發著七彩微光。

她雙靨酡紅，閉目而眠，但又似睡得並不安穩，睫毛不時顫動著，口中也有不清楚的囈語逸出，偶爾會引出一絲淺淺笑意。

而李瑋就在她身邊，半跪在床上，僅著中單，衣襟也是敞開的。他臉色頗紅，應是也喝了不少酒，目光流連在公主身上，眼神灼熱，卻又帶幾分恍惚醉意。

他的手在撫摸公主……但說撫摸似乎不太確切，他更像是在用手指一點點地輕觸，從公主的眉間、臉龐、嘴脣，直觸到她的脖頸、胸部，和小腹。每次剛一碰她的皮膚他又會立即縮回手，然後在那種迷戀眼光的凝視下又開始下一次的試探。

我全沒料到他會有這樣古怪的表現，彷彿他此刻面對的不是一個女人，而是他重金購得的一幅名家字畫，他忍不住要用觸摸去體會接近與擁有她的感覺，但又怕自己的碰觸會玷汙了她。

不過他這欣賞藝術品的姿態倒讓我鬆了口氣——事情還沒到最糟的地步。在李瑋開始用嘴脣去碰觸公主肌膚之前，我猛地掀開了紗幕，闊步過去，脫下身上的大氅將公主包裹嚴實，再將她攔腰抱起。

公主有些受驚，在我懷中不安地扭動。我加大力道抱緊她，在她耳邊說：「公主，我們回家。」她安靜了，「嗯」地答應一聲，帶著甜甜笑容乖乖地依偎在我胸前，任我抱著她前行。

這期間她的眼睛一直沒有睜開過。看著她脣際的甜美笑意，我傷口的疼痛卻開始蔓延到心裡。

在出門前，我回首看了看李瑋。他披散著衣服立於屏風邊，默默地注視我，當我們目光相觸時，他扭過頭去，以手心按滅了一支光焰歡舞的紅燭。

我把公主帶回她的寢閣中，讓侍女們悉心照料，然後找到梁都監，將此事告之。而一個時辰後，張承照回來告訴我們那壺「桃源春」中的玄機：「我帶這酒去找了一位藥店老闆，他很快驗出酒中加了幾味催情藥，酒量不好的人喝多了也可能會昏迷。」

我們商議後，翌日帶酒去找楊氏。我把酒置於楊氏面前，直言她此舉是侮辱公主，無視皇家尊嚴，為不致惡化公主與駙馬母子的關係，我們可以不把下藥之事告訴公主和帝后，但請楊氏保證今後不會再有此事發生。

楊氏大為不滿，又說她只是為撮合公主與駙馬早日圓房，帝后必不會怪罪。

於是梁都監對她說：「夫人若以這種手段迫使公主與駙馬圓房，即便帝后不怪罪，公主也萬萬無法接受。公主性情剛烈，一旦此事發生，公主極可能會憎恨駙馬，將永不原諒他，而且還可能會做出激烈舉動，乃至以死表示抗拒。如果公主有事，夫人與駙馬又豈能全身而退？」

楊氏不忿，又道：「公主此前拒絕駙馬無非是不了解男女之道，一旦圓房，知道此中妙處，便不會排斥駙馬了。」

梁都監道：「我不敢說夫人之言全無道理，但萬事無絕對，如此圓房之後，結果便有兩種。一種如夫人所說，公主從此接受駙馬，和和美美地過下去，那自然最好。但另一種則是公主憤怒，甚至放棄生命以示抗拒。若不幸如此，將來會受到牽連的，恐怕就不僅僅是夫人與駙馬了。所以夫人此舉無異於豪賭，賭注便是整個李家的安危，是否值得，還請夫人仔細掂量。」

此後幾天，楊氏表現得略微收斂，不再有類似舉動，我們逐出那三位女冠她未有意見，對公主也較為客氣。公主清醒之後也不再提那天的事，我不知道她記得多少，但猜她大概是對那晚的動情感到羞恥，因此完全避而不提；而我也早就囑咐了宅中所有內臣、侍女，不得向她談及駙馬生日那晚發生的所有事。

但是有一天，她忽然盯著我臉上那道未癒的傷口問：「懷吉，你的臉，是怎麼傷到的？」

我對她笑笑，隨便找了個理由：「走路不留神，在牆上撞的。」

「怎麼撞得這樣重？」她伸手輕觸傷口，很憐惜的，又問：「在哪面牆上撞的？」

我揚了揚眉，微笑作答：「南牆。」

她展顏笑，直笑得低下了頭，深深埋首於肘間。後來我只看到她的雙肩在不停地顫，卻聽不見笑聲。後來她再抬首時，我發現她的睫毛上有細碎的水珠。

「這麼可笑嗎？」我若無其事地以指尖拂去她睫毛上的那點兒溼意。「眼淚都笑出來了。」

「嗯。」她點點頭，低眉靦腆地笑。「真可笑。」

【陸】醜聞

韓氏料理完兒子婚事，回到公主宅中，我與梁都監把最近發生的事逐一告訴她。她大感驚訝，直指楊氏大膽，對公主無禮至極。從此後，但凡駙馬母子出現在公主面前，她均寸步不離，李瑋與楊氏進呈公主的食物她都會命小黃門先試過。李瑋看在眼裡，自然頗為尷尬，加上那日之後，公主面對他時臉色尤其難看，猶覆寒霜，完全不理不睬，他自覺沒趣，也盡量迴避著不見公主。

楊氏覺出韓氏對自己的提防，也是大不痛快，明裡暗裡常對韓氏冷嘲熱諷。

八月中，韓氏為公主整理換季的服玩器物，見去年公主用的定窯白瓷孩兒枕擱於櫃中沒有再用，便取出來對公主道：「我看今年公主榻上換了磁州綠釉刻花枕，這孩兒枕好好的，閒置著很可惜。我兒子剛成親，公主若不再用孩兒枕，不如便賜給我兒子和新婦吧。我也是想請公主賜他們這個好彩頭，讓他們來年給我添個胖孫子。」

公主看也沒看便答應了：「妳喜歡就拿去吧。我閒置的那些衣裳器物妳也可以再挑挑，若有妳新婦能用的只管拿去，就算我賞她的。」

韓氏喜不自禁，再三謝過公主後便又去挑了些服玩器物，送到公主面前請她過目，並請我做一下記錄。公主也只瞥了一眼，對她道：「都不是多貴重的東西，不必記錄了，妳找兩個小黃門，直接送回家吧。」

韓氏又詢問般地看看我，我也對她含笑道：「既然公主這樣說了，郡君直接帶回去便是。」

韓氏連聲道謝，我隨後命人包裝好這些物品，吩咐兩個小黃門，在韓氏下次回家時幫她送過去。

她決定次日回家，那天陪公主進過晚膳後才出發，天色已晚，因她家在公主宅後方，她便帶了小黃門從後門出去。而出發沒多久，其中一個小黃門便匆匆跑回來找我，說：「國舅夫人截住韓郡君，說她私自偷公主宅中的東西回家，正在後門罵她呢。」

我立即趕過去，果然見楊氏正咄咄逼人地要韓氏出示公主賜物的憑據，韓氏氣苦，紅著眼睛反覆辯解說公主面賜，並無憑據，楊氏不聽，堅決不許侍從放行。

我上前將公主賞賜的過程向楊氏講述了一遍，她只是冷笑：「我就知道郡君會搬來你這大救兵。韓郡君與梁先生情同母子，這些年來，誰出了事都會為對方遮掩，今日自然也不會例外。」

我和言道：「夫人若不相信懷吉所言，不妨親自去問公主，看賜物之事是否屬實。」

「公主？只要你梁先生在公主面前說一句話，死的都能變成活的，沒發生過的事，公主當然也會覺得是發生過的了。」她靠近我，在我耳邊一字一字地道：「你說我在她的酒裡下了藥，我倒想知道，你給她灌了什麼迷魂湯，或者，種了什麼蠱。」

我漠然直視前方，置若罔聞。她沒有再糾纏器物的事，但冷面掃視著我們，帶有示威的意味，片刻之後才轉身離開。

我感覺到，她一定派人暗中監視著我們，欲尋出錯處借題發揮。於是，我也多次告誡公主身邊的內臣、侍女務必處處小心，切勿生事，但不久後，一樁我最不願意見到的事還是發生了。

一日，我正在梁都監那裡與他議事，忽見楊氏帶了幾名家僕進來，而其中兩名家僕還押著一位衣冠不整的侍女，我定睛一看，發現竟是笑靨兒。

梁都監也頗驚訝，立即問楊氏：「夫人這是為何？是笑靨兒冒犯了妳嗎？」

楊氏自己走到主座前款款坐下，這才開口：「都監別誤會，公主的人，我哪敢動她分毫？適才我路過張承照住處，不巧看見笑靨兒正從裡面出來，就是這副樣子，邊走邊繫裙帶。那粉面含春的模樣真是美呀，我算是大開眼界了，所以就請了她過來，讓兩位梁先生都看看，一同欣賞欣賞。」

她明顯是指笑靨兒與張承照有不才之事，而笑靨兒也未反駁喊冤，只是低頭嚶嚶地哭。我大感不妙，與梁都監相視一眼，見他也是神色凝重。

「此中或有誤會，夫人可問過他們兩人？」梁都監斟酌著，先這樣問。

楊氏一瞥笑靨兒，回答說：「我也怕有誤會，所以特意進去找張承照，想問問他，看他們剛才是在下棋呢，還是在投壺呢。不料才推門進去，那小子看見是我，立即抓了件衣服拔腿就跑，還光著兩個膀子，鞋都穿反了，現在也不知上哪裡躲著了。不過，卻在床上留下了點兒東西，我讓人帶了來，請二位過目。」

言罷她側首示意，立即有家僕上前，解開一個布袋，嘩啦啦地將其中物事倒在我們面前的案上。我們粗略看了看，見其中有幾幅春宮圖，兩、三個類似玉清給公主看的那種瓷粉盒，一瓶小藥丸，瓶身上也繪有祕戲圖；其中最怵目驚心的是，一個木製的男性器官。

張承照一向輕佻，常與侍女們調笑，而笑靨兒平日也不大穩重，兩人做出這等假鳳虛凰的事倒也不出奇，何況笑靨兒如今這神情，等於是默認了。

我感到羞恥，也因此事覺得惱怒，臉上像是倏地著了火，開始發燙。楊氏看著，又勾起了她那抹無溫度的刻薄笑意，故意問我：「梁先生，依你之見，此事該如何處理？」

我說：「稍後我會把張承照找來，問明緣由，若此事屬實，自會處罰他們。」

她卻不滿意，乜斜著眼睛瞅我。「那若他一天找不回來，你便一天不處罰？

這醜事他們肯定做下了，人證、物證俱在，就算張承照過來也賴不掉。如何處罰還請兩位先生當機立斷，趁早決定，免得拖久了，怕是有人會多加猜測，生出些不必要的流言。」

梁都監便問她：「那夫人準備如何處罰他們？」

楊氏一指笑靨兒，道：「先脫了這小賤人上衣，抽二、三十鞭，再捆好手腳，讓她跪在院中示眾三日。張承照找回來，也一樣處置。三日後再將這事報呈宮裡，是殺是剮，任憑官家做主。」

笑靨兒一聽，立即放聲大哭，邊哭邊哀求我與梁都監救命。我聞之惻然，便對楊氏說：「此事尚未查清，再說他們兩人皆是宮中之人，案情須先報呈帝后，再請他們遣入內內侍省的都知前來處理，在此之前，不宜擅自對他們施以刑罰。」

她卻不依不撓：「尋常人家的男女若有通姦之事，都會被抓起來遊街呢，何況是宮裡的人。這穢亂宮廷是天大的罪，當然更應該嚴懲示眾……」緊盯著我，她加重語氣，特意強調後面的話：「殺一儆百。」

我擺首，仍好言相勸：「未經審理便為他們定罪，且如此處罰，必會使此事彰灼於中外，徒惹物議。夫人容我先找到張承照，查清事情經過，若真有此事，我自會請後省介入審理，按宮規為他們量刑定罪。」

她呵呵一笑。「梁先生如今也怕人議論這等醜事了？竟如此維護他們。」笑容漸漸斂去後，她對我側目而視，道：「前日駙馬說個詞給我聽，我覺著挺有趣，但今天又把那詞的意思忘了，現在想拿來請教先生，請先生再給我解釋解釋。」

稍作停頓後，她說出那個詞：「兔死狐悲。」

後來那一瞬，我保持著沉默，但卻聽門邊有人作答：「我不知道什麼是兔死狐悲，只知道有人狐假虎威。」

是公主的聲音，她緩緩入內，身後還跟著張承照和韓氏。

【柒】對飲

公主逕自走到楊氏面前，半垂目，冷冷看猶保持著坐姿的楊氏。「妳所在之處，是我的公主宅；妳指責的人，是我的奴僕。妳雖是駙馬的母親，卻不是我的家姑，對這宅中上上下下的人來說，不過是一過客，卻又是借了誰的膽子，敢欺負我的人？」

楊氏瞥了瞥她，又漠然將眼光移開，微微仰首道：「是不是家姑，天下自有公論，我如今不與妳計較，現在單說這宅中醜事。尋常人看見案發，還有檢舉揭發一說呢，而這事就發生在我眼皮底下，我豈有不管之理？說出來，可不是要欺負誰，而是為幫公主端正這宅中風氣。否則，若這等事沿襲成風，宅中這些下人，管他男的女的、不男不女的，都往一個房裡鑽，傳出去，人家恐怕會說公主管教不嚴，乃至有更難聽的說法也未可知。」

這時張承照忽趨近兩步，微瞠雙目作不解狀，對楊氏說：「國舅夫人，妳要檢舉揭發，那去抓那些確實犯了大錯的人呀。剛才我不過是在房中偷懶，睡了個午覺，值得妳這麼興師動眾地讓人衝進我房間把我揪出來嗎？」

「睡午覺？」楊氏嗤地笑出聲，一指笑靨兒道：「你會享豔福，睡個午覺也要拉個如花似玉的小娘子陪你，莫非我反倒說不得了？」

「這是從何說起？」張承照連連搖頭，又轉而對廳中旁觀的人說：「本來我一個人在房中睡得好好的，國舅夫人忽然帶人闖了進來，再把笑靨兒使勁往房裡拖，幾個人拚命拉扯她的衣裳，又說要把我們一起鎖在房裡面，還匡匡噹噹地把一堆東西倒在我床上。我被嚇得半死，也不知我們怎麼得罪了夫人，被夫人這樣處置。」

「眼見著門快被鎖上了，才回過神來，心想：被她如此構陷，我自己倒算不得什麼，頂多賠上一條小命，但此事被人借題發揮，影響到公主清譽就不好了。於是，我奮起反抗，以一敵十，終於突破重圍，衝出了房間。如今隨公主來到這裡，是想告知大家真相，也免笑靨兒蒙受不白之冤……」

說至這裡，他又面朝笑靨兒，問她：「笑靨兒妹妹，妳說是不是這樣？」

笑靨兒此時大概也明白他的意思了，止住哭泣，忙不迭地點頭。

楊氏看得惱怒，啐了笑靨兒一口，斥道：「妳這小賤人，裝什麼無辜？若是沒犯事，適才怎麼不喊冤？」

張承照立即替笑靨兒解釋：「當時笑靨兒已經被夫人妳打得七葷八素了，我走後，或許妳又跟她說了些什麼，令她不敢喊冤呢？」

笑靨兒會意，一壁頷首一壁低聲道：「國舅夫人說，若我敢喊冤，日後就割下我的舌頭……」

「殺千刀的小蹄子，敢在這裡隨妳的野漢子胡亂編派老娘！」楊氏大怒，拍案道：「你們在房中幹不要臉的齷齪事，宅中有十來個人看見了，眾目睽睽之下，難道你們還想抵賴不成？」

公主聞言冷笑，問楊氏：「眾目睽睽？卻不知看見他們犯事的人是哪些？」

楊氏揮袖一指她帶來的家僕：「就是他們，他們都看見了！」

公主也不答話，移步至書架旁，從上面取了個官汝窯天青釉三足洗，猛地擲於地上，三足洗應聲碎裂。公主指著一地碎片，問張承照：「承照，這三足洗是誰摔碎的呀？」

張承照向她躬了躬身，揚聲答道：「回公主話，是國舅夫人摔碎的。」

公主淡淡一笑，又問：「她是怎麼摔碎的？」

張承照道：「國舅夫人汙衊臣與笑靨兒，還欲詆毀公主，公主便反駁她，有理有據的，說得她啞口無言。最後她找不到話說，心中又憤懣，便隨手抓了這個三足洗擲向公主，幸好公主躲閃及時，才未被她打中，而這三足洗便被砸到地上，摔碎了！」

說完，他還環顧廳中公主帶來的小黃門。「你們說，是不是這樣？」

那些小黃門平時也大多受過楊氏的氣，此時見張承照如此問，都強忍笑意彼此相視，後來有一人先答說「是」，其餘人立即響應，也紛紛稱是。

公主遂朝楊氏一揚下頷，道：「看，妳做的這事也有十多人看見了，也是眾目睽睽之下呢。」

楊氏怒極，拂袖而起，直斥公主：「為包庇犯事的下人，竟昧著良心公然構陷家姑，天下哪有妳這樣的新婦！」

公主的怒意本就如浸油的柴火，經她這一撩撥，火苗便竄了上來。「良心？妳跟我說良心？」她橫眉冷對楊氏，目中泛出了淚光。「妳若有半點兒良心，會想到給我下藥？把這種下三爛的手段用在新婦身上，天下哪有妳這樣的家姑！」

這話一出，廳中頓時一片靜默，連楊氏也閉口不再多言，在公主盛氣迫視下，她略顯侷促地垂下了眼簾。

下藥之事，應該是張承照剛才告訴公主的，為激起公主的憤怒，以促使她與楊氏對抗，全力維護他。念及這點，我轉顧張承照，他一觸及我目光，馬上心虛地低首迴避，看來我所料不差。

再看韓氏，她也有些不自然，側首避過我詢問的眼神。張承照對楊氏的揭發，應該也得到了她的肯定。當然韓氏對楊氏心存不滿，我可以理解，但這樣一來，公主對楊氏連表面上的客氣都做不到了，以後又該如何與她在同一屋簷下生活？

何況，知道了下藥之事，對公主本身，更是一次嚴重的打擊。我在心裡黯然嘆息。

公主徐緩而沉重地呼吸著，竭力抑制著此刻異常的情緒，好一會兒後，才壓下哽咽之意，對楊氏說出了她最後的決定：「今日之事，我暫且不與妳計較，但若妳揪住我的內臣、侍女不放，膽敢對外人說他們半點兒是非，我便立即入宮，把妳給我下藥的事告訴爹爹和孃孃，若他們不處罰妳，我誓不甘休！」

聽了公主的話，楊氏難堪地沉默著，後來也只是在出門前朝公主重重地一甩衣袖，表達最後的怒意。看起來是公主勝利了，但她殊無喜色，待楊氏帶來的人全部離開後，她讓其餘閒雜人等退下，然後一指張承照和笑靨兒，對梁都監說：「這兩人犯了錯，請都監訓斥他們，想個懲治的法子，只是別被外人知道，落得他人嚼舌根。」

梁都監欠身答應，而公主也絲毫不聽張承照喊冤，靜靜地轉而顧我，目中淚水終於奪眶而出。

晚膳時，公主命人取酒來，一個人悶悶地飲了不少，後來韓氏將酒壺奪去，她才停止不飲，起身回寢閣，說倦了，想早些歇息。但是，當我晚間回到自己居處，正在批閱宅中檔時，忽聞有人叩門，讓白茂先去看，他迅速跑回，稟道：「是公主，帶著嘉慶子，站在門外。」

我看了看漏壺，已時過二更。於是我掩卷起身，走至院門邊，對門外的公主道：「公主，時辰不早了，還是回去安歇吧。」

那扇未開的門後傳來她輕柔的聲音：「我睡不著，想跟你說說話。」

我像以往那樣拒絕：「有話明日再說也是一樣的。」

門外一陣沉默。片刻後，我試探著喚她，也未聞回音，我想她應該是走了，便回到房中繼續翻閱文書。但後來叩門聲又起，還伴隨著嘉慶子的聲音：「梁先生，公主坐在門外不肯回去。」

我立即趕去，將門打開，見公主當真坐在門外一側的地上，埋首在兩膝上，身子蜷縮成小小一團。聽見我開門，她微微側首看我，嘴角牽出個疲憊笑意。「懷吉，我好冷。」

這是秋夜，風露滲骨，她穿得又少，連斗篷都未披一件。我看得心疼，立即讓嘉慶子扶她進我房中。

她在房中坐下，一時又無話，過了半晌才問我：「你這裡有酒嗎？」

有，但是我不想給她。「妳今日已經飲許多了。」我和言跟她說。

她鬱鬱地擺首：「哥哥，我冷。」

我默然，終於還是妥協，命白茂先去取一壺酒。

他很快取來，還帶了兩個杯盞，擱在我與公主面前。在注碗中加熱水溫好了注子中的酒，他又為我們斟滿，才退至一邊。

公主舉杯，先飲了一半。我喚過嘉慶子，低聲囑咐她，讓她去廚房為公主煎一碗解酒湯。嘉慶子答應，立即出去，而白茂先也隨她出去，在外關好了門。

「為什麼要解酒湯呢？」聽見我對嘉慶子說的話，公主以指尖轉著酒杯淺笑。「都說酒能解憂，如果解了酒，憂不是又回來了嗎？」

我對她微笑說：「世間哪有可以解憂的酒呢？以酒澆愁，不過是藉這一醉，暫時忘卻自己的煩惱罷了。」

「能忘卻煩惱，也不錯呀。」公主嘆道：「我有很多想忘掉的東西。」

她仰首飲盡杯中所剩的那一半酒，然後道：「希望這一杯，可以讓我忘掉跟李瑋和他的母親有關的所有事。」

見我無語，她星眸半睞，看著我笑問：「你呢？你一定也有想忘卻的事吧？」

「我，也有的……」我沉吟著，托起面前那盞酒，一飲而盡。「這一杯，就讓我忘記幼時那些不愉快的記憶吧。」

「是什麼呢？」她問。

有很多，例如父親早逝、母親改嫁，以及我入宮……那深深刻在我記憶中，永遠無法磨滅的疼痛……

這些都是難以啟齒的事，我惻然不答，而她也不追問，自己找了個答案：「哦，你說過，你家很窮……」

我勉強對她笑笑，讓她以為是默認。

「每個人都有窮的地方，小時候我以為不能出去玩就是我貧窮之處，後來才發現，我還有更窮的……跟若竹那樣的女子比，我才是窮到家了。」她黯然說，又自斟一杯，一口飲下。「願這杯讓我抹去馮京和曹評給我留下的記憶……如果沒見過他們，我也不會知道我原來是這樣窮吧？」

說完，她又給我注滿杯中酒，催我再說：「你還想忘掉什麼？」

我思忖良久，默默飲完那杯酒，還是告訴了她：「我還想忘記身為內臣這件事，和這個身分帶給我的遺憾。」

「嗯。」她點點頭，作理解狀。「如果你不是內臣，就可以參加貢舉，中狀元，做大官了。」

不僅如此。如果不是身為內臣，也許，我可以嘗試著去搶妳過來了吧？我苦澀地想，無論是從曹評手裡，還是李瑋身邊。

當然，這話是說不出口的，而她也很快開始思考下一個問題：「我還想忘記什麼……唉，讓我忘記我是公主這件事吧，這樣就一勞永逸了，因為我所有的煩惱，都是公主的身分帶來的。」

她又為此滿飲一杯，之後仍沉浸在這個設想裡。「如果不做公主，那我做什麼呢……」她目光飄至那仰蓮形的注碗上，忽然有了主意：「就讓我做一株荷花吧，年年生在秋江上，看孤帆遠影，看雲捲雲舒，自由自在，這樣多好。」

我按她語意想去，腦中有一幅美麗的畫面呈現，不由得脣角上揚。她見了又連聲道：「先別笑，說說你自己，你想做什麼？」

目光溫柔地撫過她眼角、眉梢，我含笑道：「若妳是荷花，那我就做妳花葉底下的波浪，這樣我們便可以歲歲年年，隨風逐雨長來往。」

她拊掌道好，旋即又有點兒害羞，埋首在案上竊笑，須臾，抬目看我，晶亮的眸子一睨那壺酒，道：「快斟上，繼續喝，繼續說，說你想忘記的事。」

我依言斟酒飲下，這回卻久久不語。她再追問，我便對她道：「除了以上兩件，我暫時也沒有什麼很想忘記的大事了，如果一定要說，就換成一個願望吧。」

她沒意見，又問我此刻的願望是什麼。我無言地再飲一杯，才趁著兩分逐漸浮升上來的醉意告訴她：「我希望，無論我們怎樣裁剪自己的記憶，都還是能出現在彼此生命裡。」

這句話令她笑容凝結。怔怔地看我許久後，她輕輕挨近我，撫摸著我臉上尚未淡去的傷痕，忽然直身仰首，摟住我脖子，以她那溫暖柔軟的雙脣印在我的傷痕上。

「我記得的。」她一點一點地輕吻著那道傷痕，用一種近乎呢喃的聲音說：「我記得跟你在一起發生的每一件事……我會記得你的笑容、你的憂傷、你對我說的每一句話，和，你因我留下的每一道傷痕……」

她的聲音越來越小，終至湮滅不見，她略略低首，但額頭還是與我面頰相觸，讓我可以感覺到她的皮膚、她的溫度，以及她此時流下的淚。

她的一滴清淚滑落在我右頰上，緩緩蔓延至我唇角。我抿了抿唇，讓它消融在我口中。

「我的淚，是什麼味道？」她問我。

而我未及回答，她已再度擁住了我，之前親吻我傷痕的檀口這次觸到了我的雙唇。我驚愕之下一時無措，還只是木然坐著，而她似欲自己尋求剛才那個問題的答案，小巧的舌尖已探入我口中，輕挑我牙關，像是準備在我唇齒間覓回那滴消失的淚。

【捌】風暴

夜色流觴，軟玉溫香，我被動地接受這新奇的體驗，於一種類似眩惑的感覺中開始試探著回應她，卻又那麼猶豫，終究沒忘記，如此品取她賜予我的親密，是我不該領受的歡愉。

於是她停下來，稍稍縮身退後，偷眼看我，微微含笑。

此時燈花瑟瑟跳躍著，被撩動的光影以漣漪的姿態漾過她眉眼，染紅她雙靨，她赧然低首，是十分羞怯的模樣。「對不起……」她輕聲說，像做了惡作劇的孩子，在向被打擾的人認錯：真的好抱歉。

這寥寥三字，像上元夜點燃焰火的導火線，讓所有積存於心的關於尊卑禮義、道德倫理的教誨轟然炸裂，我一手猛地攬住她的腰，另一手挽回她半墜的墮馬髻，將她引回我懷中，然後低首侵襲她吻過我的櫻唇。一切完成於電光石火的一瞬，以致她猝不及防之下發出的驚呼還未出口便已淹沒於我們相觸的唇舌中，化作她咽喉間一個沉悶的音節。

起初的驚訝逐漸消散，她開始在我懷中戰慄，但顯然不是出於恐懼。她左手環著我的腰，右手扶上我肩頭，抓緊了我那裡的衣襟。我們閉著眼，感覺著彼此亂了節奏的心跳，和流轉於口舌間的纏綿。

周圍的一切像被水墨暈開，我們淪陷於一個模糊的空間，耳中傳來空茫的嗡嗡聲，彷彿隔絕了空氣。我們相擁著在碧湖水中迴旋，一點點下沉，但又觸不到底，有水的浮力在托著我們向上漂移。

我與她就這樣緊緊相擁，像兩條溺水的魚，在逼仄的空間裡相濡以沫，藉對方的生氣避免窒息。

「懷吉……」良久後，她才艱難地擺脫這次深吻，仍然依偎在我懷中，但含羞斂眉，不敢看我，只埋首在我胸前，輕輕喘著氣，夢囈般地喚我的名字。

我摟著她，一壁調整著呼吸，一壁低聲在她耳邊應道：「是，我在這裡。」

她安心地微笑著，闔目在我懷裡小憩，而我凝視著透窗而入、鋪了一地的瑩潔月光，倚著兩分微醺之意，一時忘卻身處何境，彷彿真的覺得自己是個普通士子，而她是那段為我添香的紅袖，心中只有淡淡喜悅：霜華滿地，庭外應是薄煙籠月，一派秋夜美景，而佳人在側，今夕亦無玉蟾清冷桂花孤之憾。

我淺笑著望向那皎皎明月光拂過的窗櫺，心想庭中植有三五株桂樹，少頃讓白茂先多開幾格窗，將那月桂清芬引入室中。

但這不經意的轉首，卻令我驚訝莫名——窗櫺之上，除了幾縷婆娑樹影，還現出了一個人的輪廓，綰著髮髻，顯然不是白茂先，而身形也不像嘉慶子那樣的年輕女子。

我立即放開公主，站起來，揚聲問：「誰在門外？」

門被人從外一推，嘩地洞開。那人邁步進來，站定在我們面前，鐵青的面上兩道冰冷目光直刺我眸心。

「梁先生，事到如今，你還有什麼話說？」她睥睨著我，以威懾的語氣說，沒有太多詫異的表情，倒有打破迷局的快意，像是一切盡在她意料中，而她經過一場持久戰，終於找到了給對方致命一擊的武器。

怎麼會是她？楊氏，駙馬的母親。我舉目往外看，見庭中還立著她的兩個侍女，而另有兩名家僕站在院門邊，雙雙架住白茂先，且掩住了他的口。我不及細想，已從這情景中聞到了風暴的氣息。

公主看見楊氏，先有一怔，旋即怒色頓現。「妳在這裡偷窺？」

「怎麼，看不得嗎？」楊氏冷笑。「你們既有膽做出這等醜事，還怕人看？」

公主拍案而起。「放肆！妳嘴裡不乾不淨地說什麼！」

「是我說的話不乾淨還是你們做的事不乾淨？」楊氏直視公主，公然挑釁：「公主可否明示這庭中的下人，妳與梁先生剛才在這屋裡做了什麼？」

公主氣結，雙目瑩然，一時未說出話。楊氏越發氣盛，瞥我一眼，再回首朝院門方向高喊：「二哥，你給我過來！」

她是在喚李瑋。李瑋是李國舅次子，故楊氏私下喚他「二哥」。

聽她這話中意思，似乎李瑋正在院門之外。果然，稍待片刻，隨著忽然捲起的一陣落木風，李瑋慢吞吞地自門外挪步進來，也不知此前是未敢隨他母親入內偷窺，還是已看到我與公主的情形，方才遠遠避開。而今他低垂著頭走到庭中，卻不再接近我們所處之地，緊抿著嘴，一直不看我們，不知是因為惱怒，感到羞恥，還是驟然面對此事之下暫時無所適從。

「把他押下去，明日請官家治罪。」楊氏指著我，命令李瑋。

李瑋抬起頭，冷淡的目光掃了掃我，再掠向公主。而公主早已朝他揚起了下頷。「你敢？」

察覺到兒子在公主威脅的言語下表露出的猶豫，楊氏火冒三丈，厲聲喝斥他：「你還磨蹭什麼？等著人家把烏龜殼按到你臉上當招牌？」

這話頓時激起了李瑋情緒，他胸口明顯起伏著，臉也開始漲紅，回頭看身後的家僕，然後朝我的方向一擺首，示意他們上前捕我。

未待家僕上前，公主已揚聲喝道：「想死的只管過來！」

面對宅中奴僕，她向來說一不二，家僕有顧忌，便未敢動手。而公主怒視楊氏，又道：「妳若敢動懷吉一分一毫，我就……」

「妳就入宮告訴官家，說我們欺負妳，給妳下藥？」楊氏拔高音量，堵回公主的話，然後銜著她那一絲永遠旋不進目中的冰冷笑意，對公主道：「妳以為，官家會覺得，這是天大的罪過？從把妳嫁到我李家的那時起，他就盼著你們圓房呢！家姑調教調教新婦，有什麼錯？等妳跟駙馬圓了房，就會明白，這選男人可跟吃白切雞不一樣，不能不要公雞要閹雞！」

她這句話像一柄飛來的利刃，扎得我可以聽見心底血流的聲音。我不知公主此時做何感想，但見她睜大眼睛瞪著楊氏，而按在案上的手正在用力地向內收縮，指甲在桌面上劃出了細微的聲音。

轉瞬間湧起的一堆烏雲蔽住了天際明月，一陣緊似一陣的秋風混合著泥土的味道，庭中光影變得如我此刻心情一般晦暗；而楊氏心滿意足地將我的表情盡收眼底，隨即又繼續催促李瑋：「讓他們快動手呀！再不管教這無法無天的東西，滿院被騙的貓兒狗兒都要跑到樹上去叫春了……」

後來回應她的，不是李瑋的答覆，而是一個迅速飛來的瓷器撞擊她額頭的聲音——「砰」，有些沉悶。那飛來物旋即墜下，「啪」的一聲，四分五裂，這次聲音很清脆。

那是公主擲出的酒杯。

楊氏硬生生挨了這一擊，似有短暫的暈眩，未做及時反應，只愣愣地盯著公主，直到額頭上的血流下，她以手摸來看了，才「啊」地叫出來，一手捂著傷口，一手指著公主怒罵：「妳這賤人……」

公主再不多話，直接衝至她面前，一拳擊歪了她下巴，此後猶不解氣，在楊氏目眩耳鳴立足不穩時又左右開弓，給了她兩、三耳光。

此舉太過迅速，又大出所有人意料。起初的一瞬無人有勸阻的舉動，後來我回過神來，立即過去隔在公主與楊氏之間，一面抓住公主尚在揮動的手，一面以身做屏障，為公主擋住楊氏的反擊。

公主不聽我勸解，用盡全力掙脫我的掌控，又朝楊氏衝過去，但這一次，她撞到了李瑋身上。

李瑋張開雙臂箍緊她，不讓她有接近楊氏的可能，而他此際目中也泛著淚光，激動的情緒讓他變得有點兒結巴，反反覆覆地問公主一個問題：「為什麼，妳，妳要打，我媽媽？為什麼……」

公主哪會有心思回答，只是在他懷中拚命地掙扎著，像一條被拋到岸上的魚。掙扎許久都未擺脫李瑋，公主怒極，又開始揮舞雙手劈頭劈臉地打他。

楊氏氣急攻心之下已坐在地上，重重吐出一口帶血的唾沫後，面對兒子，拍著地面又是哭又是罵：「老娘怎麼生下你這個窩囊的兒子，娶個新婦七出之條都犯全了，你還這麼縱容她，任憑她和個連男人都不是的姦夫爬到你頭上作威作福，你竟然哼都不敢哼一聲，現在可好，她連你娘都敢打了……不知老娘是造了什麼孽唷……要早知是這樣，當年生塊燒豬肉都好過生你……」

這一聲「燒豬肉」話音剛落，公主又有一掌批到了李瑋左頰上，聲音極響，可見出手之重。所有人的目光都聚在李瑋那浮起指印的臉上，李瑋愣怔著看公主，眼圈逐漸紅了。在公主即將開始新的攻擊之前，他猛地揚起右手，向公主的臉揮下，也給了她一記響亮的耳光。

【玖】宮門

此前喧鬧的世界立即安靜下來，李瑋垂下手，公主也只是徐徐捂住被打的那一側臉頰，沒有再動。楊氏停止哭罵，旁觀的人更是大氣也不敢出。

從出生到如今，公主從未領受過任何體罰，就算是她的父親，大宋至高無上的皇帝，在最惱火的時候，也不過是對她稍加喝斥而已，從不會捨得打她一下。被人批頰這樣的事，對她來說，一定想都未曾想過，所以她全然怔住，一時找不到合適的表情來應對這奇恥大辱。

須臾，楊氏的乾笑聲響起：「好，好兒子……」她邊笑邊說。

李瑋並不因母親的誇讚而喜悅，起初那一瞬的憤怒退去後，他凝視公主的眼神顯得有些惶恐，交織著一些焦慮和憂傷，他嘴脣顫動著，似乎想解釋什麼，但終於還是沒能說出來。

公主蒼白著臉，轉身面朝我，還是如原先那樣輕聲喚我：「懷吉。」

之前那些惡毒的攻擊、刺耳的咒罵都無法如這聲呼喚一樣，令我痛徹心扉。我再也不顧眾人眼光，上前一步，拉她入懷，輕撫她背，低聲道：「沒事了……我帶妳回去……」

我維持著溫和的表情，心裡卻只想放聲哭泣，無比憤恨自己的無力，讓她陷入如此難堪的境地，代我承受這種空前的折辱和痛苦，而此時我所能做的，只是給她這點兒微不足道的安慰。

「回哪裡？」她很平靜地問。

「公主寢閣。」

她抬起頭，盯著我眼眸，清晰地表達她的意願：「我要回家。」

「回家？」訝異之下，我不敢確定她語意所指。

她頷首，繼續點明：「我要回宮。」

現在回宮？我蹙眉看了看戶外那黱黱夜色，對她道：「公主，現在宮城諸門已經關閉。」

「我要回宮。」我的話，她恍若未聞，斬釘截鐵地重複道。

就在我們對答時，天際電光一閃，轉瞬間已有悶雷滾過，沉沉地開始灑落一層冷雨。

「公主，下雨了，不如待明日天亮再——」我這樣勸她。但未及說完，她一手推開我，轉身即朝雨中奔去。

我大驚，立即扯下衣架上一襲外氅，追了出去。在庭中追到她時，她已泣不成聲，我拉住她手腕，引她回轉身來，錯落的電光映亮她素顏，但見其上盡是水痕，分不清哪些是雨，哪些是淚。

「帶我出去！」她緊抓住我一雙手臂，浴著夜雨幽風，悽聲對我道：「懷吉，我要出去，我要回家，我不想被困在這裡！」

她在我面前痛哭，悲傷得像看不到明天。而這個「困」字，是一個隱密的咒語，在我多年的宮廷生涯裡，常聽人提起，此刻公主以如此絕望的神情說出，越發激起了我心底一波悸動。

我殘存的理智承受不起她淚滴的重量。宮規是什麼？律法又如何？剎那間這一切都顯得無足輕重了，我可以將它們與我的生命一起拋諸腦後，只要能給她一點兒呼吸的空間。

「好，公主，我們回宮。」我對她說，展開外氅，披在她身上，盡量把她裹得嚴嚴實實，然後摟住她肩，讓她隱於我庇護之下，為她蔽去一半風雨，就這樣帶著她匆匆趕往宮車停泊處。

當我們的宮車駛出宅門後，李瑋冒雨踉踉蹌蹌地追來。

「公主，公主……」他奔跑著，朝車行的方向伸出手，失魂落魄地連聲呼喚。

他是害怕了，想勸止公主入宮嗎？我回首看，猶豫之下放緩了車速。

「快走！」公主哭著催促，不肯對李瑋稍加顧眄，一雙淚眼也沒有弱化倔強的神情。「再多留一瞬，我會死在這裡！」

我旋即揮鞭，讓犢車拉開了與李瑋的距離。他眼見難以追上，兩膝一軟，跪倒在積水的地上，竟也像一個孩子般號啕痛哭。

「為什麼會成這樣？」他望著車輪激起的兩捲水花失聲泣道：「我盡力了，為什麼妳卻不肯略看一眼？」

西華門前，我向守門的禁衛說明她的身分：「兗國公主。」

他們驚訝不已，不敢相信這個狂叩宮門的「瘋婦」會是今上的那位著名的愛女，猶疑的眼光巡視於我們臉上，最終發話讓我們在此等候，再回到城門下，揚聲向城樓上的監門使臣講述了此間情況。

監門使臣是內侍省中官，遠遠地仔細端詳我們片刻，終於確定我所言不虛，在樓上施禮向公主告罪，隨即迅速進入宮城內，向今上報訊。

數刻之後，我看到了一個此生從未見過的奇異景象——宮門夜開。

金釘朱漆的皇城宮門沉重而徐緩地自內開啟，在大門內外拉出幾朵交錯變幻的扇形光影，門前禁衛高舉火炬分列兩行，門後內臣手提宮燈，所有人都屏息靜氣，令門軸發出的嘎嘎聲格外清晰。

宮門大開後，公主緩步入內。這是第一次，公主踏著火光燈影出入宮城。門後捧著一排鍍金銅鑰匙的監門使臣立即率眾向公主躬身行禮，那些匆忙趕來的內臣彷彿尚在夢中，行禮的節奏並不整齊——以如此簡易倉促的形式迎公主中夜入宮，對他們來說，也是第一次。

選擇西華門，是因為這是離禁中最近的宮門。但要抵達今上所在的福寧殿尚有幾道宮門與殿閣要經過：平拱門、皇儀門、垂拱門、垂拱殿……所有宮門前都立著這樣一個匆忙趕來開門的監門使臣，看見非時入宮，且沒有魚符、沒有墨敕的公主，他們都難以把面上的驚詫神色掩飾得不露痕跡。

公主並不理睬他們，揚首快步穿過一道道宮門。而我們經過後，那些宮門又迅速在我們身後關閉，傳來嘩啦啦上鎖的聲音。這略顯驚惶的聲音令我忽然想起幼年初入宮時所受的教育：監門使臣若不依式律放人出入，輕者徒流、重者處絞……

當公主步入福寧殿時，今夜已雲收雨歇，但我卻毫不樂觀地預感到，這禁門通往的可能是個風雷交加的雨季。

孤城閉（中）

作　　者／米蘭 Lady
發 行 人／黃鎮隆
總 經 理／陳君平
經　　理／洪琇菁
總 編 輯／呂尚燁
執行編輯／陳昭燕
美術監製／沙雲佩
美術編輯／李政儀
國際版權／黃令歡、梁名儀
企劃宣傳／邱小祐、劉宜蓉
文字校對／朱瑩倫
內文排版／謝青秀

國家圖書館出版品預行編目資料

孤城閉（中）/ 米蘭 Lady 作 . -- 初版 . -- 臺北市：尖端，2020.03
冊；　公分
ISBN 978-957-10-8697-2（中冊：平裝）
857.7　　108011806

出版／城邦文化事業股份有限公司　尖端出版
台北市 104 中山區民生東路二段 141 號 10 樓
電話：（02）2500-7600　傳真：（02）2500-2683
讀者服務信箱：7novels@mail2.spp.com.tw
發行／英屬蓋曼群島商家庭傳媒股份有限公司城邦分公司　尖端出版
台北市 104 中山區民生東路二段 141 號 10 樓
電話：（02）2500-7600　傳真：（02）2500-1979
劃撥專線：（03）312-4212
戶名：英屬蓋曼群島商家庭傳媒（股）公司城邦分公司
劃撥帳號：50003021
※ 劃撥金額未滿 500 元，請加付掛號郵資 50 元
法律顧問／王子文律師　元禾法律事務所　台北市羅斯福路三段 37 號 15 樓

台灣地區總經銷／中彰投以北（含宜花東）　楨彥有限公司
電話：（02）8919-3369　傳真：（02）8914-5524
雲嘉以南　威信圖書有限公司
（嘉義公司）電話：0800-028-028　傳真：（05）233-3863
（高雄公司）電話：0800-028-028　傳真：（07）373-0087
馬新地區總經銷／城邦（馬新）出版集團 Cite（M）Sdn Bhd
電話：603-9057-8822　傳真：603-9057-6622
E-mail：cite@cite.com.my
香港地區總經銷／城邦（香港）出版集團 Cite（H.K.）Publishing Group Limited
電話：852-2508-6231　傳真：852-2578-9337
E-mail：hkcite@biznetvigator.com

版　次／ 2020 年 3 月 1 版 1 刷　Printed in Taiwan
2021 年 5 月 1 版 2 刷